MOISSONS NOIRES

Créé et dirigé par Romain Naudin

MOISSONS NOIRES

SUIVEZ-NOUS SUR LES RÉSEAUX SOCIAUX

Nous aurons plaisir à vous donner l'actualité des auteurs :

les festivals, les dédicaces et les projets…

@ MoissonsNoires

BÉNÉDICTE **JOURGEAUD**

LE MARI PARFAIT D'AGATHA CHRISTIE

MOISSONS NOIRES

« Dans les brumes rêveuses d'une semi-somnolence, l'idée d'un sensationnel roman me vint à l'esprit : un missionnaire devient lentement fou sous l'effet d'une certaine tension nerveuse. Tension nerveuse due à quoi, mystère, mais bien réelle en tout cas. »

Agatha Christie, *Une Autobiographie*, Éditions du Masque, 2006 – traduit de l'anglais par Jean-Michel Alamagny

PREMIÈRE PARTIE

L'Express du midi – 10 mars 1930
Sur les routes d'Orient : Ur et ses merveilleuses découvertes
Par Caroline Leblanc (envoyée spéciale)

Il y a moins d'une semaine, j'étais encore à Toulouse. Aujourd'hui, me voici à quelques kilomètres de Bagdad, en Irak. L'Express du midi *a en effet eu la chance d'être invité sur le site de fouilles archéologiques de Ur. C'est le seul titre de presse français à avoir obtenu cet honneur. Durant l'Antiquité, l'Irak constituait une partie de l'empire mésopotamien et c'est dans ce décor des mille et une nuits que nous avons pu faire connaissance avec toute l'équipe d'archéologues travaillant sous l'autorité de l'éminent professeur Leonard Woolley. Cette grande figure, ainsi que sa femme, Katharine Woolley, qui l'assiste dans ses recherches, nous a accordé une interview exclusive. Mais avant, pour parvenir à destination, nous avons dû emprunter le Taurus Express puis un service automobile nous a permis de traverser le désert de Syrie jusqu'à la ville des Califes, Bagdad. Après quoi nous avons, tou-*

jours en automobile, rejoint le site de Ur que l'on appelle aussi Tell al Muqayyar. Les premières fouilles sur ce site remontent à 1853. Mais c'est depuis 1922 et les premières recherches organisées par le professeur que des découvertes extraordinaires ont été réalisées. Depuis, Sir Woolley revient chaque automne pour une nouvelle saison de fouilles. Nous rendrons compte à nos fidèles lecteurs dans nos prochains numéros du travail formidable de cet homme et de son équipe.

I

Il est une vérité qui se confirme où que vous vous trouviez dans ce vaste monde (et j'ai eu la chance de visiter pas mal de pays) : on regarde toujours de travers une femme qui voyage seule. S'ajoutent généralement à ce regard des réflexions un tantinet misogynes que la voyageuse doit supporter sans broncher. Il y a en effet toujours quelqu'un – et quand je dis quelqu'un, c'est généralement un présumé *gentleman* – pour proposer de vous accompagner, voire de vous escorter comme si vous partiez à la guerre… et comme si une dame était incapable de faire deux pas sans chaperon. Alexandra David-Néel a pourtant fait la Une des journaux il n'y a pas si longtemps pour avoir été la première femme à se rendre au Tibet. Et elle n'a eu besoin d'aucun homme pour accomplir cet exploit !

Pour ma part, j'ai été beaucoup moins ambitieuse que Mrs David-Néel. J'ai choisi comme point de chute Bagdad et me voici arrivée à destination ! Enfin presque à destination.

Je dois désormais rejoindre Ur, qui se trouve encore à six bonnes heures de route. Après le train, mon périple continue dans une voiture-taxi, sur des pistes chaotiques, remplies d'ornières et sous une chaleur de plomb. Mais qu'importe ! Même si je suis dans un piteux état et que je ne ressemble en rien à une héroïne des Mille et une Nuits, je me sens pareille à une princesse du désert. L'aventure est là, juste face à moi, et cela fait un bien fou. Je n'ai pas ressenti une telle exaltation depuis des mois. La magie de l'Orient ! Je suis tellement heureuse d'être loin de Londres et de tous mes problèmes que j'en arrive même à oublier que je ne me suis pas plongée dans un bain depuis des semaines. Un exploit quand on connaît mon goût pour les ablutions. Et Abdullah, mon chauffeur, peut toujours me complimenter sur ma bonne mine, je ne suis pas dupe. À force d'avoir voyagé plié dans mon sac à main, mon chapeau de paille donne l'impression d'avoir fait la guerre, tout comme ma robe à manches longues boutonnée jusqu'au cou semble être arrivée au bout de sa vie alors que je me la suis procurée chez Harrods juste avant mon départ, il y a moins de quinze jours. Tout cela pour vous dire que ma tenue n'a rien de voluptueux, ni même d'exotique. Mais peut-être que mon chauffeur espère juste en étant aussi élogieux un pourboire plus conséquent à la fin de sa mission… On m'a mise en garde contre les nombreux *drogmen* flagorneurs de la région. Ils cherchent généralement à séduire les touristes anglaises qui voyagent seules pour leur soutirer de l'argent. Est-ce qu'Abdullah fait aussi partie de ces flatteurs ?

Billy, mon nouvel éditeur – car j'ai changé de maison d'édition juste avant de partir – était d'ailleurs affolé quand je lui ai parlé de mon intention de retourner en Irak. J'ai eu beau lui expliquer que tout s'était parfaitement passé lors de mon premier séjour, il s'est montré fou d'inquiétude pour moi. À l'entendre, j'allais me faire enlever et me retrouver dans un harem ! Je n'arrivais plus à m'arrêter de rire quand il m'a fait part de cette éventualité. À mon âge, je serais bien incapable de faire concurrence à Shéhérazade. Regardez-moi ! J'aurais l'air de quoi avec un caftan et un turban sur la tête, le corps recouvert de ces voiles diaboliques aux couleurs de pierres précieuses ! Et puis autant vous le dire tout de suite : j'ai beaucoup grossi. Après mon divorce, il y a quatre ans, je me suis mise à manger pour deux… mais toute seule. Tout cela n'a cependant plus aucune importance. Comme je vous l'ai dit, je n'ai rien d'une Shéhérazade et de toute façon, je ne suis pas venue jusqu'ici pour rencontrer un prince sultan. Je suis désormais vaccinée contre les hommes et ceux que je croise depuis que j'ai quitté l'Angleterre sont le plus souvent des militaires bourrus, des marchands cupides, des religieux convaincus. Ou des escrocs qui détroussent les voyageuses anglaises, me glisserait à l'oreille Billy s'il était avec moi. Heureusement, Abdullah n'a pas du tout l'air d'un escroc, il est juste gentil et veut se montrer agréable en me complimentant sur ma bonne mine… Et il est vrai que l'un des avantages à avoir pris de l'embonpoint est que j'ai de bonnes joues… et aucune ride. Il faut bien que les kilos en trop servent à quelque chose !

2

Pour mon nouveau périple au Moyen-Orient, le destin semble avoir voulu contredire mon éditeur, car il se trouve que je ne suis pas la seule femme à prendre place dans la voiture d'Abdullah qui part pour Ur. Une autre voyageuse, elle aussi non accompagnée, me rejoint sur la banquette arrière de l'automobile. Elle se présente avec un charmant accent chantant : elle s'appelle Caroline Leblanc. Elle est française et écrit pour un journal dont je n'ai jamais entendu parler : *L'Express du midi*. Elle ne doit pas avoir plus de vingt-cinq ans et est très jolie. Je me sens tout à coup très contrariée. Attention, n'allez pas croire que j'ai quelque chose contre les jeunes et jolies Françaises ; c'est sa profession qui me dérange. La pire de toutes. Les journalistes m'ont harcelée au moment de mon divorce avec Archie et ont continué depuis. Je ne leur ai toujours pas pardonné et je ne suis pas prête de le faire. Désormais, je les fuis comme la peste et je refuse de leur parler.

Je n'accepte aucune interview, c'est vous dire mon degré de méfiance. Mais aujourd'hui, je n'ai pas le choix. Nous allons devoir voyager ensemble et côte à côte sur la même banquette. Quelle poisse !

Je tente de calmer mes craintes en me disant que cette jeune fille souriante n'a pas le moins du monde l'air méchant. Et puis, elle est française… Il y a donc peu de chance que mes déboires conjugaux soient arrivés jusqu'à ses oreilles. Si je suis un peu connue en Angleterre et aux États-Unis, mes romans commencent à peine à être traduits en France. Quoi qu'il en soit, l'expérience m'a appris à être prudente. J'utilise un petit tour de passe-passe pour me présenter sans paraître froide ou impolie :

— Enchantée, Miss Caroline. Comme nous allons voyager ensemble plusieurs heures, appelons-nous tout de suite par nos prénoms si vous le voulez bien. Cela sera beaucoup plus simple.

Sur quoi je lui montre toutes mes dents à travers un large sourire et je lui tends une poignée de main ferme qui ne supporte aucune remarque.

— Agatha. Je viens de Londres.

— Enchantée, Mrs Agatha. Il me semblait bien que vous étiez anglaise.

— Et moi que vous étiez française… dis-je dans sa langue natale.

— Oh, je vois que vous parlez français… Où avez-vous appris ?

— J'ai habité un temps votre merveilleux pays. Par contre, vous avez un accent ?

— Mon accent… oui je sais… c'est l'accent de Toulouse…

Nous continuons à faire connaissance pendant qu'Abdullah charge avec beaucoup de difficultés mes valises une par une sur le toit de la voiture. Je me sens coupable. Il faut dire qu'elles sont au nombre de douze. Jusqu'ici, elles étaient plutôt passées inaperçues et voyageaient comme moi en première classe dans le Taurus Express. Maintenant, on ne voit plus qu'elles. Caroline Leblanc n'a qu'un gros sac en toile brute. J'essaie de me persuader qu'à son âge, il est plus facile de voyager léger. Je ne peux cependant pas m'empêcher de me sentir gênée d'obliger notre chauffeur à se contorsionner sur le toit du véhicule pour sangler mes encombrants bagages.

— Mais dites-moi c'est un vrai déménagement... On m'avait dit que les Anglais voyageaient avec leur maison. Ce n'était donc pas une légende !

Je ne sais pas comment je dois prendre sa remarque et me fend juste d'un petit sourire. Cela n'arrête pas ma voisine très curieuse.

— Ne me dites pas que vous avez une théière dans vos bagages et des clubs de golf... Oh que ce serait drôle !

— Tous les Anglais ne sont pas des buveurs de thé et des joueurs de golf...

— Pour ma part, je n'ai emporté avec moi que deux tenues. Cela suffira bien. Je ne suis pas venue jusqu'ici pour me livrer à un défilé.

J'observe la jeune fille se rattacher rapidement les cheveux en queue de cheval. En effet, elle ne semble pas faire grand cas de son apparence. Elle porte un drôle de pantalon bouffant au niveau des cuisses que je trouve à titre personnel très masculin. En la déshabillant de la sorte, je m'aperçois que je n'ai jamais porté un pantalon de ma vie. Peut-être petite fille, mais encore ce n'est pas du tout sûr et je n'en ai en tout cas aucun souvenir. Vous allez certainement me trouver vieux jeu, mais j'ai toujours trouvé très étrange pour une femme de porter un pantalon. C'est peu seyant mais paraît-il très confortable. Il faudra peut-être qu'un jour j'essaie. En attendant, je ne suis pas là pour jouer aux critiques de mode et Caroline Leblanc a parfaitement noté que sa remarque m'avait touchée.

— Oh excusez-moi, Agatha. Je vous ai vexée… je ne voulais pas… c'est juste que je n'ai que… que ce gros sac avec moi. Remarquez, c'est peut-être moi qui ai tort de voyager si peu chargée… D'ailleurs je ne me suis pas changée depuis cinq jours… J'espère que cela ne se sent pas trop…

Son naturel me choque, puis finalement me fait sourire et me la rend sympathique.

— On m'avait dit que les Français étaient directs… Mais je ne pensais pas à ce point-là.

— Cela vous choque que je vous parle de l'odeur de mes aisselles.

— Disons que nous, Anglais, préférons éviter ces sujets à propos des odeurs corporelles…

— … d'autant plus que vous êtes rousse…

Je deviens blême. Quel toupet ! Mais je dois bien avouer que cela fait deux jours que je ne me suis pas lavée et je n'ose imaginer l'état de mes pieds ! Le sable a pénétré jusque dans les ourlets et la doublure de ma robe, et le soleil a déjà grillé les parcelles de ma peau qui ont échappé à ma vigilance.

Ma pauvre peau blanche d'Anglaise en a pris un sacré coup cette fois-ci. D'ici à ce que je me retrouve avec des taches de rousseur !

— Oh, excusez-moi, vraiment, je n'ai pas pu m'empêcher. Moquez-vous de mon accent, allez-y, je ne vous dirai rien. Je l'ai bien mérité ! Je suis vraiment trop mal élevée…

Étrangement, je crois que c'est à ce moment-là que la glace se brise définitivement entre nous. Nous partons toutes les deux dans un énorme éclat de rire. Quel drôle de phénomène cette Caroline Leblanc ! Finalement, je la trouve plus que sympathique. Rafraîchissante ! Un peu empotée, certes, mais du coup dynamisante. Notre voiture a désormais pris la route. La beauté du paysage tellement grandiose, féérique, nous saute aux yeux… Et notre silence dans l'habitacle de l'automobile en témoigne. Le Moyen-Orient est là, devant nous, le Moyen-Orient et ses dunes de sable à perte de vue, ses petites collines que l'on appelle ici des « tells » qui renferment tant de secrets antiques qui ne demandent qu'à se raconter… Il y a aussi cette lumière extraordinaire… La lumière de l'ancienne Mésopotamie, qui signifie en grec « le pays entre les fleuves », le pays entre le Tigre et l'Euphrate, mais ce n'est pas tout. Devant nous se dresse aussi le berceau des civilisations assyrienne et sumérienne, là où tout a commencé grâce à la création de l'écriture, là où l'on voyage dans le temps bien plus que dans l'espace, disent tous les amoureux de la région qui sont généralement – il faut bien le reconnaître – des archéologues. Là où l'on peut renaître à soi-même, pour ce qui me concerne, car telle est ma quête en venant me dépayser aussi loin de chez moi et de mes habitudes. Enfin, le lieu rêvé pour trouver l'inspiration quand on se met en route pour l'écriture d'un nouveau roman… Mais je chasse aussi vite cette idée qu'elle me vient à l'esprit, je ne suis pas venue en Chaldée pour me transformer en guide touristique de chez Cook. Et encore moins pour travailler ! Je n'ai aucun roman en gestation. Je suis juste ici en vacances pour me reposer de cette dernière année passée dans la douleur.

Quand nous sortons de notre torpeur extatique, ma jeune compagne de voyage s'avère aussi curieuse que je le craignais. À croire que les journalistes ne savent s'exprimer qu'en posant des questions. J'essaie de la prendre de court en me faisant moi-même très bavarde.

— Et combien de temps resterez-vous à Ur ? m'enquiers-je.

— Cinq jours et pas un de plus. À peine le temps de réaliser mon reportage et mes interviews. Il va falloir que j'aille à l'essentiel !

— C'est court en effet. Surtout après un aussi long trajet.

— Ce qui est fou, c'est qu'au final, mon voyage aura été plus long que le séjour sur place… Remarquez, je ne me plains pas. Je ne fais pas ce métier pour rester derrière un bureau. Il m'a quand même fallu neuf jours pour me retrouver assise à côté de vous dans cette voiture !

— Vous avez pris le bateau ?

— Oui. Un paquebot jusqu'à Beyrouth. C'est très pratique. Et vous ?

— J'ai pris le train… Je ne supporte pas les voyages en mer. Cela me rend malade pour tout vous dire. Certes, emprunter le chemin de fer est un peu plus long mais comme j'adore voyager en couchette, ce n'est pas un problème, lui confié-je, encore toute émerveillée par les jours et les nuits que je viens de passer à bord du Taurus Express.

J'ai cependant la présence d'esprit de lui poser à mon tour une question afin de ne pas lui laisser cette possibilité.

— Et pourquoi ne restez-vous pas plus longtemps à Ur, chère Caroline ?

— Je n'ai pas eu l'autorisation, voyez-vous. Il paraît que les visites extérieures trop longues dérangent et retardent les fouilles. Je sais pourtant me faire très discrète, je vous assure.

Je ne peux m'empêcher d'en douter et elle le devine.

— Vous ne me croyez pas, sourit-elle. Vous avez peut-être raison. Il paraît que je suis trop… impulsive. Mais c'est rageant ! Quand je pense que je vais devoir boucler mon sujet en moins d'une semaine alors qu'il y aurait de quoi réaliser une multitude de reportages sur ces fouilles… Vous savez que le travail réalisé par Leonard Woolley est vraiment extraordinaire…

— Oui, je suis venue la saison dernière et, en effet, le professeur Woolley fait un travail fantastique.

— Oh, mais Agatha, vous faites partie des privilégiées… Mon rédacteur en chef a dû faire des pieds et des mains pour que je puisse venir ici ! Vous devez être une personne très importante, plaisante maintenant ma voisine.

Je deviens toute rouge.

— Il ne faut rien exagérer.

— Pas du tout. Les places sont chères ici. Je ne le sais que trop bien. Vous savez que je n'ai même pas pu venir accompagnée d'un photographe... Quel dommage n'est-ce pas quand on voit la beauté de ces paysages... Et les gens d'ici sont si... si différents pour une petite provinciale comme moi. À Bagdad, j'ai croisé des hommes avec des tenues somptueuses, de longs poignards à la ceinture... Des vrais califes! Vous imaginez les photos que cela pourrait donner... Mais j'y pense, vous êtes peut-être archéologue pour la mission? Une disciple de Gertrude Bell... Quelle femme, n'est-ce pas!

— Je n'ai malheureusement en commun avec elle que le fait d'être Anglaise. Je n'ai rien d'une grande exploratrice. Je suis ici en vacances.

— Mais encore? Qu'est-ce que vous êtes secrète! On m'avait prévenue que les Anglais étaient coincés, mais à ce point-là... Oh, excusez-moi... J'ai encore parlé trop vite... Décidément, vous allez me prendre pour quelqu'un de très mal poli.

Aussi bizarre que cela puisse paraître, je suis d'accord avec Caroline Leblanc et c'est ce qui me la rend assez sympathique. Je suis sûrement trop « coincée », comme elle dit. Ces derniers mois, j'ai eu le temps de réfléchir sur ma vie et j'en suis arrivée à la conclusion que je devais sortir de ma zone de confort si je ne voulais pas devenir une vieille pomme ridée et aigrie qui tape sur sa machine à écrire toute la journée pour oublier qu'elle est malheureuse. Ce second voyage en Irak fait partie de ce que j'appelle mon *happiness therapy*, et la fraîcheur, la spontanéité, ainsi que l'impertinence de Caroline tombent à pic pour me bousculer. Même son débit de paroles fougueux commence à m'amuser. J'avoue, elle me fait penser à la jeune fille que j'étais à vingt ans mais que j'ai perdue de vue en me mariant et en devenant mère.

— Pour tout vous dire, je ne suis pas Gertrude Bell, qu'elle repose d'ailleurs en paix, mais je suis une amie des Woolley. Surtout de l'épouse du professeur, Katharine Woolley. C'est ce qui me vaut ce… passe-droit.

Qu'est-ce que je n'ai pas dit ! Je vois tout à coup les yeux de ma voisine de banquette s'enflammer et sa bouche devenir tout sourire.

— Vous connaissez personnellement les Woolley ! Mais quelle chance pour moi ! Dites-moi tout ce que savez, je veux tout savoir. Je vous l'ai dit, je ne passerai que peu de temps sur place et je veux rendre compte au mieux de leurs travaux. Comment est Katharine Woolley ? On raconte beaucoup de choses sur elle. Il paraît qu'elle est très belle. Mais aussi très autoritaire. Est-ce vrai ? Et son mari ? Leonard Woolley ? Quel homme, n'est-ce pas ! Vous savez qu'il a été espion… enfin c'est ce qui se dit… Attendez j'attrape mon bloc-notes et prenez tout votre temps pour me raconter… Nous avons au moins six heures de route pour papoter.

Moi qui m'étais jurée de ne plus parler avec un journaliste de ma vie, c'est réussi ! Vous allez me dire que les circonstances ne sont pas les mêmes, mais je vous répliquerais que j'ai vraiment été traumatisée par eux. Ils m'ont poursuivie comme si j'étais une voleuse, ils sont entrés dans ma vie privée sans aucune correction, ils ont mis ma fille, ma délicieuse Rosalind, en couverture de leur torchon, la pauvre petite ne voulait plus aller à l'école… J'exagère peut-être un peu mais ils ont été affreux. Comment faire pour me sortir de cette délicate situation ? Je décide d'être franche avec elle.

— Écoutez Caroline, vous êtes charmante, vraiment adorable, mais je dois vous dire… j'ai eu de très mauvaises expériences avec les journalistes par le passé. Ils ont été…

Caroline Leblanc ne me laisse pas le temps de finir ma phrase.

— Oh non… Je vous coupe tout de suite. Je suis française, ne l'oubliez pas… Je ne travaille pas pour un de vos tabloïds anglais à la réputation terrible. Et d'ailleurs, je ne vais pas vous plaindre. C'est de votre faute à vous les Anglais, vous passez votre temps à faire comme les Américains qui ont la presse la plus racoleuse au monde et une réputation exécrable… En France, c'est totalement différent. *L'Express du midi* est un journal très sérieux…

— Peut-être mais…

— Écoutez si vous voulez je range mon bloc-notes et nous parlerons comme… comme deux amies qui sont en train de prendre le thé… du Earl Grey, bien entendu ! Ça vous irait comme ça ?

— Vous êtes gentille, Caroline, mais…

— Mais enfin, Agatha. Je ne sais pas qui vous êtes ni ce que vous ont fait ces maudits journalistes. Mais sachez que ce qui m'intéresse ce n'est pas vous, c'est le professeur Woolley et son travail à Ur. Je ne vous demanderai rien d'autre. Promis juré…

Sur ces mots, Caroline Leblanc baisse la vitre de sa fenêtre et crache ce qui ressemble sans hésitation à une boule de salive par-dessus bord.

— Mais qu'est-ce que vous faites ? dis-je, ahurie.

— C'est comme ça que l'on jure en France ! Vous voyez je vous apprends quelque chose. Maintenant à vous. Allez, racontez-moi Mr Woolley. Je veux tout savoir ! Mais bien sûr ce qui m'intéresse, ce sont ses grandes découvertes. Pas ce qu'il mange à son petit déjeuner ! Je vous l'ai dit, *L'Express du midi* est un journal sérieux !

Je dois l'admettre, Caroline possède une fougue et un humour auxquels il est difficile de résister. Je me résous à lui raconter les circonstances de ma rencontre avec les Woolley. Après tout, c'est moi qui suis maître de l'entretien en choisissant ce que je veux lui raconter. Ou pas. J'essaie de me souvenir rapidement des circonstances de mon intérêt pour l'archéologie et ses mystères. Bien sûr, il y a mon voyage en Égypte avec ma mère mais, à l'époque, je n'étais pas encore sensible à ces vestiges du passé. Ensuite, il y a eu mon personnage dans *L'Homme au complet marron* qui était paléontologue, mais c'est anecdotique... Non, je crois bien que c'est un article dans le journal qui a déclenché mon intérêt pour les vieilles pierres... Et ça, je peux en parler avec ma jeune journaliste sans crainte de trop me livrer.

— Bon. Puisque vous insistez tellement. C'est à la suite de la lecture d'un article dans *The Illustrated London News* que je me suis intéressée au travail de Leonard Woolley. J'avoue que le récit de ses activités m'a passionnée.

— Oui, bien sûr ! s'exclame-t-elle. Moi aussi j'ai lu cet article absolument incroyable, je suis bien d'accord avec vous. Il faut dire que Sir Leonard Woolley est l'un des plus importants archéologues de tous les temps. Sa mission, ici à Ur, a reçu l'agrément – et le financement comme vous devez le savoir – de l'université de Pennsylvanie et du British Museum. Ce n'est pas rien. Moi je dis respect.

Caroline Leblanc cherche-t-elle à me mettre en confiance et a-t-elle vraiment eu connaissance de cet article paru dans la presse anglaise ? Dans tous les cas, son enthousiasme est contagieux et je me mets à lui raconter tout ce que je sais, en oubliant toutes mes réticences passées. Je continue mon récit :

— Leonard Woolley est en effet un homme charmant et très bien élevé. La première fois que nous nous sommes rencontrés, c'était lors d'une soirée à Londres. Il m'a expliqué son travail avec une patience infinie et m'a parlé de toutes ces pièces extraordinaires qu'ils ont découvertes dans la nécropole royale de Ur.

— Le bélier dressé sur ses pattes contre un arbrisseau dans un fourré… dit doctement la journaliste.

— Je vois que vous vous êtes bien documentée sur le sujet. En effet, il m'a parlé de cette étonnante statuette de bélier – ou peut-être de bouquetin, personne ne sait exactement. J'ai pu l'admirer par la suite. C'est un travail très délicat, d'une beauté inouïe, en lapis-lazuli et en coquillage blanc, qui est l'équivalent de l'ivoire dans cette partie du monde m'a expliqué Leonard. Pour vous dire quel homme précis il est lorsqu'il se lance dans la description de l'art sumérien ! C'est un passionné en vérité.

L'archéologie est sa respiration, il ne pense qu'à ça. L'année dernière, j'ai ainsi pu assister à ses côtés à la découverte d'une tête de taureau en or qui servait à décorer une harpe, et puis il y a eu ce jeu de société… Leonard Woolley était véritablement en transe. Je vous assure que c'était impressionnant.

— Je n'en doute pas une seconde. Cela se sentait dans l'article qu'il a rédigé pour le *Illustrated London News*. Le choix de ses mots était très réfléchi… Je n'ai pas précisé mais je lis et parle très bien votre langue… J'ai eu la chance d'être élevée par une nounou anglaise. C'est très chic, n'est-ce pas !

Je découvre désormais Caroline Leblanc sous un autre jour, attentive et sérieuse, sensible aussi. Elle gagne dès lors toute ma confiance. Caroline Leblanc se sent elle aussi en confiance à en croire le petit cri de joie qu'elle libère en se tapant les mains sur les cuisses si fortement qu'elle me fait sursauter.

Elle s'écrie presque :

— J'ai tellement hâte de discuter avec lui. Personnellement, je crois que ce qui m'a le plus impressionnée dans ce fameux article, c'est le passage où il raconte l'organisation des rites funéraires. C'est totalement fou d'imaginer que les servantes et les proches des rois, les hommes, les femmes, comme les animaux étaient enterrés auprès de leurs maîtres… de leur plein gré et à leur demande… Quelle drôle de façon de se dévouer ! Moi, je ne me vois pas du tout être enterrée avec mon rédacteur en chef ! Même si j'ai beaucoup d'admiration pour lui.

Au-delà de cette boutade, je comprends tout à fait Caroline Leblanc. Moi aussi j'ai été fascinée par ces rites funéraires d'un autre âge. Et autant vous dire que mon imagination de romancière aimerait bien en faire quelque chose. Une nouvelle un peu horrifique à la Edgar Allan Poe par exemple…

— Lors de mon premier séjour à Ur, j'ai eu l'occasion de visiter le « puits de la mort », comme l'appelle le professeur Woolley. Il y a retrouvé pas moins de soixante-quatorze cadavres !

— Impressionnant ! Et Katharine Woolley, comment est-elle ? enchaîne désormais la jeune journaliste.

Répondre à cette question est plus délicat. La première fois que j'ai rencontré l'épouse de Leonard Woolley, c'était lors de cette même soirée à Londres. C'est elle qui est venue vers moi la première. C'est après qu'elle m'a présenté son mari avec qui j'ai eu cette discussion passionnante. Katharine Woolley, Kate comme je l'appelais très vite, venait de terminer la lecture de mon dernier roman, *Le Meurtre de Roger Ackroyd*. Elle avait adoré et je dois dire que cela avait été pour moi un immense plaisir de la compter parmi mes admiratrices. Son adhésion me rassurait sur mes capacités de romancière dont je doutais beaucoup à l'époque. Nous avons passé pratiquement toute la soirée ensemble à discuter de mon métier mais aussi de son rôle auprès de son mari sur le site de fouilles de Ur. J'avais lu l'article du *Illustrated London News* deux jours plus tôt. J'étais bien sûr absorbée par notre discussion. Et c'est ce même soir qu'elle m'avait invitée à lui rendre visite en Irak, à Ur. « Vous jugerez par vous-même, sur place, la beauté de notre mission à Len et moi », m'avait-elle susurré à l'oreille de sa voix suave. Sur le coup, j'avais pensé que cette invitation n'était que pure politesse… mais il s'avère qu'elle était sincère puisque six mois plus tard – par un concours de circonstances dont je vous épargnerai les détails –, je prenais la direction de Bagdad et découvrais pour la première fois la cité royale de Ur. C'était, je dois l'avouer, comme un rêve de petite fille qui se réalisait. Mais je ne peux pas raconter tout cela à Caroline Leblanc sans risquer de me dévoiler. Je me contente de répondre :

— C'est une femme très intelligente.

3

On pourrait penser que se retrouver dans un lieu aussi magique que Ur et fouler sa terre sèche chargée d'une histoire vieille de plus de cinquante siècles invite au respect et au silence. Et bien détrompez-vous. Il n'en est rien… Notre voiture vient de pénétrer dans le camp et il règne ici une agitation qui ferait presque tourner la tête ! Caroline Leblanc saute immédiatement de la voiture. Je l'entends lancer ce qui ressemble beaucoup à un cri de guerre :

— À moi le pays des mille et une nuits !

Elle attrape son sac et sort son bloc-notes. Elle m'avait prévenue : elle ne veut pas perdre une seconde. Je la vois s'éloigner derrière des charrettes tirées par des ânes qui passent et repassent chargées de paniers contenant, je suppose, les découvertes du jour. J'apprendrai plus tard que près de deux cents personnes travaillent ici quotidiennement pour le professeur Woolley et se rassemblent à chaque fin de journée pour venir chercher leur salaire, quelques roupies providentielles dans un pays où la pauvreté est la norme dans les familles. Des hommes à la peau sombre, accroupis au milieu de la cour centrale, trient encore des tessons de poteries et parlent entre eux à voix forte, d'autres assis sur des pierres les lavent dans de grandes jarres remplies d'une eau couleur de terre, d'autres encore cuisinent dans de grands bacs en cuivre ce qui sera très certainement destiné à nourrir les membres de la mission… Quand je descends à mon tour de la voiture, le brouhaha est tel qu'on se croirait sur Oxford Street, si ce n'était ce soleil et cette chaleur qui, bien sûr, sont impensables à Londres ! Mais ce ne sont pas les bruits provenant de cette organisation du camp qui me déstabilisent. Ce sont d'autres bruits. Ceux d'une dispute entre mon amie Katharine Woolley qui m'a invitée dans cet endroit magique, et une autre femme qui, si mes souvenirs sont exacts, est l'assistante de son mari, l'éminent archéologue Charles Leonard Woolley. Si je la reconnais tout de suite à ses cheveux roux frisés et ses taches de rousseur, signes de ses origines irlandaises, impossible de me rappeler son nom. Anne Railly, Roilly, Reilly… Ou quelque chose dans cet esprit-là. Elle n'a pas plus de trente ans. Elle est vêtue ce jour-là d'une longue jupe en toile beige taillée dans le même tissu que son chemisier. Elle est, ma foi, toujours aussi charmante que dans mon souvenir. Quant à Kate, qui lui fait face, jolie n'est pas le mot que j'emploierais pour la décrire car son visage est à l'instant où je l'observe crispé par la colère. Cela ne l'avantage pas. En temps normal, elle est beaucoup plus belle, fascinante même dans la mesure où tous ses traits semblent avoir été tracés avec une symétrie parfaite. Depuis notre dernière rencontre, elle n'a pas changé de coiffure. Ses cheveux bruns foncés sont coupés courts et au carré. À la vérité, Kate est magnifique, même maintenant alors qu'elle crie après la pauvre jeune femme.

Au fur et à mesure que je me rapproche d'elles, les propos entre les deux femmes sont de plus en plus virulents.

— Allez au diable avec votre petit air de ne pas y toucher… Je sais très bien ce que vous fabriquez avec mon mari! hurle maintenant mon amie Kate, qui n'a même pas remarqué que j'étais arrivée.

Elle est vraiment furieuse. Ses lèvres tremblent et ses yeux habituellement si séducteurs sont pleins de rage. Si je devais la décrire dans un de mes romans, je dirais qu'ils sont comme des couteaux qui vous transpercent. Je sais, la comparaison est un peu commune, mais elle a le mérite de bien refléter la situation.

— Mais, Mrs Woolley, je vous assure… répond toute penaude la pauvre assistante irlandaise avec une voix tremblante.

Kate m'aperçoit enfin et change du tout au tout dans son attitude. Son visage s'illumine, un sourire se dessine sur sa bouche et je retrouve la magnifique et lumineuse Kate.

— Agatha, Agatha… Ma chère Agatha… Oh, je suis désolée… tu arrives au plus mauvais moment… Mais ce n'est pas grave… Oublions cette pimbêche… dit-elle en jetant un regard mauvais vers l'autre femme. Elle n'en vaut pas la peine. Suis-moi que je te montre où tu vas t'installer. Je ne t'attendais pas si tôt. On m'avait dit en fin de journée…

Elle consulte sa montre.

— Mais il est déjà six heures… Ce n'est pas possible… Le temps passe si vite!

Quelle comédienne! me dis-je en moi-même. Kate n'a vraiment pas changé. Elle n'arrête plus de parler. Il m'est impossible de placer un seul mot. Mon hôtesse me donnerait presque le mal de mer à force de déverser ces flots de paroles. Comme dans un même souffle, elle alpague à présent un jeune garçon qui se tient à quelques mètres de nous.

— Sidi, vous portez les valises de Mrs Christie au bâtiment Est.

Celui-ci s'exécute sur le champ, se dirige vers la voiture avec un chariot de bois et commence à décharger une à une mes douze valises toujours sur le toit de l'automobile. Je m'en veux de lui laisser accomplir cette tâche seul. Je suggère à Kate de l'aider mais elle n'en voit pas l'utilité: il est payé pour ça! Je n'ose la contredire.

— Maintenant, on y va, je t'accompagne à ta chambre, Agatha. Sidi va nous suivre. Je suis désolée, je n'ai pas beaucoup de temps à te consacrer ce soir. Mais demain, oui. Nous aurons tout notre temps pour bavarder. Allez on y va… Sidi? Vous êtes encore là? Il faut aller plus vite.

Le jeune garçon charge mon dernier bagage et je suis confuse du mal que je lui donne. Je suis Kate qui a déjà pris la direction du bâtiment où je vais séjourner. Dans ma précipitation, je manque de trébucher sur un caillou mal placé en m'emmêlant les jambes dans ma robe qui est très longue. Je me rattrape sur la carriole de Sidi et me garde de me plaindre.

Je me suis pourtant bien fait mal au gros orteil. Mais Kate n'est pas le genre de femme que l'on fait attendre. Et je commence à comprendre tout l'intérêt de porter un pantalon !

— Bienvenue dans tes appartements, ma chère Agatha, me souhaite Kate en ouvrant une porte bricolée dans des planches de bois de différentes largeurs et laissant passer le jour à certains endroits de façon très peu pudique.

Une fois à l'intérieur, je découvre quatre murs en pisé qui vont me servir d'abri durant mes trois semaines de vacances. L'aménagement est plus que spartiate – un lit et des caisses à oranges faisant office d'armoire, de table et de tabouret – mais je veux me persuader que j'y serai bien. Et puis, pour la bourgeoise bohème que je suis en train de devenir, cela ne peut pas faire de mal de revenir à l'essentiel. « Ce qui ne nous tue pas nous rend plus fort » comme dit ce philosophe allemand. Je ne peux cependant m'empêcher de penser que ma chambre ressemble à celle d'une bonne sœur dans un couvent. Il ne manque plus qu'une croix du Christ au-dessus de mon lit. Heureusement que personne n'en a eu l'idée. Kate semble lire dans mes pensées :

— Je te l'accorde, c'est un peu austère. Et encore, tu peux me remercier, j'ai demandé à ce que l'on retire le crucifix…

Kate me dit cela avec cette simplicité élégante dont elle a le secret. Une fois de plus, je ne peux que constater qu'elle a le chic pour se transformer en ange alors que quelques secondes auparavant, elle avait tout d'un tyran. Sa voix est désormais douce et affectueuse. Nous échangeons quelques banalités sur le trajet que je viens d'effectuer – 3 000 kilomètres quand même –, mais aussi sur les nouveautés de Londres. Cela fait un an qu'elle n'a pas mis les pieds en Angleterre et cela lui manque, me confie-t-elle. Au bout d'un moment je ne peux m'empêcher de lui demander les raisons de l'altercation à laquelle je viens d'assister.

— Que t'a fait cette pauvre jeune femme avec qui tu te disputais ? Il s'agit bien de l'assistante de Leonard ?

— Anne Reilly, oui , c'est elle, me répond Kate en refermant la porte en bois. Oh… Trop long à t'expliquer. Mais méfie-toi d'elle comme de la peste… elle est sournoise cette fille.

Elle ne m'en dit pas plus mais sans même être intime avec la jeune femme dont Kate me dit de me méfier, j'anticipe qu'elle exagère. J'ai déjà pratiqué Kate et je sais que ses jugements sur les autres sont, comment dire, tranchants et toujours excessifs, hâtifs. Et ce dans un sens positif comme dans un sens négatif. Kate est tout autant capable de détester quelqu'un que de l'encenser avec une intensité qui n'a rien de rassurant. C'est comme si elle était incapable de trouver un juste milieu. C'est d'ailleurs ce qui s'est passé avec moi la première fois que nous nous sommes vues. Elle m'a tout de suite considérée comme sa meilleure amie. Pour ma part, je n'irais pas jusque-là. Mais je ne la détrompe pas lorsqu'elle me ressort ce couplet de la « meilleure amie du monde ». Si cela lui fait plaisir, il n'y a pas de mal à ça. Cependant, entre nous, c'est très exagéré. Nous ne nous connaissons que depuis deux ans et n'avons pas eu tant d'occasions que ça de nous fréquenter si on y réfléchit bien.

4

Il est bon d'avoir l'esprit pratique quand on voyage ! C'est pourquoi je me suis fait couper les cheveux avant de venir ici et j'ai bien fait car autant vous dire que les salons de coiffure pour femmes ne courent pas les rues de ce côté-ci du globe. Ici, tout est très différent. Par exemple les hommes qui travaillent sur le chantier ont les cheveux longs et les portent en tresse. Un foulard entoure leur tête et retombe sur leurs épaules. Quant aux femmes, c'est difficile à dire car elles se couvrent elles aussi la tête d'un voile et l'on ne peut pas voir leurs cheveux. Pour ce qui me concerne, la veille de mon départ, j'ai attrapé une paire de ciseaux et j'ai demandé à Carlo, ma fidèle secrétaire, de tailler dans le tas. Cela s'est terminé par une coupe au carré plus que basique mais très pratique pour voyager. Elle ne nécessite pas de passer des heures à se coiffer et un peigne suffit. On ne s'encombre pas de ses brosses en poil de sanglier achetées une fortune chez Mason Pearson quand on séjourne au Moyen-Orient !

Carlo n'a pas réussi à tailler droit, mais cela n'a aucune importance car mes boucles masquent ces petits accidents et je porte de toute façon tout le temps un chapeau. Est-ce que le résultat me plaît ? Je dois avouer que maintenant que je me regarde dans le petit miroir que j'ai pris soin d'emporter avec moi, j'ai l'impression de voir une espèce de rousse excentrique. Mes boucles sont sens dessus dessous. J'entends déjà certains lecteurs dire que je rechigne à me déplacer avec une brosse à cheveux mais que cela ne m'évite pas pour autant de traîner avec moi une douzaine de valises. Et ils ont raison de trouver cela incohérent ! Mais je peux me justifier. Quatre de mes valises sont remplies de tailleurs, de robes légères et de corsages, en plus de la lingerie de jour et de nuit. Il faut en effet savoir qu'ici, on lave son linge à la main et c'est une vraie corvée. Quatre autres valises sont pleines de mes livres. Car si je compte bien ne pas travailler durant mon séjour à Ur, je ne veux pas renoncer à lire. Parmi mes choix de lecture, j'ai retenu plusieurs guides qui me seront utiles pour mieux comprendre le travail de Leonard et l'histoire de la troisième dynastie d'Ur. Je compte bien durant mon séjour m'initier aux rudiments de l'archéologie. J'ai également deux valises dédiées à mes paires de chaussures et deux autres à mes affaires de toilette, ainsi qu'à quelques médicaments que je sais introuvables dans cette partie du monde. Voilà, comme vous pouvez le constater, on arrive vite à se déplacer avec douze valises si l'on veut se montrer prévoyant !

L'armoire de ma chambre est bien entendu trop petite pour accueillir toutes mes affaires. Mais il me faut une bonne heure pour m'en convaincre avant de tout remettre à l'intérieur de mes valises. Il faut croire que je n'ai pas tellement le sens pratique. Je m'accorde ensuite une petite pause à somnoler sur mon lit. Ce voyage en voiture mais aussi Caroline Leblanc et sa verve inépuisable m'ont, je m'en rends compte désormais, épuisée.

En fin de journée, le jeune Sidi vient me prévenir que Lady Woolley, comme il l'appelle, a mal à la tête et n'assistera pas au dîner. J'en suis toute désappointée mais je ne dis rien. Il me précise que je dois me présenter au réfectoire avant 19 heures si je veux dîner. Comment ça si je veux dîner ? ai-je envie de lui répondre. Bien sûr que je veux dîner ! Cela n'a jamais été une option pour moi. Et cela ne le sera jamais. Je suis bien trop gourmande et je n'ai rien mangé de chaud depuis mon départ de Bagdad ce matin.

Après coup, je trouve cela un peu impoli de la part de Kate de me laisser tomber comme ça dès le soir de mon arrivée. Puis je me souviens que mon amie n'a que faire des bonnes manières, de « l'étiquette » comme on dit chez les Français. « On peut dire ce que l'on veut sur moi, je m'en fiche totalement », elle me l'a assez répété l'année dernière, à chaque fois que je m'étonnais de sa liberté d'agir et de penser. Je ne suis pas comme elle. Je n'ai pas son assurance. Je suis toujours soucieuse du jugement que l'on porte sur moi. Ce n'est pas à mon avantage. Et si vous vous demandez laquelle de nous deux est la plus heureuse, je vous répondrai sans hésiter que c'est elle. C'est très fatigant de toujours se soucier de l'avis des autres. Sidi ajoute qu'il s'agit d'un repas « habillé ». Je suppose qu'il veut dire par là qu'il y a un « dress code » à respecter. En fin de journée, pour faire honneur à mes hôtes, je passe donc une robe longue un peu plus sophistiquée grâce à son décolleté. Je change de sac à main et opte pour une petite pochette brodée de pampilles dorées. Après tout, c'est ma première soirée sur le camp. Kate ne sera peut-être pas là mais il y aura Leonard pour m'accueillir et me présenter aux autres membres européens de la mission. Autant faire bonne figure. Le problème, c'est que lorsque j'arrive dans le réfectoire, situé de l'autre côté de la cour, côté ouest, personne ne se soucie de personne. Et surtout pas de moi. J'aperçois Leonard, mais il ne vient même pas me saluer et au bout d'un moment, je me rends compte qu'il n'est même plus là. Son assistante Anne Reilly est également invisible. Pire que tout, je me rends compte que ma tenue ne colle pas du tout avec l'ambiance de la soirée. Les hommes sont encore en vêtements de travail – ce qui pourrait se résumer à des shorts en toile de couleur kaki et des chemises à manches courtes taillées dans le même tissu – et les femmes présentes s'affichent dans les mêmes gammes de couleurs qui oscillent entre sable et dune... Autant dire que je fais tache dans ma robe en satin rouge framboise. Impossible de retourner à ma chambre me changer car un serveur me place alors de façon tout à fait arbitraire entre deux hommes qui se présentent rapidement quand je m'assois. Le premier, à ma droite, est l'assistant de Leonard Woolley, Max Mallowan, et le second, à ma gauche, est l'épigraphiste de la mission, le père Legrain.

— On m'avait dit que c'était un dîner habillé... Je pense que je n'ai pas bien compris, dis-je en posant à côté de moi ma petit pochette à paillettes.

— Narguilé. Un dîner narguilé, rectifie le père Legrain en me regardant d'un drôle d'air.

— Vous êtes sûr, mon père? dis-je en recouvrant ma pochette de ma serviette pour la rendre moins visible.

— Aucun doute, répond-il en me désignant des yeux les chichas installés sur chacune des tables dans le réfectoire.

La compagnie de ces deux hommes n'est pas désagréable mais je ne peux pas dire que nous ayons grand-chose à nous raconter. Il est évident que si Kate et Leonard avaient été là pour nous présenter, nous ne nous retrouverions pas à échanger sur des sujets aussi peu passionnants que la fréquence des pluies dans la région et la vitesse à laquelle un dromadaire peut se déplacer dans le désert. Nous passons également un bon moment à échanger sur le tribus bédouines et leurs moutons, l'insécurité sur les routes transdésertiques. À les écouter, les *rezzou*, ces attaques surprises contre les occidentaux qui voyagent dans la région, sont de plus en plus fréquents. Mais c'est surtout le père Legrain qui parle. Installé à ma droite, Max Mallowan se révèle être un homme très réservé, timide même et il l'est d'autant plus qu'il renverse accidentellement la carafe d'eau sur la nappe de notre table, ce qui a pour effet de lui couper la parole pendant toute la fin du repas. J'ai beau lui dire que cela n'est pas grave – l'eau ne tache pas jusqu'à nouvel ordre! – rien n'y fait. Il n'ouvre plus la bouche sauf pour se morfondre en excuses. Quant à Legrain, il est très distant et dans son cas, ce n'est pas par timidité. Plutôt une certaine forme de suffisance. Bien sûr, je ne leur ai pas dit que j'étais romancière. Je me suis juste présentée comme une amie des Woolley. Je préfère pour cette première soirée éviter de m'étendre sur ma profession qui provoque toujours une série de questions auxquelles j'ai horreur de répondre – « *Écrivez-vous sur un cahier ou une machine ? D'où vous viennent vos idées ? Avez-vous déjà assisté à un vrai crime ?* » – Et par chance mon nom – Agatha Christie – n'a évoqué ni à l'un ni à l'autre la moindre association avec l'écrivaine que je suis.

À l'autre bout de la table, j'aperçois Caroline Leblanc qui est en très bonne compagnie à en croire la bonne humeur qui se lit sur son visage. Je regrette de ne pas être à côté d'elle. Elle passe son temps à écrire sur son bloc-notes calé juste à côté de son assiette. J'apprendrai bientôt que son voisin de table se nomme Algernon Stuart Whitburn, dit Algy. Quant au couple juste à sa droite, au centre de la table, il s'agit d'Alix et John-Christopher Rose. La femme a une soixantaine d'années. Elle est assez forte, avec un visage à la mâchoire bien carrée. Elle était déjà présente à Ur lors de mon premier séjour, avec son mari, archéologue rattaché à la mission par l'université de Pennsylvanie. J'imagine pour vérifier que les fonds octroyés par l'université américaine à Ur sont utilisés à bon escient. Durant mon précédent passage, j'avais très peu fréquenté les Rose. Ils passaient beaucoup de temps à Bagdad pour régler des problèmes administratifs. Du peu que j'en avais vu, je les avais trouvés très… américains, et avec raison puisqu'ils le sont. Je ne devrais pas dire ça parce que mon père était américain, mais j'ai toujours eu beaucoup de mal avec ces gens. Ils parlent fort, contrairement à nous autres, Anglais. Et puis j'avais trouvé la femme un peu guindée. Et cette façon de s'habiller… stricte et austère comme une quaker. D'ailleurs elle se signait tout le temps et je vois que cela n'a pas changé puisqu'à nouveau elle dessine sur son buste ce curieux petit enchaînement des doigts censé la protéger du mal.

Je bâille d'ennui à plusieurs reprises. La conversation de mes voisins de table m'endort et je décide de m'éclipser au moment où l'on débarrasse les assiettes pour servir le café et alors que les narguilés commencent à répandre leurs odeurs de tabacs parfumés dans tout le réfectoire. Je passe devant le prénommé Algy et Caroline Leblanc, installés désormais sur des banquettes autour d'un narguilé. Ils me font de grands signes de la main pour m'inviter à les rejoindre. Il faut croire que je ne suis pas aussi invisible que je l'ai pensé toute la soirée. Je décline avec un sourire que je voudrais moins triste. Je n'ai pas le courage de me relancer dans une nouvelle conversation ce soir. En me couchant, une vague de mélancolie, ou plutôt devrais-je dire de mauvaise humeur, si je suis honnête avec moi-même, s'abat sur moi. Cela me fait toujours ça quand j'ai passé un moment désagréable. Et ce dîner a été désagréable. Dans ces cas-là, je vois tout en noir. Ma vie privée comme professionnelle défilent devant moi et m'apparaissent dans toute leur vacuité. Coincée entre un homme en soutane qui a passé la soirée à me citer saint Augustin et à me faire peur avec des histoires de compagnies méharistes attaquées par des contrebandiers, et un jeune homme, charmant certes, mais qui semblait obsédé par la carafe d'eau qu'il avait renversée, j'ai l'impression d'avoir plus que perdu mon temps : raté ma vie. Vous trouvez certainement que j'exagère mais c'est un sentiment dont je suis régulièrement victime depuis qu'Archie et moi avons divorcé. Auparavant, que ce soit pour le choix d'un parfum de confiture, la myrtille en l'occurrence, ou mon opinion sur Oswald Mosley, rien ne pouvait me faire dévier de mes certitudes. Depuis, je doute régulièrement. C'est comme si toutes mes convictions sur la vie s'étaient effondrées. Sauf celles sur Mosley qui reste quoi qu'il arrive un nationaliste avéré. Heureusement, je m'endors avant d'être envahie par encore plus d'idées noires.

5

Pour ma première nuit dans cette chambre, cela commence plutôt mal.

Je suis réveillée en pleine nuit par des pleurs d'enfant. Ils sont très doux au départ, puis plus présents. Je ne sais pas si vous êtes comme moi, mais j'ai toujours été paniquée par ce que je ne vois pas, ce que je ne comprends pas et c'est bien ce qui se passe à cet instant. Je ne vois pas et donc ne comprends pas ce qui se passe. Il faut que je trouve une explication. Je me relève d'un bond dans mon lit. Désormais assise droite comme un poteau qui se refuse à céder sous le coup de la peur, je me sens pourtant tétanisée. Entre nous, j'ai toujours trouvé les pleurs d'enfants terrifiants. Et ceux-là le sont sans nul doute.

J'allume ma lampe de chevet et je consulte ma montre. Il est trois heures du matin. Je sors de mon lit et jette un œil par la fenêtre de ma chambre, après avoir soulevé mon store. La cour centrale est totalement vide, parfaitement éclairée par les étoiles de la nuit. Les pleurs sont pourtant bel et bien là, insistants, lancinants et déchirants d'autant qu'ils me semblent de plus en plus proches. Je ne me trompe pas. Ils montent en puissance et le seul avantage est que cela me permet au bout de quelques minutes de mieux les localiser. Car ce qui était au départ un petit chuintement est en effet en train de se transformer en cris. À présent je suis totalement paniquée !

Je vérifie une nouvelle fois à travers ma fenêtre un indice qui pourrait m'éclairer sur ces bruits mais rien ne bouge aux alentours. N'y a-t-il donc que moi pour entendre ces plaintes douloureuses ? Je continue mon inspection quand je réalise que les cris pourraient provenir de la pièce mitoyenne à ma chambre. Cela s'avère une certitude lorsque je plaque mon oreille contre le mur qui fait face à mon lit et que les plaintes se font encore plus distinctes. Nu-pieds et en chemise de nuit, j'ai maintenant le visage collé contre la cloison et je peux entendre les pleurs de l'enfant qui s'adresse à un homme plus âgé si j'en juge par la tonalité de la voix masculine qui vient de se joindre aux plaintes. Le dialogue auquel j'assiste me plonge alors dans un profond désarroi. Ce n'est pas celui d'une enfant mais bel et bien d'une adulte. Jeune, certes, mais rien à voir avec ce que j'avais imaginé.

— Je t'interdis, je t'interdis de me toucher. Tu entends ! prévient la voix enfantine.

— Mais voyons je ne voulais pas te faire peur…

— Recule-toi, recule-toi ou je hurle encore plus fort !

— Mais mais… calme toi… Il n'y a pas de raison, répond l'homme.

— Recule-toi où je hurle.

La voix est terrorisée. Je me sens toute entière parcourue de frissons tellement la détresse se perçoit dans ses mots. Pourtant le ton de l'homme n'est pas agressif. Il semble même faire tout son possible pour la calmer. Est-ce son père ?

— Recule-toi où je hurle, menace-t-elle maintenant.

— C'est bon, c'est bon, je me recule. Tu ne crains rien. Comment faut-il donc te le dire…

— Je vais hurler. Je t'aurai prévenu.

Je n'en peux plus d'être passive. J'enfile ma robe de chambre, prête à sortir et à partir à la recherche de cette enfant qui est visiblement en danger. Mais je ne sais pas pourquoi, quelque chose me retient. Peut-être le fait que personne ne se soit encore manifesté dans la cour, que personne n'ait frappé aux portes des chambres pour savoir où se cachait cette petite fille terrorisée. Je ne peux quand même pas être la seule à entendre cette voix. Je vérifie à nouveau par ma fenêtre mais rien ne bouge. Une fois de plus, la pensée me vient que je suis en train de rêver. Je me pince les joues pour m'assurer que je ne dors pas.

Si je suis aussi prudente, c'est que j'ai déjà vécu une mauvaise expérience il y a de cela quelques années. Pour le dire rapidement, je me suis retrouvée embarquée dans ce que plus tard mon médecin a appelé un « rêve éveillé ». J'étais à l'époque très perturbée à cause de mon mari – toujours lui. Autant dire que depuis cet épisode je prends très au sérieux tout ce qui touche à ma santé mentale. Je n'ai aucune envie de finir dans un asile psychiatrique. J'ai d'ailleurs pris une mesure radicale pour retrouver mon équilibre après cet épisode : j'ai totalement changé de vie. J'ai divorcé, choisi un nouvel éditeur, vendu ma maison à la campagne et je me suis installée à Londres, dans le quartier de Chelsea où j'ai acheté une petite maison que j'ai aménagée à mon goût. Mais, surtout, je me suis promis de ne plus me laisser perturber par l'amour ! Je sais, c'est un peu radical mais après tout, nous sommes en 1930 ! Une femme n'est pas obligée d'être en couple pour être heureuse. Bien au contraire. Désormais, je consacre mes journées à l'écriture de mes romans, aux travaux de décoration de ma maison et, le soir, je vais au théâtre ! Ma fille Rosalind est pensionnaire et je suis également libre de voyager où bon me chante. Cette liberté me remplit de joie. Je vais donc très bien ! Tout cela pour dire qu'aussi étrange qu'il y paraît, les cris que j'entends actuellement n'ont rien à voir avec une défaillance de ma santé mentale. Tout est bien réel !

Le silence est maintenant revenu et s'installe, mais je me sens toujours aussi pétrifiée par ce que je viens d'entendre. Ces mots résonnent en moi sans discontinuer. Je les répète *in petto* comme si je cherchais à y découvrir quelque chose, un indice qui pourrait me guider vers cette jeune victime. C'est alors que je réalise que cette voix que je n'ai pas reconnue tout de suite parce qu'elle ressemblait à une voix de petite fille, cette voix m'est familière et n'est autre que celle de mon amie Katharine Woolley. Quant à l'homme, c'est à présent une certitude, il s'agit de Leonard Woolley. Cette évidence s'impose à moi avec une fulgurance inattendue. Je viens d'assister à une banale dispute de couple. Mais peut-être pas si banale car la voix de mon amie n'était pas du tout celle à laquelle elle m'a habituée, elle avait ces accents enfantins déroutants et inquiétants. Qu'est-ce que cela peut bien signifier? Ces deux dernières années et à la suite de ma dépression, je me suis beaucoup intéressée à la psychanalyse. Il faut dire que j'ai eu la chance d'échanger avec le professeur Freud à Vienne pendant plusieurs mois. Je n'ai parlé à personne de nos entretiens pour des raisons qui ne regardent que moi. Mais je dois dire que si, au départ, j'étais très réticente à cette pratique, le professeur Freud m'a convaincue de son utilité. Il m'a montré que l'âme humaine est une machine à la fois totalement imprévisible, mais aussi totalement prévisible. D'où le fait qu'elle soit si fascinante. Si je pense à cela maintenant, en plein milieu de la nuit, c'est que je me souviens d'une de nos conversations sur notre capacité à retomber en enfance lors d'événements traumatiques. Le vieil homme m'avait alors cité le cas d'une de ses patientes qui durant ses crises d'angoisse changeait totalement de personnalité et reprenait sa voix de petite fille. C'était, disait-il, comme si l'enfant traumatisée au fond d'elle se mettait à la place de l'adulte qu'elle était devenue. Est-ce ce qui s'est passé pour Katharine cette nuit? Et si personne dans la mission n'a réagi, c'est peut-être parce que seule ma chambre possède un mur commun avec la leur ? J'en suis là de mes raisonnements quand je m'aperçois qu'il est cinq heures du matin. Le silence est définitivement revenu dans le camp. Je me recouche. Je me sens encore un peu secouée. J'essaierai peut-être de discuter avec Kate de cet étrange épisode qui vient d'arriver. Mais j'ai bien conscience que cela risque d'être très délicat d'aborder un sujet aussi personnel.

6

Les choses ne se répètent jamais de la même façon. Je ne sais pas si vous avez déjà fait cette expérience : vous avez passé un excellent moment dans un restaurant, un salon de thé où vous avez retrouvé de bons amis. Cela peut aussi être un voyage, des vacances dans un pays que vous ne connaissiez pas et qui s'avèrent être une révélation. Vous aimeriez revivre ces moments magiques, vous décidez de renouveler l'expérience afin de retrouver le même plaisir, le même frisson que la première fois. Pourtant, rien n'est plus pareil. Le décor est identique, le soleil se couche au même endroit, les mêmes personnes partagent ces instants… mais le temps a passé et la magie n'opère plus. C'est un peu ce que je ressens ce matin alors que j'assiste en direct à une nouvelle altercation entre Katharine Woolley et Anne Reilly. Cette fois-ci, cela se passe dans le réfectoire de la mission, là où nous avons dîné hier soir.

Je me rapproche des deux femmes, discrètement. Elles sont penchées au-dessus de grands cahiers sur les pages desquels s'affichent des colonnes. Des registres. Tout à coup, Kate se lève pour se diriger vers la sortie. Elle est si furieuse qu'elle ne remarque même pas ma présence.

— Vous ne vous débarrasserez pas de moi comme ça… Ni vous ni Leonard… C'est moi qui ai tout fait ici ! Vous entendez, tout !

— Je vous répète, Mrs Woolley, que telle n'est pas mon intention. Je me permettais juste de signaler que des poteries avaient disparu…

— Et vous m'accusez peut-être !

— Je me renseigne. Peut-être n'ont-elles pas été bien rangées. C'est pourquoi je voulais vérifier leurs fiches de classement…

— Cela vous arrangerait bien que je ne m'occupe plus de rien… Vous pourriez faire vos petites affaires tranquillement avec mon mari…

Kate passe devant moi comme si j'étais invisible et sort de la pièce en claquant la porte. Anne Reilly fond en larmes sur les registres. Quelle fureur ! Cette scène a tellement capté mon attention que je ne me suis pas rendue compte que je ne suis pas la seule à y avoir assisté. Un autre témoin, comme je pourrais l'écrire dans un de mes romans, est présent dans le réfectoire. Il s'agit d'Alix Rose, qui pour une fois ne fait pas le signe de croix quand elle croise mon regard.

— Ravie de vous retrouver parmi nous, Mrs Christie. Vous vous demandez ce qu'il se passe, j'imagine ? me dit-elle en me saisissant la main avec fermeté.

Là aussi, c'est très américain, cette façon de saluer.

— Elles n'arrêtent pas de se disputer… Cela devient pesant, je vous assure. Elles pourraient au moins régler leurs comptes en privé, sans nous en faire profiter. J'étais venue prendre tranquillement mon petit déjeuner…

Il me semble difficile de ne pas lui donner raison. Je ne suis là que depuis hier et cela fait deux fois que je vois Kate se prendre le bec avec Anne Reilly.

— Elles s'entendaient pourtant bien, il me semble, la saison dernière…

— Si seulement nous pouvions être la saison dernière… Tout a tellement changé, tout le monde a changé. Il faut croire que ce que l'on dit est vrai.

— Et que dit-on ? demandé-je.

Je suis curieuse : ce genre de remarque ne semble n'appeler rien d'autre qu'une question.

— Autant vous le dire tout de suite. Si ce n'est pas moi, cela sera quelqu'un d'autre de toute façon… On ne parle que de ça depuis une semaine… Le site serait maudit. Personnellement, je n'y crois pas une seconde. Je suis américaine. J'ai les pieds sur terre, voyez-vous. Mais il faut bien avouer que l'ambiance est très désagréable… J'imagine que vous croyez aux superstitions, Mrs Christie ? Vous êtes anglaise…

— Ce que je crois, c'est que dès qu'un endroit a une histoire, on lui invente un passé chargé de mystère. C'est un grand classique…

— Les gens d'ici disent que comme Ur était le royaume des dieux, les fouilles les ont dérangés…

— Les « gens », comme vous dites, ont dit la même chose au moment de la découverte de la momie du pharaon Toutânkhamon… Mais les malédictions n'existent que dans les romans fantastiques. Ceux d'Edgar Allan Poe par exemple qui, en passant, est américain. Mais cela n'est pas le cas dans la vraie vie où une malédiction, ou plutôt ce que l'on prend pour une malédiction, est le plus souvent une machination.

Je n'ai pas pu m'empêcher de remettre Alix Rose à sa place en lui rappelant que Poe est l'un de ses compatriotes. C'est un peu énervant cette idée reçue qui laisse croire que les Anglais et les histoires de fantômes ne font qu'un… Notre littérature est certes très orientée vers le mystère et nous avons inventé le roman gothique, mais nous ne sommes pas les seuls. Et concernant les malédictions, comme je lui ai dit, elles ont en effet souvent bon dos en invoquant le surnaturel pour expliquer un phénomène généralement beaucoup plus sordide. Je repense à cette nouvelle que j'ai écrite il y a quelques années. Elle avait pour titre *L'aventure du tombeau égyptien*. On était exactement dans ce cas de figure. Or, malgré ce que tous les personnages essayaient de faire croire, il n'y avait aucune malédiction. Juste un médecin qui se servait d'une légende inventée de toute pièce pour dissimuler les meurtres dont il était coupable. Ce recours au paranormal est tellement pratique que tous les romanciers en abusent et moi-même je le réutiliserai très certainement pour d'autres romans.

Tout ça pour dire que j'ai du mal à cacher à Alix Rose mon incrédulité quant à une éventuelle malédiction qui pèserait sur le site de fouilles archéologiques de Ur. Cette justification n'a aucun sens et elle le sait très bien. C'est pourquoi j'ajoute :

— Croyez-moi, une malédiction n'est pas, j'en suis sûre, ce qui provoque ces disputes à répétition entre Mrs Woolley et l'assistante de son mari. Il y a forcément une autre raison...

— Ce qui est certain, c'est que l'ambiance est détestable et que les incidents se multiplient. Des gens se blessent, des objets disparaissent... Et tout le monde semble perdre le tête. Le professeur Woolley par exemple... Vous l'avez vu ? À chaque fois que je le croise, j'ai l'impression qu'il va s'écrouler tellement il a l'air... usé, vieilli... Il ressemble à un vieil homme quand il est comme ça... Ces fouilles vont l'achever s'il ne se ménage pas.

— Je viens seulement d'arriver... Je n'ai pas encore salué Mr Woolley. Peut-être est-il tout simplement fatigué. Il s'investit tellement dans les fouilles.

— Mais sa femme... Elle aussi n'est pas comme d'habitude. Vous en convenez vous-même. C'est une vraie furie par moment...

Alors que nous échangeons, Anne Reilly range ses cahiers. Désormais, Alix Rose chuchote comme si nous nagions en plein mystère.

— Il s'agit des registres... C'est là que nous notons tous les objets trouvés avec une référence qui indique le jour et le lieu de la découverte ainsi que la personne à l'origine de la fouille. Vous les avez entendues... Des objets ont encore disparu. Cela devient récurrent.

Cette femme m'énerve terriblement. Ma première impression l'année dernière était définitivement la bonne. J'ai le flair pour repérer les grenouilles de bénitier.

À cet instant, un juron des plus vulgaires retentit dans la cour et arrive jusqu'à nos oreilles par les fenêtres grandes ouvertes du réfectoire.

Son auteur est John-Christopher Rose, le mari d'Alix, qui vient de laisser tomber une pile de poteries qu'il était visiblement en train de transporter jusqu'à l'entrepôt de stockage. Son épouse se signe et se tourne vers moi, l'air navré.

— Pas un jour sans qu'il se passe un malheur…

Je ne dis rien, mais il me semble que l'incident ne relève ni d'une malédiction ni d'une décision du Seigneur. Plutôt de la maladresse. Le mari d'Alix vient maintenant nous rejoindre et je ne peux m'empêcher de fixer ses mains qui tremblent énormément même quand il ne porte rien. Sa corpulence un peu ronde et la couleur rougie de son visage, ses veines dilatées, m'évoquent une hygiène de vie qui laisse un peu à désirer. Si j'étais… si j'étais l'un de mes personnages, détective privé professionnel ou non, je verrais dans ces différents indices le signe d'une maladie chronique.

7

Avant d'aller plus loin dans mon récit, une précision s'impose : je ne suis pas là pour travailler. Je me le suis promis. Je suis à Ur pour passer des vacances bien méritées. Je n'en ai pas pris depuis quasiment un an. J'ai enchaîné roman sur roman. *Le Train Bleu* m'a pris un temps fou et s'est écrit dans la douleur. Je n'y arrivais pas, ça ne sortait pas ! Il y avait ce personnage… Ruth Kettering, si détestable. Elle me rendait tellement mal à l'aise. Je l'ai fait mourir très tôt dans mon récit, cela m'a évité de passer trop de temps avec elle. Et puis il y avait mon intrigue, si banale. Et pour couronner le tout, mon détective, Hercule Poirot, qui avait l'air de me narguer à chaque fois qu'il apparaissait dans un chapitre. Pas étonnant que je l'ai mis à la retraite dans *Le Train Bleu*. Cela lui apprendra à vouloir me jouer des tours, à vouloir me doubler. Je sais que vous allez trouver cela étrange, mais parfois j'ai vraiment l'impression que je ne suis pas maître de le faire aller là où je veux. Pourtant, c'est moi qui tape sur les touches de ma Remington quand je le lance dans une enquête. J'avoue ne pas comprendre par quel subterfuge Poirot finit toujours par n'en faire qu'à sa tête. C'est ce qui me fait dire qu'il est grand temps que je lui trouve un remplaçant. Ou plutôt une remplaçante. Cela m'évitera peut-être de me retrouver à nouveau piégée par un homme trop misogyne pour reconnaître aux femmes leurs véritables talents.

Mais je ne peux pas reporter ma fatigue et mes blocages de romancière sur mes personnages. À leur décharge, je n'allais pas bien il y a quelques mois. Entre le décès de ma mère et la découverte de l'infidélité de mon mari, j'avais bien autre chose à penser que de composer une intrigue pour millionnaires en partance pour la Riviera. Mais mon éditeur, Billy, me pressait et ma nouvelle vie de mère célibataire m'obligeait de toute façon à gagner rapidement de l'argent. Alors j'ai écrit *Le Train Bleu* en moins de trois mois et je me suis servie de ce récit sans aucune originalité, ce vol de bijoux, afin de percevoir quelques billets. J'ai enchainé ensuite avec *Les Sept Cadrans* et mon superintendant Battle. Puis, dans la foulée, j'ai retravaillé toutes mes nouvelles mettant en scène Tommy et Tuppence pour en faire un « vrai » livre (une idée de Billy) et juste après je me suis attelée à *L'Affaire Protheroe,* qui vient tout juste de paraître et dont je suis cette fois-ci très satisfaite. Si je suis si contente de ce dernier roman, c'est que je pense avoir trouvé enfin de quoi moucher mon petit détective belge que mes lecteurs apprécient beaucoup mais qui, franchement, m'insupporte par son arrogance et sa maniaquerie. Cette fois-ci, pour résoudre mon enquête, j'ai été chercher une vieille dame de plus de soixante-dix ans avec un sens de l'observation redoutable : Miss Jane Marple. C'est le personnage de la sœur du Dr Sheppard, dans *Le Meurtre de Roger Ackroyd*, qui m'a inspiré sa personnalité. Ainsi, si Jane Marple était à mes côtés actuellement, je suis persuadée que les disputes entre Kate et Anne Reilly, tout comme les tremblements de mains de John-Christopher Rose, lui inspireraient des hypothèses très intéressantes grâce à ce fameux sens de l'observation dont je l'ai dotée. De par son âge à la fois vénérable et respectable (il faut bien trouver des avantages à la vieillesse !), Miss Marple possède par ailleurs une grande expérience de l'âme humaine et de ses comportements, ce qui fait d'elle une fine psychologue. Poirot aurait certainement aussi sa petite idée sur la question. Mais il lui faudrait poser des questions pour y parvenir.

Mais je m'égare car, comme je l'ai dit, je ne suis pas là pour parler travail. Je suis là pour me reposer. Je veux me consacrer aux fouilles et m'initier à l'archéologie ! Pour ça, j'ai emporté avec moi *L'ABC de l'archéologie*, un guide très bien fait que j'ai pour objectif d'étudier ce matin, maintenant que le calme est revenu dans le réfectoire.

Je choisis une table un peu à l'écart près d'une des fenêtres qui donnent sur la cour. À l'extérieur, j'observe John-Christopher Rose et sa femme discuter, Miss Reilly s'éloigner…

J'ai pris soin de me servir une tasse de thé avant de m'asseoir. Ici, tout est en « libre-service », m'a-t-on prévenue. Cela signifie que c'est à nous de nous servir… Je trouve cela plutôt pratique et moins cérémonieux que ces serviteurs aux gants blancs qui passent leur temps à vous demander si vous avez besoin de quelque chose.

Je parcours le sommaire de mon *ABC de l'archéologie.* Et j'y trouve ce que je compte étudier ce jour sous le titre «Antiquités sumériennes: les rites funéraires en Mésopotamie. Étude spéciale des accessoires dans les tombeaux». Je me rends à la page mentionnée et découvre le dialogue entre Gilgamesh et son serviteur Enkidu, où celui-ci lui parle des conditions de vie aux enfers. Je suis si absorbée par ma lecture que je sursaute brusquement en sentant une main se poser sur mon épaule. Il n'y a heureusement aucune raison d'avoir peur. L'homme à qui elle appartient est vêtu de façon tout à fait civilisée. Il porte un gilet sous une veste croisée ornée d'une fleur en tissu à la boutonnière. Un casque colonial vient encadrer son visage jovial de dandy anglais. Je reconnais Algernon Stuart Whitburn et il me le confirme:

— … Mais appelez-moi Algy, comme tout le monde ici. On m'a dit que je vous trouverais certainement au réfectoire. Nous n'avons pas pu échanger hier soir et j'ai tenu à venir saluer la célèbre romancière Agatha Christie dès la première heure! Je suis fou d'excitation à l'idée de passer du temps en votre compagnie… J'ai plein de questions à vous poser sur votre dernier roman… Ou peut-être est-ce l'avant-dernier… Celui qui se passe dans ces merveilleux palaces français…

— *Le Train bleu*… dis-je, légèrement contrariée, car comme je crois l'avoir déjà dit, ce roman ne fait pas du tout partie de mes préférés.

— Oui, c'est cela… Quelle mémoire dites-moi!

— Ce n'est pas difficile, c'est moi qui l'ai écrit…

— Très drôle! J'étais sûr que vous aviez le sens de l'humour! Nos discussions vont me faire un bien fou, croyez-moi!

Je sature de ne parler que de tombes royales et de rites funéraires… J'ai besoin d'air neuf et de sang frais !

Il part à nouveau dans un grand éclat de rire, juste avant de reprendre, tout aussi fougueux :

— Mais j'espère que je ne vous choque pas, ma chère… Je plaisante bien sûr pour le sang frais… Même si cette jeune journaliste française, avec laquelle vous êtes arrivée hier, donne terriblement envie de croquer de la chair fraîche…

Je me crispe légèrement. Qu'entend-il par-là ?

— C'est de l'humour, ma chère Mrs Christie… N'allez pas croire que j'ai des instincts de vampire… ou de meurtriers comme ceux qui peuplent vos romans… Ne faites pas attention ! Je vous l'ai dit, j'adore plaisanter.

Je l'observe lorgner sur les pages de mon livre.

— Je vous trouve en tout cas bien studieuse dès le premier jour de votre arrivée. J'aurais pensé que vous feriez la grasse matinée dans votre suite royale… Le voyage a dû être épuisant depuis Constantinople, ou plutôt devrais-je dire Istanbul puisque c'est comme ça que désormais les Turcs veulent qu'on appelle leur ville. J'espère que vous n'avez pas croisé nos amis contrebandiers en route… Il paraît qu'ils pullulent en ce moment dans la région et qu'ils ne sont pas toujours très sympathiques.

Il se penche pour lire par-dessus mon épaule. Je me redresse pour me dégager. Je n'ai jamais été très tactile, surtout avec des individus que je ne connais que depuis cinq minutes.

— Je m'instruis sur les Sumériens. Je compte me perfectionner en archéologie et en apprendre les rudiments durant mon séjour, dis-je avec un entrain un peu forcé.

Malgré sa gentillesse, cet Algy me met mal à l'aise. J'ai du mal à saisir s'il est sérieux ou plaisante à chaque fois qu'il me parle.

— Je vous comprends. L'histoire des Sumériens est passionnante. Et n'oublions pas que c'est grâce à eux si vous pouvez écrire aujourd'hui vos histoires de meurtres et d'empoisonnement et, par la même occasion, me divertir ! Alors vous leur devez bien de vous intéresser à eux…

Je le regarde, un peu étonnée. À ma connaissance, le premier roman policier n'est pas babylonien mais grec, et on le doit au grand Sophocle qui avec son *Œdipe* a écrit la première enquête à énigme. Mais Algy fait allusion à autre chose.

— C'est ici même, sur ces terres, qu'a été découverte l'écriture cunéiforme. La première écriture au monde, inventée au quatrième millénaire avant notre ère. C'est grâce à elle que vous pouvez nous conter les aventures de votre détective Hercule Poirot. Vous rendez-vous compte !

— En effet, vous avez raison : sans écriture, pas d'histoire.

J'essaie de me montrer savante à mon tour.

— Je viens de lire que toute mission archéologique qui se respecte doit avoir dans son équipe un épigraphiste, au même titre qu'un photographe et qu'un architecte archéologue. Vous êtes très certainement l'épigraphiste de la mission ?

— Non, c'est le père Legrain qui est notre épigraphiste en chef. Un homme très austère comme vous avez dû le constater hier soir au dîner. On dit que l'habit ne fait pas le moine mais, avec lui, il le fait ! Ce type vous donne l'impression d'avoir péché rien qu'à vous regarder ! Quant à moi, je ne suis que l'architecte archéologue. C'est beaucoup moins impressionnant que de décrypter des signes…

— Et que fait un architecte archéologue sur un chantier comme celui de Ur ?

Comme s'il attendait depuis le début que je lui pose cette question, Algy pousse un bruyant soupir de satisfaction, attrape une chaise et se met à me raconter son parcours. Il collabore aux fouilles de Ur depuis cinq ans mais avait déjà quitté le camp au moment de mon séjour la saison dernière. Et si l'on a besoin d'un architecte sur un chantier de fouilles, c'est que celui-ci permet grâce à sa très bonne connaissance des matériaux de construction de dater les différentes traces de bâtisses.

Algy m'explique maintenant que ce sont des briques d'argile qui ont servi aux différentes constructions disparues avec les siècles, rendant parfois très difficiles les datations.

— Heureusement, le mortier au bitume très présent dans cette partie de la Mésopotamie a beaucoup moins souffert…

C'est grâce à cette connaissance que l'on peut ensuite reconstituer les implantations des bâtiments. Algy est ainsi à l'origine des plans de la nécropole royale de Ur, le joyau des lieux que j'ai hâte de visiter. Ce vrai spécialiste continue son exposé en ajoutant à ses fonctions l'étude de la succession de couches de terre qu'il appelle la stratigraphie.

— Voyez-vous, je suis un peu comme un peintre qui arrive à faire la différence entre un beige marron et un beige sable, un charbon cendré et un charbon brûlé… Et tout ça pour les beaux yeux de notre amie commune Katharine et de son mari Leonard…

Je remercie vivement Algy de toutes ces explications et de leur clarté.

— Mais que cela ne vous empêche pas de potasser votre livre, jeune étudiante ! plaisante-t-il. D'ailleurs, vous savez que c'est cette femme, Gertrude Bell, qui a rendu les architectes archéologues obligatoires sur les sites de fouilles…

— Non, je ne savais pas. Nous parlions justement d'elle avec cette jeune journaliste. Quelle femme !

— Ça ! Elle est bien sympathique, cette petite Française !

— Je parlais de Gertrude Bell. Pas de Caroline Leblanc.

— Oh… Bien sûr, je vous faisais marcher. Miss Bell a beaucoup fait pour nous, les archéologues.

Machinalement, je cherche dans mon abécédaire ce qu'il est dit à son propos. Il y a en effet une entrée à son nom, mais le passage qui résume sa vie est très court je trouve, au vu de sa vie passionnante. Jugez plutôt :

Gertrude Margaret Lowthian Bell fut naguère agent de liaison au bureau arabe en Irak, puis agent politique auxiliaire à Bagdad et enfin secrétaire oriental du Haut-Commissaire britannique en Irak. Elle fut, avec le colonel Lawrence, un des auteurs du projet d'empire arabe qui servit de prétexte à l'élimination de la France de la Palestine grâce aux fameux accords de 1916. En mourant le 12 juillet 1926, Gertrude Bell a laissé une École anglaise d'archéologie à fonder en Irak et une somme de 6 000 livres sterling dont le revenu est applicable à l'étude archéologique de la Mésopotamie. Étant donné qu'à ce jour, ladite école n'a pas encore été fondée, ladite somme a été remise au British Museum qui a désormais à charge d'en affecter les revenus à l'exploration archéologique de l'Irak.

— Je suis sûre que si elle avait été un homme, cette école existerait déjà, dis-je avec une pointe de fatalisme dans la voix.

— Vous avez sans doute raison, très chère Mrs Agatha, mais vous savez comment sont les hommes… me répond Algy.

Sa disponibilité et sa compréhension m'incitent à lui parler plus sincèrement, même si nous ne nous connaissons que depuis peu.

— Puis-je vous poser une question sur les Woolley ? Vous êtes plutôt proche d'eux n'est-ce pas ?

— Oui, comme je vous l'ai dit, je suis ici depuis cinq ans.

— Depuis que je suis arrivée, je trouve que mon amie Katharine n'est pas comme d'habitude. Elle est très nerveuse. Savez-vous ce qui pourrait expliquer qu'elle soit aussi préoccupée ?

— Ses nerfs ont toujours été fragiles, vous devez être au courant. Elle passe son temps à s'en plaindre… Il paraît que c'est assez fréquent chez les femmes.

Je ne relève pas cette dernière remarque qui a toujours le don de me mettre hors de moi et qui revient à dire que les femmes sont incapables de maîtriser leurs humeurs. Un raccourci beaucoup trop facile qui sert avant tout de justification quand on ne sait pas quoi dire sur une situation. Heureusement, Algy se rattrape :

— Après, je vous dis ça, mais je dois vous avouer que je n'y connais rien aux femmes… Je ne fais que répéter ce que disent les gens ici et en l'occurrence Leonard. Mais après, pourquoi les nerfs de Katharine sont plus… fragiles… que d'habitude, je n'en ai aucune idée.

— J'ai entendu une étrange dispute cette nuit. Je crois que c'était eux.

— C'était bien eux. Je vous le confirme. Ma chambre est à côté des leurs.

— Leur couple a des problèmes ?

— Comme tous les couples et c'est bien pour ça que je ne me suis jamais marié… Vous êtes mariée, très chère Mrs Agatha ?

— Divorcée.

— Vous voyez. J'ai toujours été convaincu que les femmes et les hommes ne sont pas faits pour vivre ensemble. Malgré ce que l'on essaie de nous faire croire.

Une fois de plus je ne relève pas sa remarque mais cette fois-ci, je ne lui donne pas tort. J'ai très peu d'exemples autour de moi de couples heureux. Et c'est encore pire dans mes romans. C'est pour cette raison que j'ai imaginé Parker Pyne, un détective privé doublé d'un professeur de bonheur qui vient en aide aux malheureux en amour.

— Si je comprends bien, Kate et Leonard traversent une période difficile. Mais cela n'explique pas pourquoi Kate se dispute avec Miss Reilly ?

— Katharine se dispute avec beaucoup de gens ici. Mais ça, ce n'est pas nouveau. Cela a toujours été ainsi. Mrs Woolley est une femme qui n'aime pas qu'on lui impose quoi que ce soit. Moi, je la fais rire, alors elle m'aime bien et me laisse tranquille ! Sinon, je ne serais pas revenu autant de fois !

Il part dans un éclat de rire, mais personnellement je ne trouve pas ça très drôle. La nervosité de mon amie m'inquiète.

— Les Rose ne sont pas aussi optimistes que vous, dis-je. Alix Rose dit que cette saison, l'ambiance sur la mission l'épuise.

— Peut-être que si son mari buvait moins, elle se porterait mieux.

— Mr Rose boit tant que ça ?

— Vous n'avez pas vu ses mains trembler ?

— Si, je l'avais bien noté, cependant je ne savais pas que c'était un problème de boisson. Et puis cela n'explique pas l'agressivité de Katharine Woolley.

— Vous savez, Agatha, aucune saison ne se ressemble, j'ai pu m'en rendre compte. Quoi qu'il en soit, si vous voulez suivre une piste et jouer les Hercule Poirot… cherchez peut-être du côté de tous ces vols. Car il y a en effet de quoi devenir nerveux.

— Les vols ? Quels vols, Algy ? Que savez-vous ? La dernière dispute entre Kate… Entre Mrs Woolley et Miss Reilly étaient justement à ce propos.

Je m'en veux d'être aussi curieuse mais je dois dire que l'état de Kate me préoccupe grandement.

J'apprends alors de la bouche d'Algy que des vols de plus en plus fréquents ont lieu dans l'entrepôt où sont rangés tous les objets répertoriés après leur découverte.

— Ils disparaissent chaque semaine par dizaine. À tel point que Sir Woolley a interdit l'accès à la réserve. Tout a été mis sous clef et, depuis quinze jours, il faut montrer patte blanche si l'on veut y aller. Mais rien n'y fait… Les vols continuent. Hier soir encore, Woolley m'a fait part de la disparition de deux magnifiques colonnes d'une valeur inestimable car on pouvait encore y voir leurs dessins d'écailles de palmiers.

— Mais cela ne disparaît pas comme ça, des colonnes !

— C'est exactement ce que j'ai dit à Woolley. Cela prouve que tout est parfaitement organisé et qu'il y a forcément des complices.

Je comprends maintenant ces échanges entre Miss Reilly et Kate ce matin, leur temps passé sur les répertoires…

J'interroge à nouveau Algy.

— Le professeur Woolley n'a pas prévenu la police ? Ce n'est plus du vol à ce rythme-là ; c'est un véritable pillage…

Il hausse les épaules pour exprimer la résignation.

— Savez-vous combien d'objets sortent de terre chaque jour ici, rien que sur le tell al-Muqayyar ?

Je le regarde avec une expression qui témoigne de mon ignorance.

— Aucune idée. Un ou deux vestiges je dirais.

— Plus d'une cinquantaine, madame la détective !

— Ne m'appelez pas comme ça, Algy ! J'ai horreur de ça.

— Bien noté ! Mais sachez que ce site regorge de débris. On ne sait plus où les nettoyer, les trier, les ranger. On ne sait plus comment les archiver… Katharine Woolley veut tous les dessiner, Yadi est censé les photographier, même le pauvre père Legrain n'arrive plus à tenir le rythme pour déchiffrer les écritures.

— Cela devrait tous vous réjouir.

— Bien sûr que cela nous réjouit. Cet endroit est fantastique. Mais c'est bien pour cela qu'il attire les convoitises et donc les pillards. Car cela commence à se savoir que l'on y trouve des trésors.

— Et certains inventent des malédictions pour essayer de faire peur à ceux qui seraient trop curieux

— Ah ! Je vois que l'on vous a aussi parlé de ça. Cette histoire de malédiction est en effet la nouvelle explication pour justifier ces vols… mais aussi faire peur à ceux qui s'égarent la nuit… avance malicieusement Algy.

— Que voulez-vous dire ?

— Ce que je veux dire c'est que l'on assiste à de curieux déplacements dès que la nuit tombe… Faire courir le bruit que la mort rôde dès que le soleil se couche peut inciter à se calfeutrer dans sa chambre au lieu d'aller batifoler !

— Batifoler ? Arrêtez avec vos insinuations, Algy. Ce n'est vraiment pas agréable pour moi. Si je veux comprendre pourquoi mon hôtesse est nerveuse, autant que je sache réellement ce qui se passe ici. Vous ne trouvez pas ?

— Bien. Vous l'aurez voulu. J'ai bien l'impression que notre chère Miss Reilly et Leonard Woolley ont une liaison secrète. Il la rejoint dans sa chambre chaque nuit et je n'ai pas l'impression que c'est pour deviser en babylonien.

Bien sûr, et je suis sûre que vous êtes comme moi, j'ai horreur d'écouter ce genre de récit qui s'apparente davantage à des ragots qu'à la vérité. Je suis bien placée pour le savoir. Quand mon premier mari m'a trompée, les journaux s'en sont donné à cœur joie pour violer notre vie privée. Pourtant, et même si je ne saurais expliquer pourquoi, je sais qu'Algy a raison. Anne Reilly et Leonard Woolley ont une aventure ensemble et cela explique pourquoi Kate s'en prend constamment à cette jeune femme. Qu'elle soit au courant ou non de cette infidélité, elle le sent. Les femmes sentent ce genre de chose. Dès que j'ai vu Nancy Steel, j'ai su qu'elle était la maîtresse d'Archie.

8

Mes nuits dans le désert irakien sont décidément bien agitées. Après les pleurs nocturnes de Kate, cette fois-ci, j'ai fait un rêve étrange, un de ces rêves qui vous laisse tout chose quand vous vous réveillez.

J'étais au-dessus d'un tombeau, comme en apesanteur, et un mort s'éveillait. Bizarrement, je n'avais pas peur parce que ce mort ressemblait à… ma chère mère. Maman qui est partie bien trop tôt, il y a quatre ans, me présentait son doux visage et me parlait. Quel choc de la voir ainsi en mouvement mais surtout d'entendre le timbre de sa voix. « Vis ta vie ma fille, arrête de penser au passé, vis ta vie maintenant, il est grand temps ». Voilà ce que ses paroles disaient alors qu'elle s'éveillait dans ce qui ressemblait très fortement à un sarcophage. Une autre image me revient avec précision à présent que je suis tout à fait réveillée : celle d'un scarabée. Un scarabée doré qui s'échappe du sarcophage et tombe à terre. Il a un cœur dessiné sur sa carapace… Je me prête au jeu des associations comme m'a appris à le faire le professeur Freud. À l'époque où je lui racontais mes rêves et qu'il les analysait pour essayer de me faire comprendre pourquoi je n'allais pas bien, ce principe des associations était très efficace pour trouver des réponses à des interrogations. Ainsi, j'associe sans hésitation l'insecte au *Scarabée d'or* de Poe, tout comme j'associe la vision de ma mère dans un sarcophage au voyage que j'ai réalisé avec elle en Égypte, le pays des momies… Mon esprit endormi a tout mélangé cette nuit. Je réfléchis à la signification de ces drôles d'associations toute la matinée et j'en arrive à la conclusion que ce sont ces lieux chargés d'histoire, ces références aux rites funéraires avec la jeune journaliste française, les rumeurs de malédiction, au final mon dépaysement, qui ont fait surgir toutes ces images. Mais il y a aussi cette injonction prononcée par ma mère – ou beaucoup plus probablement par mon inconscient : « vis ta vie ». Cette phrase reflète tellement ce que je tente de faire depuis que je suis divorcée sauf que cela s'avère beaucoup plus difficile que prévu. Mon premier voyage en Irak l'année dernière était un défi que je me lançais. Je voulais me prouver à moi-même que j'étais capable de me débrouiller seule, sans l'aide d'un homme, surtout si cet homme était un mari infidèle. Et cette expérience fut extraordinaire. Je rentrais à Londres avec une énergie que je n'avais plus ressentie depuis des années. Je m'étais prouvée à moi-même que je pouvais encore faire des découvertes, m'enthousiasmer, aimer la vie… À présent, je suis à nouveau ici, dans le même état d'esprit : aller de l'avant. Mais alors pourquoi quelque chose tout au fond de moi me presse d'arrêter de penser au passé ? Il me semble que je m'en suis déjà affranchie ? Et si ce n'était pas le cas ? Si je me cachais la vérité comme dans la nouvelle de Poe ? Dans *Le Scarabée d'or*, c'est une tête de mort et non un cœur qui s'affiche sur le coléoptère. Ce cœur, cela signifie à n'en pas douter que mes préoccupations inconscientes sont d'ordre affectif. Il est aussi question de cryptologie dans la nouvelle de Poe. Un parchemin en apparence vierge fait apparaître un dessin tracé à l'encre invisible. Ce message secret indique l'emplacement d'un trésor à trouver… Quarante degré nord… Ou peut-être quarante et un… Tandis que je me prépare pour aller prendre mon petit déjeuner, que j'attrape mon chapeau de paille que j'enfonce sur ma tête en me regardant dans le triste petit miroir accroché au mur de ma chambre, le reflet de mon visage parle tout seul et me fournit une forme d'explication à l'injonction du fantôme de ma mère. J'ai 40 ans et je ne suis plus assez jeune pour croire au grand amour, mais je ne suis pas assez vieille pour me contenter de vivre comme une veuve, une momie, osons le dire. Dès lors, une petite voix intérieure me dit que ce rêve me parle de ma vie amoureuse et me dit – peut-être – qu'il est temps pour moi d'avoir une aventure avec un homme. Je blêmis. Cette éventualité me semble impossible et bien plus difficile que de traverser le désert de Syrie. Je chasse cette idée de mes pensées et rejoins le réfectoire pour prendre mon petit déjeuner. Je me refuse pour le moment à envisager toute bluette. Je n'en ai aucune envie malgré ce que semble me dire la petite voix qui se cache tout au fond de moi. Une fois m'a suffi ! Jeune, j'avais toujours rêver de me marier. L'expérience s'est révélée douloureuse. Plutôt perdre une main que de me retrouver à nouveau avec la bague au doigt ! Car bien sûr je n'envisage pas une seconde de fréquenter un homme sans être mariée. J'ai beau vouloir devenir une femme moderne, il y a des limites à ne pas franchir. Il en va de ma réputation.

9

Il n'est pas encore huit heures du matin que la chaleur s'est installée dans les moindres recoins du camp. Les ouvriers sont déjà sur le chantier à décaper minutieusement le sol pour y trouver de nouveaux vestiges. Je compte les rejoindre juste après avoir pris mon petit déjeuner et demander au chef de chantier de m'attribuer un carré de terre où j'espère faire des découvertes. Mais l'archéologie est un travail de patience, très aléatoire. J'avais pu m'en rendre compte lors de mon précédent séjour.

Quand j'arrive au réfectoire, Kate est là et me fait l'honneur de venir s'installer à ma table quand elle me voit. Cherche-t-elle à se faire pardonner pour m'avoir laissé dîner seule avec le père Legrain et l'assistant de son mari deux soirs de suite (elle s'est encore fait excuser hier soir) ? Je lui en veux mais ma rancœur s'efface quand elle me lance un de ses merveilleux sourires qui vous font croire que vous avez une chance insolente d'être intime avec une telle femme. Une fois de plus, je ne peux m'empêcher de noter qu'elle a une allure folle. Comme Caroline Leblanc, elle porte un pantalon d'homme. C'est donc une vraie mode ! Son chemisier lui va parfaitement au teint. Je suis très jalouse mais, rassurez-vous, je n'irais pas jusqu'à la tuer comme le font certains personnages dans mes romans ! Je ne suis pas assez perturbée pour ça et, surtout, j'ai appris depuis quelques années à composer avec mon physique un peu lourd et à en prendre mon parti, même si ce n'est pas toujours facile. Kate tient une tasse à la main et se sert sans aucune gêne dans ma théière. J'ai horreur de ça mais je ne dis rien. Je suis sous son charme… et je sais que c'est sa façon de fonctionner. Il ne faut pas penser à mal. Il n'empêche… elle aurait pu me demander. Je lui ai assez répété la saison dernière que sans mes quatre tasses de thé je suis incapable de me réveiller totalement. À une époque, le café avait ce pouvoir et il aurait fallu me payer une fortune pour me faire boire du thé, mais ce temps est révolu depuis que mon docteur a détecté des palpitations suspectes dans ma cage thoracique. Il m'a dès lors interdit la caféine. Sur le coup, cela m'a désespérée puis je me suis faite au goût du thé noir… Mais ça ne remplacera jamais un bon café.

— Bien dormi ma chère Agatha ?

— J'ai fait un drôle de rêve mais j'ai bien dormi et toi ?

— Moi, je ne rêve malheureusement plus, je ne fais que des cauchemars…

Mon amie prend un air mystérieux et je devine que cela signifie qu'elle attend que je lui demande pourquoi. Kate adore parler d'elle et encore plus qu'on lui demande de parler d'elle. Je ne suis pas difficile. Je m'exécute.

— Des cauchemars ? Et quel genre de cauchemars ?

— Je sais que je ne devrais pas me confier à toi qui écris tant de sombres histoire mais…

— Mais…

— Mais je pense que l'on m'en veut…

— Et cela te fait faire des cauchemars ?

— Il y a de quoi. Tu ne ferais pas des cauchemars, toi, si tu savais que l'on veut te supprimer ?

— Te supprimer ? Tu y vas peut-être un peu fort, Kate…

À cet instant, Alix Rose entre dans le réfectoire. Elle semble très agitée, ses cheveux sont dénoués, sa façon d'être vêtue dénote d'une certaine hâte pour elle que, jusqu'à présent, j'ai toujours croisée très apprêtée. Elle fait le signe de croix au moins à trois reprises. Elle parcourt des yeux l'assistance et son départ précipité de la pièce laisse à penser qu'elle n'a pas trouvé la personne qu'elle recherchait. Je regarde Kate avec des yeux interrogateurs.

— Elle cherche son mari…

— Et cela lui arrive souvent de se mettre dans cet état quand elle cherche son mari ?

— Pratiquement tous les matins, ironise Kate avec un petit rire de dédain. Son bougre de mari disparaît chaque nuit…

— Vraiment ?

— Tu n'as pas remarqué, Agatha ? Rose boit comme un trou.

— Je ne suis arrivée que depuis deux jours…

— Il boit depuis toujours, tu aurais pu t'en apercevoir l'année dernière… On ne sait plus quelle tâche lui confier dans la mission. C'est une vraie catastrophe.

— Mais alors pourquoi revient-il à chaque fois ?

— Il a été détaché par l'université de Pennsylvanie pour venir aider Leonard il y a cinq saisons et il semble que là-bas, personne ne regrette son absence. Le résultat, c'est que son contrat est renouvelé à chaque fois sans que Len ait son mot à dire ! Et en plus on a droit à cette bigote qu'est sa femme…

— Kate ! Comme tu y vas !

— Je t'assure, Agatha. Sa femme est une vraie souris d'église. Tu vas vite t'en rendre compte. Et elle n'est pas la seule à être insupportable. Autant te prévenir, nous ne sommes pas gâtés cette saison. Toujours dans le registre bondieuserie, le père Legrain donnerait au plus enthousiaste croyant l'envie de se pendre. Yadi n'est pas fichu de prendre des photos correctes alors qu'il est censé être notre photographe officiel. S'il n'était pas le fils du sheikh Hamoudi, il n'aurait jamais eu ce poste. Ses clichés sont flous et cela nous prend deux fois plus de temps que nous en disposons… Quant à Algy, il se croit drôle, mais à la vérité il est aussi triste qu'un sermon anglican… Et moi je me débats au milieu de ces gens incompétents pour que les choses avancent, que nous ayons fini les fouilles en temps et en heure cette saison.

Je me sens tout à coup très mal à l'aise. Je ne comprends pas cette vision si pessimiste de mon amie. Nous avons la chance de faire partie d'une aventure extraordinaire. Ce n'est pas tous les jours que l'on peut mettre à jour une civilisation disparue.

Et quelle civilisation ! Celle qui a inventé l'écriture ! Et puis je ne comprends pas cette avalanche de reproches qui sort de la bouche de mon amie. Comment peut-elle être aussi dure avec ces gens qu'elle côtoie chaque jour depuis des mois, depuis des années même pour certains, pourrais-je dire. Katharine me déçoit à la vérité. Je ne l'avais pas vue aussi acerbe jusqu'ici. Est-ce moi qui ai changé ou est-ce elle ? Je ne saurais le dire. La seule chose qui est sûre, c'est que je ne la reconnais pas.

Je suis extraite de mes réflexions par des cris qui s'élèvent à l'autre bout du réfectoire. Tout le monde se lève pour voir ce qu'il se passe. C'est un très maigre chien errant qui est entré sous la tente pour y chercher à manger. Il vient de tomber dans une des énormes barriques qui servent à conserver les liquides. Il tente de s'en extraire mais ses pattes glissent contre les parois humides. Plus il essaie, plus il est affolé, d'autant plus qu'un attroupement bruyant s'est formé autour de lui. Katharine se lève d'un bond pour le secourir, puis l'enveloppe dans un morceau de toile pour le sécher. Elle a les yeux remplis de larmes quand elle revient s'asseoir auprès de moi avec la pauvre bête dans ses bras, qui visiblement n'a pas plus de trois mois. Ses os transparaissent sous sa peau. Je reste très circonspecte face à cette scène : cette femme est capable de critiquer tous ceux qui l'entourent, voire d'être cruelle et, dans le même temps, elle est bouleversée par un chiot qui a manqué de se noyer. Que penser ?

— Je vais le garder en sécurité dans ma chambre le temps qu'il se remette de ses émotions…

— Kate ? Tu n'oublies rien ?

— Oui, Agatha ?

— Tu ne m'as toujours pas dit qui voulait te… supprimer ? Tu sais, tes cauchemars.

— Oh, tu as raison. Ce n'est pas grave. Cela peut attendre. Je ne pense pas que l'on me supprimera cette nuit. C'est encore trop tôt.

— Kate ! Comment peux-tu parler comme ça ? Ce n'est vraiment pas drôle.

— Je sais. Et je ne cherche pas à être drôle, figure-toi.

10

De retour dans ma chambre, je reste encore toute interloquée par le drôle de sens de l'humour de mon amie. Nous avons prévu de nous retrouver d'ici une heure pour nous rendre sur le site de fouilles, à quelques kilomètres du camp. J'espère bien que Kate aura à me fournir des explications un peu plus détaillées. Les menaces de mort ne doivent jamais être prises à la légère, je ne le sais que trop. Lorsque j'en profère dans mes romans, cela se termine toujours par un drame. C'est-à-dire un meurtre.

Plongée dans ces pensées qui sont loin de me rassurer, je me penche pour atteindre une de mes valises glissées sous le lit afin d'y récupérer un corsage qui ne sente pas les lentilles bouillies (notre repas d'hier soir). C'est alors que j'aperçois, caché derrière l'un des pieds, un linge enveloppant un objet que je ne peux évidemment pas identifier. Je m'approche et je me rends compte qu'il s'agit d'un linge éclaboussé de taches rouges. Du sang? Je l'attrape avec précaution à l'aide d'une feuille de mon cahier. J'ouvre délicatement le morceau de tissu. À l'intérieur se trouve une pièce cylindrique en argile sur laquelle sont gravés des symboles. Un objet qui, sans aucun doute, provient des fouilles menées ici-même. Comme il fallait s'y attendre, mon imagination s'emballe immédiatement et un flot de questions se précipite dans mon esprit. Qu'est-ce que signifie cette mise-en-scène macabre ? À qui appartient ce sang? Cet objet cylindrique est-il assez lourd pour avoir assommé quelqu'un? Peut-être pas tuer, il ne faut pas exagérer, mais en tout cas blesser. J'essaie de me calmer. Je ne suis pas en train de construire une de mes intrigues. Je suis en vacances. Il y a certainement une explication logique à la présence de ce drôle d'objet dans ma chambre. Mais j'ai beau chercher, je ne trouve pas. Pourtant ce morceau de tissu et cette pièce cylindrique ne sont pas arrivés ici par hasard. Je décide que la meilleure chose à faire est d'en parler avec Leonard. Cela fera une excellente entrée en matière, je pense. Car depuis que je suis arrivée sur la mission, il semble m'éviter. Si j'avertis Kate, nul doute qu'elle va interpréter ma « découverte » comme un drame. Elle semble déjà si anxieuse. Je dispose d'une heure avant de la rejoindre. Ni une ni deux, je glisse l'objet dans mon sac de toile et me dirige vers le bureau de Leonard. Je laisse l'étoffe sanglante sous mon lit. Même si le sang est séché, cette pièce à conviction (car cela en est une) n'a rien de ragoûtant.

Le bureau de Leonard est situé près du bâtiment de stockage. Quand il n'est pas sur le site de fouilles, c'est là qu'il passe tout son temps, m'a prévenue ce matin Kate, avec cette même mauvaise humeur qui ne semble décidément jamais la quitter. Il s'y replie dès qu'il n'est plus sur les tertres à creuser dans les couches d'argiles et de bitume. C'est là qu'il vient numéroter et décrypter ses découvertes. Après ça, Kate prend sa suite et réalise des croquis de chaque objet trouvé, puis ceux-ci sont photographiés et enfin archivés dans l'entrepôt de stockage.

Comme je l'espérais, Leonard n'est pas encore parti sur le site. Il est assis à son bureau et si absorbé par son travail qu'il ne m'entend pas frapper.

— Leonard… Leonard… dis-je doucement pour ne pas l'effrayer.

Il relève la tête à l'appel de son prénom et je ne peux que constater qu'il a terriblement vieilli depuis l'année dernière. Alix Rose m'avait avertie mais je ne m'attendais pas à un tel changement. Ses cheveux qui étaient bruns sont désormais gris cendré. Plusieurs rides profondes traversent son front. Ses joues se sont creusées. À cinquante ans, il en paraît dix de plus. Tout sur son visage indique un homme anxieux. Cela contraste étrangement avec son allure qui reste celle d'un grand garçon dégingandé. D'ailleurs, il m'a toujours fait penser à un boy-scout car, quelles que soient les circonstances, vous le trouvez toujours habillé d'un short en grosse toile lui arrivant juste au-dessus de ses genoux recouverts de terre quand ses mollets sont protégés par de grandes chaussettes de laine. Mais cette silhouette d'adolescent n'est qu'une illusion, comme je peux le constater en fixant son visage fatigué. Leonard Woolley en est à sa dixième ou onzième campagne de fouilles à Ur. Est-ce la cause de son épuisement ? Je suis surprise car il est l'un des hommes les plus courageux et volontaires que j'ai eu l'occasion de rencontrer. Il a même fait partie des services secrets britanniques ! Kate me l'avait confié l'année dernière, connaissant mon intérêt pour les histoires d'espionnage. Et cela ne semble pas confidentiel puisque Caroline Leblanc aussi était au courant. Pourtant, pour l'heure, c'est un homme très fatigué qui me fait face.

— Agatha... Excusez-moi, j'étais perdu dans mes pensées.

— Oui, c'est bien ce qu'il me semblait... Puis-je m'asseoir ?

Il semble un moment hésiter. Je sens qu'il préférerait rester seul mais comme c'est un homme bien élevé, il me montre du regard le siège qui fait face à son bureau. Je m'assois et sors de mon sac de toile l'objet trouvé une heure auparavant dans ma chambre. À sa vue, le visage de Leonard perd toutes ses couleurs... Comme je m'en doutais, il sait exactement de quoi il s'agit.

— Je me disais que vous sauriez à qui appartient cet objet...

— Où l'avez-vous trouvé ?

— Dans ma chambre... Il semble avoir roulé sous mon lit. Vous l'avez déjà vu ?

— Oui bien sûr, c'est moi qui l'ai trouvé dans le tombeau de la reine Shubad. Il avait disparu depuis plusieurs jours de l'entrepôt de stockage. J'étais très inquiet.

— Je suis au courant. Alix Rose m'a parlé des vols. Ils sont très nombreux apparemment... Vous savez qui pourrait être le voleur ?

Ma question est stupide. Leonard soupire, mais ne me répond pas pour autant. Je décide de faire comme si je n'avais rien dit. Il a l'air tellement mal à l'aise. Il passe et repasse entre ses doigts la pièce cylindrique.

— Qu'est-ce que c'est exactement ?

— C'est un sceau-cylindre. Si vous le faites rouler sur un parchemin, il raconte une histoire.

— Bien sûr… je suis sotte de ne pas y avoir pensé. Comment pensez-vous qu'il ait atterri dans ma chambre ?

— C'est un mystère.

— Vous devriez peut-être prévenir les autorités des vols qui ont lieu sur le site ? Mrs Rose a l'air de dire que cela ne sert à rien mais il doit bien y avoir un moyen de stopper cette… hémorragie.

En prononçant ce mot, je repense à l'étoffe tachée de sang dont j'ai consciemment omis de parler à Leonard. Je me sens rougir.

— Ici, rien ne fonctionne comme chez nous, chère Agatha. Katharine a dû vous l'expliquer. Mais j'ai quand même agi. J'ai chargé Munshid ibn Hubaiyib de surveiller l'entrepôt. Munshid est le chef tribal de la région. Il n'y a que lui qui est craint par ici. Enfin jusqu'à présent puisque quelqu'un se permet quand même de venir dérober des pièces aussi précieuses que celle-ci…

Leonard saisit le sceau-cylindre et lui attache une fine étiquette sur laquelle il inscrit un code qui correspond, j'imagine, à sa carte d'identité et qui permettra ensuite de l'identifier facilement. Il se lève de son fauteuil, saisit dans un des tiroirs de son bureau un trousseau de clefs et nous nous dirigeons vers la réserve d'archivage. Il glisse une clef dans la serrure.

— La porte est pourtant fermée ? Comment fait le voleur ? Ou les voleurs, car ils sont sûrement plusieurs vu la fréquence des vols. Je ne vois pas de signe d'effraction.

— Oui, tous les objets trouvés sur le site sont mis sous clef. C'est à n'y rien comprendre…

— Existe-il un double ?

— Katharine a un double…

Je quitte Leonard et je note dans un coin de ma tête de parler avec Kate de ces mystérieuses disparitions. Il doit bien y avoir un moyen de trouver une explication mais surtout un ou des coupables. Peut-être sa clef lui a-t-elle été dérobée ?

11

Nous avons passé la journée sur le site de fouilles et Kate s'est montrée d'une humeur exécrable. Elle n'a pas ouvert la bouche une seule fois. Si elle pense que je suis venue jusqu'ici pour supporter sa mauvaise humeur, elle se trompe. J'ai passé l'âge. J'ai assez supporté celle de ma sœur quand j'étais adolescente pour être vaccinée à jamais contre ce genre de toxicité.

J'ai d'ailleurs trouvé Kate si désagréable que j'ai fini l'après-midi avec le groupe encadré par Mr Max Mallowan. Il m'a confié un petit lopin de terre que je me suis appliquée à inspecter dans l'espoir d'en exhumer des trésors. Ce Mallowan n'est pas très bavard mais au moins, il est poli. Et il m'a appris plusieurs astuces bien pratiques pour éviter d'abîmer les tessons de poterie au moment de les excaver. J'ai aussi assisté à un coulage de cire qui a permis de récupérer tous les bouts d'ossements d'un squelette. Ceux-ci se figent dans la cire et on peut ainsi déplacer l'ensemble sans peur d'en oublier mais surtout en conservant la position d'origine des différents morceaux. Ce qui dans le cas des squelettes et encore plus des mosaïques, m'explique désormais Max Mallowan, est essentiel.

En fin de journée, au moment de monter dans l'autocar qui nous ramène au camp, Kate daigne venir s'asseoir à côté de moi après m'avoir ignorée. Je reste silencieuse. J'ai envie de lui faire comprendre qu'elle me déçoit décidément beaucoup. Enfin, elle s'excuse de son comportement. Mais elle me demande de la comprendre. Elle ne va pas bien du tout. J'ai envie de lui rétorquer que cette précision était inutile. Difficile d'ignorer son attitude acariâtre avec nous tous. Mon éducation anglaise me retient de lui dire, mais je lui fais remarquer quand même que j'ai le sentiment qu'elle me fuit depuis mon arrivée.

— Si je te fuis, c'est peut-être parce que je ne veux pas que tu me vois aller si mal…

— Et bien c'est raté. Je ne vois que ça… Et ce que j'aimerais comprendre, c'est pourquoi tu te sens aussi mal.

— Je reçois depuis quelque temps des lettres anonymes. C'est d'ailleurs ce qui me fait dire que l'on m'en veut.

— Cela change tout. Tu aurais dû commencer par ça, Kate. Tu crois que cela a à voir avec cette histoire de malédiction ?

— Je vois que les nouvelles vont vite. J'imagine que c'est cette bigote d'Alix Rose qui s'est épanchée sur ces stupides superstitions.

Je ne relève pas ce nouveau trait de mauvaise humeur.

— On m'a parlé de ces vols également. Et eux sont bien réels. Est-ce que cela pourrait avoir un lien avec tes lettres anonymes ?

— Je ne sais pas… Cela se pourrait…

— Arrête d'être aussi énigmatique Kate. J'ai horreur de ça…

— Si tu crois que cela me plait ! Je te l'ai dit, quelqu'un m'en veut. Est-ce que cela a un rapport avec ces vols ou une quelconque malédiction, je ne peux pas te le dire. Mais la découverte du site d'Ur fait des envieux. Il y a les pilleurs mais aussi des acheteurs plus ou moins véreux qui veulent que nous leur vendions nos précieux trésors. Bien sûr nous refusons… Tout ce que nous trouvons ici revient au British Museum. Et pourtant il y a ces vols, malgré toutes nos précautions.

— Je suis au courant. Leonard m'en a parlé.

— Ah ! tu as discuté avec Len. Il ne m'a pas dit. Je ne t'apprends rien donc.

— Si, les lettres. Ton mari ne m'a rien dit sur ces lettres. Elles te sont adressées à toi ou à ton mari ?

— À moi seulement. Len n'est pas au courant. Et je ne veux pas qu'il le soit. Il a tellement de soucis.

— Oui, ça aussi je l'ai remarqué. Il m'a semblé très fatigué.

Je ne dis plus rien. Je n'ose pas dire à Kate que je trouve que son mari semble avoir vieilli de dix ans depuis ma dernière visite. Je ne sais pas pourquoi quelque chose – l'instinct ? – me pousse également à ne pas révéler à Kate que j'ai retrouvé un sceau-cylindre dans ma chambre. De toute façon, m'entendrait-elle ? Je la sens perdue dans ses pensées, parlant presque pour elle-même.

— C'est un peu de notre faute. Au début, Leonard a tenu au courant régulièrement les journaux de ses découvertes, tu comprends, il nous fallait des financements pour continuer les fouilles. Faire de la publicité autour de nos découvertes nous aidait à trouver des… mécènes en quelque sorte. Mais maintenant… Maintenant tout le monde aimerait avoir sa part du gâteau.

— Mais au fait Kate, tu ne m'as pas dit. Que disent ces lettres ? Il me semble que c'est la première question à se poser si l'on veut en savoir plus sur leur auteur. Tu ne crois pas ?

— Bien sûr, Agatha… sauf que ces lettres sont vides. Des feuilles blanches.

— Étrange. Mais qu'est-ce qui te fait dire alors que ce sont des lettres anonymes ?

— J'en trouve une chaque soir sur la table de chevet de ma chambre. Et cela dure depuis deux semaines… Une page blanche glissée dans une enveloppe blanche. Il y a juste mon nom inscrit sur l'enveloppe.

— Deux semaines ! Alors en effet, cela ne peut pas être une coïncidence. Et les enveloppes, les lettres… les papiers sont toujours identiques ?

— Toujours.

— L'écriture est manuscrite ?

— Oui. Et si je me décide à t'en parler c'est qu'hier soir, pour la première fois, la page n'était pas blanche.

— Qu'y avait-il inscrit ?

— Figure-toi que c'est écrit en akkadien ! Enfin, c'est ce que je suppose mais je ne crois pas trop me tromper. J'en ai vu assez ces dernières années. C'est une forme d'écriture cunéiforme. Cependant, je suis incapable de la déchiffrer. Cela peut aussi bien être de l'assyrien que du babylonien… Il n'y a que des spécialistes qui pourraient nous le dire mais comme je ne veux pas en parler à Leonard, je suis embêtée.

— C'est en effet lui le mieux placé.

— Bien sûr. C'est pour ça que j'ai besoin de ton aide.

Je ne relève pas mais je ne peux que constater une fois de plus que l'on confond mon métier de romancière avec la profession de mes personnages, de Hercule Poirot en l'occurrence. C'est une fâcheuse manie qu'a en effet mon entourage de croire que je suis une détective privée ! Une fois, j'ai même vu un de mes proches me supplier de passer chez lui parce qu'il avait perdu son trousseau de clefs ! Je lui ai plutôt conseillé d'appeler un serrurier !

Toujours aussi directive, Kate ne me laisse pas le temps de lui expliquer que je suis bien entendu incapable de déchiffrer une écriture cunéiforme et que c'est à la police qu'elle devrait confier ces lettres, pas à moi. Elle reprend :

— Retrouvons-nous demain en début d'après-midi dans ma chambre, avant mon interview avec cette journaliste française. Ce soir, je dois terminer des croquis pour Londres. Il y a un départ de courrier demain matin, je dois absolument en profiter.

J'acquiesce à sa proposition. Je suis au courant des talents de dessinatrice de Kate. Elle est d'une aide précieuse pour la mission en réalisant des croquis de tous les objets exhumés. Cela permet de les répertorier de façon beaucoup plus précise et c'est comme ça qu'elle a su se rendre indispensable... mais aussi qu'elle est devenue la femme de Leonard. Car aussi étrange que cela puisse sembler, il ne s'agissait pas entre eux d'un mariage d'amour au départ. Kate m'a tout raconté lors de mon premier séjour ici. C'était un soir où nous parlions de nos mariages respectifs. Le mien venait de se solder par un échec retentissant alors que j'avais tout misé sur cette union. J'ai le sentiment, avec le recul, d'avoir été une jeune fille bien naïve comme cela arrive souvent. J'ai cru qu'un prince charmant allait se révéler à moi. Je me souviens de ces bals au Caire où je faisais mes premiers pas en société et découvrais l'art du flirt mais aussi de tenir un carnet de bal. Ce n'est cependant pas au Caire que j'ai rencontré mon futur mari mais de retour chez moi en Angleterre, à Torquay. J'étais alors très idéaliste et Archibald Christie a endossé le costume de prince charmant.

L'histoire de Kate est très différente. Elle m'a confié n'avoir jamais rêvé de se marier. Je l'admire de se montrer aussi franche. J'avais et j'ai toujours le sentiment que ma société éduque les femmes dans un seul but : le mariage. Mais Kate me prouve le contraire. Dans son cas, m'a-t-elle expliqué lors de ses confidences, le mariage a été une obligation. « Une obligation acceptée, cependant ». Elle et Leonard ont été obligés de se marier… « Cela faisait trop jaser, tu comprends… Une femme seule, célibataire, sur un site de fouilles où ne vivent que des hommes, cela ne se faisait pas il y a huit ans quand je suis arrivée. Et cela ne se fait toujours pas ! »

12

En fin de journée, je retourne dans ma chambre, le soleil s'est désormais couché et le ciel a ces couleurs si particulières qui rappellent celles d'un feu. Je me prépare pour le dîner mais cette fois-ci, je veille à ne pas être trop habillée.

Avant de rejoindre les autres membres de la mission, je m'assois à ma table de travail et je prends le temps de remplir mon journal de la journée dans un de mes cahiers. C'est la seule tâche d'écriture que je m'autorise durant mon séjour. Je ne l'ai pas fait hier soir car j'étais trop fatiguée. Mais il me semble important de résumer chaque jour, même si c'est rapidement, mes différentes occupations depuis mon arrivée à Ur. Cela sera comme un carnet de voyage. Je me dis que cela peut toujours servir pour le futur… Loin de moi l'idée d'anticiper une quelconque autobiographie, j'ai horreur de me livrer, cependant quand mes vieux jours seront arrivés, je serai certainement très heureuse de me repencher sur le récit des merveilleux voyages qu'il m'a été donné de faire. J'en suis là de mes réflexions quand, en relevant la tête de mon cahier, je vois passer une ombre devant ma fenêtre. L'ombre d'une silhouette qui, quelques secondes plutôt, était peut-être là à m'observer. Est-ce que quelqu'un m'espionnerait ? Cela me semble très farfelu comme hypothèse ! J'ai dû rêver… Je replonge dans mes écrits qui, en les relisant, m'interpellent soudainement : mises à part mes notes sur le tombeau de la reine Shubad et les rites funéraires des Mésopotamiens, ainsi que les conseils de Max Mallowan pour l'apprentie archéologue que je suis et que je recopie doctement (cela va me servir pour les prochains jours), le reste ressemble comme deux gouttes d'eau aux nouveaux chapitres d'une enquête policière : il y a ces vols mystérieux, cet objet trouvé dans ma chambre enroulé dans un linge ensanglanté et même ces lettres anonymes que reçoit Kate… Quel mystérieux début d'intrigue ! me dis-je.

Machinalement, je me mets à dresser la liste des éventuels suspects de ces différents événements. Pour ce qui concerne les vols dans la réserve, Leonard m'a signifié l'existence de deux clefs. La sienne et celle de son épouse. Les options de suspects sont donc rapides à poser, sauf si un de trousseaux a été volé ou la clef reproduite par un serrurier faussaire…

Ensuite, il y a ce sceau-cylindre retrouvé dans ma chambre et là je m'avoue totalement impuissante à envisager la moindre piste. Il en est de même pour les lettres anonymes que Kate ne m'a pas encore montrées. Je referme mon carnet, songeuse, pour le rouvrir pourtant aussitôt et y noter une information essentielle qui m'a totalement échappé et qui pourrait bien être le lien entre tous ces événements.

13

En Orient, la mort n'est pas du tout considérée comme en Occident. C'est pourquoi la découverte dernièrement du tombeau de Toutânkhamon et de tous les rites qui ont accompagné ses funérailles a surpris plus d'un quidam. Ces rituels – et en premier lieu, la momification – ont remis en question toutes nos rassurantes interprétations judéo-chrétiennes qui se résument, pour le plus grand nombre d'entre nous, à un cercueil en bois accueillant un corps mort qui va se décomposer en pleine terre dans un cimetière paroissial. Et pour ce qui est du devenir de nos chers défunts, la tradition veut que le paradis s'ouvre aux meilleurs d'entre eux tandis que l'enfer est réservé aux mécréants. À Ur, pas de sépultures de pharaons comme dans la Vallée des Rois, ni de pierres tombales recouvertes de lierre comme dans nos bucoliques cimetières anglais, mais des corps de soldats et de domestiques enterrés vivants et de leur plein gré auprès de leurs maîtres et maîtresses dans un cimetière royal qui date approximativement de 2500 ans avant Jésus-Christ. Avouez que cela a de quoi dérouter n'importe quel croyant ou non croyant.

C'est en tout cas le sujet de notre tablée. Le soleil est depuis longtemps couché et les lumières des bougies créent des ombres que surplombent celles des deux très hauts palmiers campés près de notre table. J'ai conscience que ce décor est féérique et je mesure ma chance de me trouver là. Kate ne semble pas de mon avis car une fois de plus, je la sens excédée. Elle m'annonce qu'elle a une terrible migraine et qu'elle ne dînera pas avec nous. Je lui demande discrètement si c'est à cause des lettres anonymes. En a-t-elle reçu une nouvelle ce soir ? Mon amie hausse les épaules sans me répondre puis disparaît. Je commence à être franchement déstabilisée par ses sautes d'humeur.

Leonard Woolley est assis à côté de la journaliste Caroline Leblanc et à en juger le visage captivé de celle-ci, j'imagine que le professeur se livre à un cours magistral d'archéologie, comme il l'avait fait avec moi la première fois que nous nous étions rencontrés à Londres. Sauf qu'à l'époque, il avait l'air beaucoup moins soucieux que ce soir. Caroline Leblanc n'en a pas conscience. Elle prend des notes avidement sur son bloc-notes… Comme je suis assise juste à côté d'eux, je prête attention à leur conversation. C'est pour moi aussi un très bon résumé de l'état des fouilles à Ur. C'est ainsi que j'apprends que le British Museum vient de renouveler son contrat avec Leonard qui s'est engagé à poursuivre ses fouilles sur encore deux saisons, ce qui le conduira à 1932. Au bout de la table, l'épigraphiste de la mission, le père Léon

Legrain, échange de façon mystérieuse avec Anne Reilly, la secrétaire de Woolley. Mais peut-être est-ce moi qui interprète leurs échanges étranges parce qu'ils se sont mis à l'écart du reste de la table. John-Christopher Rose et sa femme sont également là, face à Woolley et Caroline Leblanc. À l'opposé, se trouve Algy qui, sans grande surprise, est hilare, on ne sait pas trop pourquoi étant donné qu'il ne discute avec personne.

À ce moment, je ne peux m'empêcher de faire un parallèle avec le caractère cyclothymique de mon amie Kate et de penser aux courriers anonymes qu'elle reçoit. Ce sont eux sans aucun doute qui lui brisent le moral et la rendent aussi irritable. Je repense aux vols en série qui se produisent sur le site. Cela aussi participe à sa nervosité. Décidément, « mes vacances mésopotamiennes » s'annoncent plus compliquées que je le pensais. Ce n'est pas de chance pour moi qui voulais échapper aux tracas du quotidien. J'essaie quand même de laisser ces points obscurs de côté et je m'intègre dans la discussion. Mais une fois de plus, on en revient à cette vague de vols qui sévit sur la mission. En effet, le père Legrain se plaint de la disparition d'un de ses ouvrages : une étude portant sur les textes araméens gravés et écrits sur des tablettes cunéiformes. Par politesse, je lui demande si ce livre a de la valeur.

— Aucune, me répond-il. C'est un ouvrage très courant chez les épigraphistes qui permet de passer d'un texte araméen à sa transcription et traduction du cunéiforme. Le problème, c'est que je n'ai qu'un exemplaire avec moi et je ne suis pas du tout sûr de pouvoir m'en procurer un autre à Bagdad. Mais cela va m'obliger à m'y rendre pourtant.

De son côté, John-Christopher Rose, qui est juste en face de moi, semble encore plus agité que d'habitude. Je note qu'il se ressert à de nombreuses reprises d'eau de vie. Il mobilise la conversation de façon peu élégante en parlant fort et en accrochant un mot sur deux. Il est maintenant en grande discussion avec Caroline Leblanc qui l'écoute, silencieuse, mais contenant avec peine une envie irrésistible de l'insulter. J'ai pratiqué la jeune femme pendant plusieurs heures durant le voyage qui nous a conduites à Ur. Le mari d'Alix Rose est en tout point l'opposé des gens pour lesquels elle a de l'estime. Je ne peux que la défendre si elle venait à s'en prendre à ce malotrus. Ses propos sont répugnants. À croire qu'il aime la provocation.

— Ces… ces Assyriens étaient de vé… véritables barbares, chère ma… mademoiselle la journaliste… des… des assoiffés de sang… des adeptes du poignard et du poi… du poison violent…

— John-Christopher je t'en prie. Tu vas effrayer notre jeune invitée, lance Alix Rose à son mari tout en éloignant de lui la bouteille qu'il s'est accaparée depuis le début du dîner.

Loin d'avoir peur, Caroline Leblanc est au contraire très remontée. Je la sens qui bouillonne.

— Vraiment? Je pensais plutôt que nous avions affaire à des gens très civilisés.

— Des gens qui n'hésitaient pas à… à enterrer vivants une tripotée de serviteurs et autres pauvres bonhommes… hommes… qui se trouvaient sur leur pa… passage.

La voix de Rose est de plus en plus traînante. Son articulation se fait fuyante et on a presque du mal à le comprendre désormais.

— Vous y allez peut être un peu fort, le coupe à nouveau la jeune journaliste.

— Vous me traitez de menteur ! De… demandez à Woolley si… si vous ne me croyez pas, rétorque-t-il, un brin agressif je trouve.

Encore un qui a l'alcool mauvais, me dis-je. Et alors qu'il ferait mieux de se taire, il insiste. Il se met à crier le nom de notre principal hôte qui se trouve pourtant juste face à lui. Cela en est gênant pour Rose et tout le monde plonge la tête dans son assiette.

— Woolley, Woolley ! Expliquez un peu à notre in… invitée jolie… ?

Leonard s'exécute immédiatement, j'imagine pour nous sortir tous de l'embarras.

— Je soupçonne Mr Rose de plaisanter quand il parle de barbarie. Il cherche peut-être à vous effrayer, chère mademoiselle Leblanc. Mais je tiens à rectifier. Que vous n'alliez pas nous faire dire ce qui n'est pas vrai dans votre journal… n'est-ce pas mademoiselle Leblanc ? Je vous fais confiance, vous le savez. Sachez donc que ces rites à l'époque n'avaient rien à voir avec de la barbarie. C'était au contraire un privilège de mourir auprès de son roi ou de sa reine. Certains serviteurs s'empoisonnaient volontairement. Je ne suis pas sûr que nous ferions aujourd'hui de même pour notre Queen… Et pour ce qui concerne l'utilisation du poignard, je crains que mon collègue Mr Rose ne s'amuse à vous faire peur.

Caroline Leblanc se tourne alors vers John-Christopher Rose qui n'a plus ouvert la bouche depuis que Leonard a parlé et ressemble désormais à un petit garçon que l'on vient de gronder. Il me fait un peu pitié. Mais ce n'est pas l'avis de Caroline qui le tance ouvertement.

— Je ne trouve pas cela très drôle, Mr Rose, de vous moquer de moi et de me donner de fausses informations pour mon article. Mais je vous excuse. J'imagine que vous avez besoin de vous détendre un peu à force de passer votre temps à creuser dans la terre pour retrouver des ossements… Cela a de quoi rendre macabre l'homme le plus gai.

— Il n'y a pas que des os, mademoiselle, dans cette terre de malheur ! Loin de là ! Il y a de l'or ! Beaucoup d'or !

Leonard Woolley fronce les sourcils. Je devine qu'il n'aime pas que son équipe se vante des découvertes du site. Les vols récurrents montrent que les convoitises sont nombreuses. Inutile d'en rajouter.

— Taisez-vous, Rose ! Vous êtes saoul ! Vous feriez mieux d'aller vous coucher.

Le ton de Woolley est désormais plein de dédain. Sévère. Le pauvre Rose se lève et titube sur ses pieds. Il se retire sans un mot, juste une petite révérence qui nous fait tous nous sentir coupables. Cet homme est vraiment malheureux. Il boit pour oublier quelque chose… comme c'est souvent le cas. Derrière l'alcool, se cachent souvent des remords, ai-je pu constater, mais personne n'aide Rose à en prendre conscience. Tout le monde ferme les yeux, même sa femme, et cela doit durer depuis plusieurs années à en croire son état de dépendance avancé. À l'autre bout de la table, Algy semble vouloir faire mine de ne pas avoir remarqué l'incident en tentant une manœuvre de diversion.

— Alors, madame la journaliste, quelles sont vos premières impressions ? Est-ce ainsi que vous imaginiez un site de fouilles archéologiques ?

— Je dois dire que je ne m'attendais à rien. Je n'aime pas partir en reportage avec des idées préconçues.

— Vous avez bien raison. Il n'y a rien de pire que d'avoir des idées préconçues. Voyez-vous, avant que vous arriviez, car on nous avait prévenus de votre arrivée, je m'attendais à rencontrer un gros bonhomme tout rouge et plein de sueur.

— Vraiment, c'est comme ça que vous imaginez les journalistes ?

— Oui et même avec un cigare au bec… et, j'ajoute, sans gêne. Je ne m'attendais pas à contempler une jeune fleur comme vous.

Je rigole tout haut sans m'en rendre compte. Je partage avec lui exactement la même vision. Comme je crois vous l'avoir déjà dit, j'ai une très mauvaise opinion sur les journalistes. Cependant je dois bien reconnaître que la charmante – et intelligente – jeune femme attablée à notre table n'a rien à voir avec ses confrères dévoyés. Nous continuons ainsi à bavarder et le malaise qu'avait installé Rose se dissipe petit à petit de lui-même.

Quand nous regagnons nos chambres, alors que je me retrouve seule avec Caroline Leblanc, elle me pose une question qui longtemps après m'interroge :

— Avez-vous entendu parler des vols sur la mission ? Le bruit court qu'un homme est en train de contacter plusieurs musées pour leur revendre des pièces de Ur… Le British

Museum a été approché il y a une semaine pour acheter un poignard en or avec une poignée en lapis-lazuli.

Je regarde Caroline Leblanc sans comprendre. Moi qui la prenait pour une journaliste stagiaire, elle semble au contraire en savoir beaucoup plus que moi… Je témoigne de mon étonnement.

— Mais c'est impossible… Leonard Woolley travaille pour le British Museum. Tous les objets qui sont trouvés ici iront de toute façon au British… et sans les vendre.

— Sauf s'ils disparaissent et doivent être rachetés.

— Vous voulez dire que quelqu'un essaie de doubler Leonard Woolley et son équipe… Je ne suis là que depuis quelques jours. Je crains de ne pas pouvoir vous aider. Pourquoi ne lui posez-vous pas la question directement ?

— Je ne peux pas en parler avec Leonard Woolley. Imaginez que ce soit lui le revendeur.

J'éclate de rire. C'est une hypothèse totalement incongrue. Leonard aime trop son travail pour l'imaginer se lancer dans une pareille supercherie.

— Mrs Agatha Christie, la cupidité se cache partout. Même derrière les traits d'un archéologue renommé. Vous devriez le savoir, vous qui écrivez des romans dans lequel on tue pour l'argent… me glisse-t-elle avec un clin d'œil.

Touché, me dis-je en moi-même. Il était clair qu'à un moment ou un autre, elle découvrirait ma véritable identité. J'aurais mieux fait de lui dire moi-même. Je me sens un peu ridicule maintenant. Je ne me laisse pas perturber pour autant.

— Je suis d'accord avec vous, Caroline, mais de là à soupçonner Leonard ! Je vous assure, c'est totalement ridicule.

— Pensez ce que vous voulez. Je compte bien de mon côté profiter de ce séjour pour mener ma petite enquête. D'ailleurs, je voulais vous demander pourquoi Mrs Woolley n'était pas avec nous ce soir ?

— Elle avait très mal à la tête.

— Comme par hasard. Remarquez, je ne suis pas pressée de la rencontrer. Il paraît qu'elle est odieuse.

— Kate ! Qui a bien pu vous raconter une chose pareille !

— Mais… tout le monde ! Je n'ai pas eu beaucoup de mal pour recueillir des témoignages sur elle. Apparemment, tout le monde la déteste.

Je ne réponds rien. Je suis peinée. Peinée que mon amie Kate ait une telle réputation. Peinée que la nature humaine soit aussi prompte à critiquer sans chercher à comprendre. Pourtant, ça aussi je devrais le savoir, me dirait la jeune journaliste si elle pouvait lire dans mes pensées. La médisance, toute comme la cupidité, sont au cœur de l'âme humaine et j'en témoigne assez souvent dans mes romans pour que cela ne soit pas une surprise. Et maintenant que j'ai imaginé ce personnage de Jane Marple, j'ai bien l'intention d'en témoigner encore davantage en illustrant tous ces travers dans mes intrigues grâce à son sens du jugement, sa sensibilité. Je vous ai déjà dit que Jane Marple m'avait été inspirée par Caroline Sheppard. Mais elle n'est pas ma seule source d'inspiration. Il y a également chez cette vieille dame quelque chose de ma grand-mère, dont j'étais très proche.

Miss Marple va me permettre d'une certaine façon d'être à ses côtés et de replonger dans mes souvenirs d'enfance quand il me faudra la dépeindre en train de jardiner, de se tricoter un châle en laine shetland, de converser avec ses voisines de St. Mary Mead tout aussi curieuses qu'elle… Et puis, comme Granny, Miss Marple aura ce don d'anticiper les comportements . « La nature humaine est partout la même », voilà quelle sera sa devise qui aurait pu aussi être celle de ma grand-mère, elle qui avait ce don un peu magique de savoir ce qu'allaient faire ou penser les gens. Cela sera un atout indéniable pour ma détective amatrice. Ces réflexions me conduisent à me demander comment Jane Marple pourrait expliquer que Kate se montre aussi désagréable avec tout le monde. Bien sûr, c'est un peu ridicule d'aller chercher chez un personnage de fiction une justification au comportement de Kate mais en l'absence d'autres éléments, je m'en contenterai. Je souhaite bonne nuit à Caroline Leblanc, qui est installée à l'autre bout du bâtiment, et me retire dans ma chambre. Une fois dans mon lit, j'attrape mon journal et me mets à écrire quelques réflexions au sujet de ma journée et j'écris bien sûr sur l'irritabilité de Kate, qui semble contaminer tout le camp. En me mettant dans la peau de Jane Marple tout à l'heure, j'en suis arrivée à la conclusion que c'est la PEUR qui met les nerfs de mon amie autant à fleur de peau. Vous allez me dire que cette déduction n'est pas très originale. C'est vrai. Pour autant, elle a le mérite de mettre un mot sur des faits.

J'ai par ailleurs eu ce soir une belle illustration des malentendus que peuvent provoquer les commérages. Caroline

Leblanc n'a pas encore rencontré Kate que déjà son opinion sur elle est faite… Et comme pourrait le dire Jane Marple, « rien n'est plus cruel et plus difficile à combattre que les commérages ».

14

Le lendemain, en me réveillant, je pense à nouveau à ma conversation de la veille avec Caroline Leblanc. Que Leonard Woolley soit étranger à ce trafic d'objets volés, j'en suis persuadée. Mais la jeune journaliste a raison quand elle dit que la cupidité se cache partout puisqu'un homme – ou une femme (il ne faut négliger aucune possibilité) – est en train de doubler l'équipe archéologique en volant des pièces de grande valeur pour les revendre à des musées. Qui peut opérer avec une telle malhonnêteté ? Forcément un « roumi », comme nous appellent les gens ici, car je vois mal la main d'œuvre locale tenter de parlementer avec le directeur du British Museum. Les ouvriers parlent à peine notre langue !

La mauvaise réputation de Kate m'inquiète aussi. Mon amie devrait se montrer moins tranchante dans ses propos. Un jour, cela va lui jouer des tours. Je ne peux m'empêcher de penser à ces lettres anonymes qu'elle reçoit. Si tout le monde la déteste, alors tout le monde peut être l'auteur de ces courriers. Il faut absolument que je lui parle. Elle doit se montrer moins dure et plus prudente. Et puis mes réflexions se portent sur cet étrange couple que forment les Woolley. Cette curieuse nuit où Kate pleurait comme une enfant me met mal à l'aise. J'en arrive à la conclusion que quelque chose cloche absolument partout, tant dans cette histoire de vols, que de lettres anonymes, ou de couple… Tout est bancal. Si je voulais mettre en place une intrigue dans un de mes romans, je ne m'y prendrais pas autrement. J'installerais deux ou trois trames semblables à celles-ci dont certaines mèneraient vers de fausses pistes mais dont l'une conduirait bel et bien à un drame. Mais quel genre de drame ? Je ne sais pas. Un meurtre dans tous les cas, c'est évident ! Est-ce ce qui est en train de se passer ici aussi ?

À force de rêvasser dans mon lit et de me livrer à toute sorte de réflexions, je me rends compte que l'heure du déjeuner approche. J'ai besoin maintenant d'un bon repas pour y voir plus clair. J'attrape ma veste saharienne qui depuis que je suis arrivée ne me quitte pas, ma besace, et je décide de me rendre au réfectoire. Je veux manger tôt pour aller ensuite sur le carré de terre que m'a confié Max Mallowan et peut-être y faire une belle découverte. Dans tous les cas, cela me permettra de ne plus penser à l'atmosphère pesante qui règne dans le camp. Étrangement, en effet, quand je suis à genoux, les mains dans la terre, j'oublie tout. J'oublie Londres, ma vie d'écrivaine, même ma fille Rosalind qui à l'heure qu'il est doit jouer avec ses petites amies dans ce pensionnat qu'elle affectionne presque plus que sa maison à Chelsea… J'oublie même que j'ai des kilos en trop ! Se livrer à des fouilles archéologiques a ce pouvoir de résumer votre corps à dix doigts qui, délicatement, raclent la terre pour y trouver une trace de l'histoire ancienne. Mais pour l'heure, difficile d'échapper au présent car j'ai à peine le temps de m'asseoir à une des tables du réfectoire que Kate est là devant moi et me jette un journal sur la table. Elle manque de renverser la tasse de thé que je viens de me servir.

— Les journalistes se croient vraiment tout permis !

— Tu as rencontré Caroline Leblanc ?

— Non, qui est-ce ?

— La journaliste française de *L'Express du midi.*

— Ah oui ! Je dois la voir cet après-midi. Elle m'a demandé une interview pour que je lui parle de mon travail de dessinatrice. Mais non, je ne te parle pas d'elle. Je te parle de ça.

Kate pointe d'un doigt accusateur le journal sur la table. J'examine la page. Il s'agit d'un dessin, une caricature en réalité, qui représente une femme aux attributs mésopotamiens en train de se maquiller, jouer au tennis, fumer une cigarette, faire du scooter et embrasser son fiancé, « The flapper of Ur », autrement dit « La délurée d'Ur », titre le dessin. Les légendes qui accompagnent chaque caricature insinuent quant à elles que les femmes n'ont pas changé entre 3 500 avant Jésus-Christ et aujourd'hui, qu'elles mènent toujours le même style de vie… frivole, bien évidemment.

« *Des rouges à lèvres, des crayons khôl pour les yeux ont récemment émergé de terres lors des fouilles à Ur, en terre chaldéenne, pour parvenir au British Museum. Ces ornements nous montrent que les préoccupations des femmes...* »

Je n'en lis pas plus. J'avoue que, comme Kate, je trouve ce raccourci de l'auteur assez navrant. Sous prétexte que ces fouilles ont mis à jour des produits de beauté, ce caricaturiste en déduit que les femmes ne sont bonnes qu'à se maquiller et jouer au tennis. J'essaie de relativiser cependant la portée de ces propos désobligeants.

— Que veux-tu, la presse ne peut pas passer une semaine sans parler d'archéologie. Depuis que la sépulture de Toutânkhamon a été découverte, tout le monde s'intéresse aux antiquités... Et puis ne m'as-tu pas dit hier que tu te fichais de ce que l'on pensait de toi ?

— De moi, oui ! Mais pas de ce que l'on pense du chantier archéologique que nous menons Leonard et moi... En nous représentant en train de jouer au tennis ou de fumer, ils ont l'air de penser que nous sommes en vacances. Qu'ils viennent voir si nous sommes en vacances !

— Je suis bien d'accord avec toi. Mais tu dois te détendre par rapport à ce genre d'attaque. Cela te rend trop agressive...

— On voit bien que ce n'est pas toi qui reçois des lettres anonymes.

— Justement, tu devais me montrer tes lettres. Tu n'as pas oublié ? Je dois passer après le déjeuner dans ta chambre.

— Oui, oui... En début d'après-midi.

— Avant ton interview avec Caroline Leblanc.

— Oui, avant mon interview.

— Tu es sûre que tu vas bien, Kate ? Je te trouve bizarre.

— Je vais très bien, Agatha. Ne t'inquiète pas pour moi. Et on se retrouve après le déjeuner.

Sur ce, elle reprend son journal et son visage devient subitement soucieux. Depuis que je suis arrivée, j'ai remarqué que Kate pouvait passer d'une humeur à une autre en quelques secondes. Je me suis déjà fait la réflexion. Si ça se trouve, dans deux secondes, elle éclatera de rire. Ou tombera en pleurs. C'est un peu déstabilisant. Mais il n'en est rien et elle quitte la salle sans un mot. Si elle n'était pas mon amie et que je ne la connaissais pas, je conclurais, après cette étrange conversation où Kate a passé son temps à répéter ce que je disais, qu'elle rencontre des problèmes de mémoire. Tout me laisse à penser qu'elle avait complètement oublié notre rendez-vous de cet après-midi. Est-ce qu'une prise de médicament pourrait expliquer son amnésie ? C'est une éventualité que je ne dois pas ignorer. Je me note dans un coin de la tête d'examiner sa chambre quand je m'y rendrai pour voir si j'y trouve des cachets.

15

Je ne suis pas seule dans le réfectoire. John-Christopher Rose est également attablé et je l'observe depuis quelques minutes boire discrètement au goulot d'une bouteille qu'il a enveloppée de papier. Pauvre homme… L'alcool est un vrai fléau. Je ne dois pas être assez discrète en l'observant car au regard noir qu'il me lance je comprends qu'il a tout à fait compris le cours de mes pensées. Je décide de ne pas rester dans cette situation qui me rend très mal à l'aise. Je me lève pour me diriger vers lui et j'amorce une conversation :

— Bonjour, Mr Rose. Avez-vous prévu de vous rendre sur le chantier de fouilles ce matin ?

Je me recule discrètement. Il n'est pas encore midi et il empeste l'alcool. Il pense dissimuler cette forte odeur derrière un parfum à base de musc. C'est à peine supportable.

— Mrs Christie… Alors comme ça, vous revenez nous voir pour une deuxième saison, me répond-il avec une légère pointe d'ironie dans la voix.

— En effet. Je trouve vos fouilles archéologiques passionnantes. Vous formez une équipe exceptionnelle avec le professeur Woolley.

— Oui… Si l'on veut, marmonne-t-il mollement.

— Vous n'avez pas l'air convaincu, Mr Rose ?

— Les premières saisons de fouilles réunissaient des personnalités exceptionnelles peut-être, mais désormais…

— Désormais ?

— Rien, Mrs Christie, rien.

Je n'insiste pas. J'ai appris, grâce à mes romans je dois l'avouer, qu'il vaut mieux changer de sujet quand quelqu'un se ferme à une question que vous lui posez. L'astuce, c'est ensuite de lui reposer la même question quelques minutes plus tard mais en la formulant autrement. J'opère de la sorte avec Rose. Je l'interroge sur mon besoin de traduction.

— Je voulais vous demander, Mr Rose. Est-ce qu'il existe quelqu'un sur le campement qui puisse traduire de l'akkadien ? Ou qui possède un dictionnaire ?

John-Christopher Rose se met à rire grassement. Je ne comprends pas pourquoi ma question le rend hilare.

— Vous devriez voir ça avec le curé du coin !

— Le curé du coin ?

— C'est comme ça que j'appelle le père Léon Legrain. C'est notre épigraphiste cette saison. Je vous avoue que je préférais son prédécesseur, il était plus drôle. Mais c'est ainsi. À chaque nouvelle fouille, il faut s'habituer à de nouveaux visages. Et à de nouveaux caractères !

— Je vois. Et j'imagine que du coup, l'ambiance est différente. C'est peut-être cela que vous cherchiez à exprimer tout à l'heure ?

Rose ne répond pas. Il est décidément résolu à ne pas m'en dire plus sur ce qui pourrait rendre l'atmosphère aussi pesante cette saison. Je lui tends une dernière perche avec l'espoir qu'elle ne soit pas trop « voyante ». Je me dis que ces informations vont peut-être m'aider à établir un portrait-robot de l'auteur des lettres anonymes envoyées à Kate et, qui sait, me donner des pistes pour expliquer tous ces vols. Je joue les innocentes.

— Et qui, à part le père Legrain, est nouveau cette saison à Ur ?

— C'est le seul. Algernon Stuart est ici depuis cinq saisons. Max Mallowan, l'assistant de Woolley, est également là depuis le début. Tout comme Miss Reilly.

— Alors pourquoi l'ambiance est différente selon vous ?

— Bonne question ! Mais c'est plutôt à Mrs Woolley que vous devriez la poser. Excusez-moi d'être aussi direct mais elle a vraiment un sale caractère.

— Votre femme pense la même chose que vous… Quoi qu'il en soit, je vais m'empresser de rendre visite au père Legrain.

— À cette heure-là, il doit être dans la salle de lecture. C'est là qu'il travaille habituellement le matin.

— Et où se trouve la salle de lecture ?

— Juste à côté du réfectoire.

— C'est bien noté, Mr Rose.

Je ne suis là que depuis quatre jours mais j'arrive à me repérer très facilement sur le campement. Il faut dire que cela n'a rien de compliqué. À l'est, se trouve notre « maison de fouilles », un bâtiment en dur pour accueillir nos chambres. Il a été construit en boue séchée ce qui nous permet un meilleur isolement que si nous étions sous des tentes… mais c'est un isolement tout relatif comme j'ai pu le constater car d'un point de vue phonique, le résultat est nul. Cette longue bâtisse a été bâtie en forme de rectangle et outre nos chambres, on y a aussi installé les sanitaires. J'ai compté huit chambres et deux pièces d'eau.

À l'ouest, se succèdent plusieurs tentes qui accueillent une salle de lecture et de dessin qui sert aussi d'espace de repos. Suivent le réfectoire et la cuisine (pour lesquels on a construit des murs en pisé). Le bureau de Woolley et celui de son assistant Mallowan bénéficient aussi d'une construction en briques. Au sud, on tombe sur un autre bâtiment réservé au stockage des objets trouvés lors des fouilles. Ses fenêtres ont des grilles et sa porte est fermée à clef mais visiblement, cela n'empêche pas les vols.

J'entre dans la salle de lecture mais au lieu d'y trouver le père Legrain, c'est Max Mallowan, l'assistant de Leonard, qui est là et manque de me faire tomber en me bousculant. Il est en effet en train de marcher dans la pièce les yeux bandés ! Je me rattrape à une table et, conscient qu'il a rencontré un obstacle sur son chemin, il ôte son bandeau. Ses petits yeux tombants un peu tristes m'observent avec une certaine gêne.

— Oh, Mrs Christie, excusez-moi, excusez-moi mille fois mais je ne vous avais pas vue arriver !

— Cela ne m'étonne pas. Vous aviez un bandeau sur les yeux ! À quel type d'expérience étiez-vous donc en train de vous livrer ?

— J'essaie de développer mes qualités de proprioception…

— Quelle étrange idée ! Et en quoi cela peut-il vous servir ?

— Je ne sais pas encore mais je trouverai sûrement.

— Bien !

Je ne relève pas. Les archéologues ont la réputation d'être des excentriques et visiblement celui-ci l'est profondément.

— Je cherchais le père Legrain. Savez-vous où je peux le trouver ce matin ?

— … Enfin, quand je dis que je ne sais pas, j'ai quand même une petite idée… C'est une question de point de vue. Comme vous devez-vous en douter.

— Désolée, Mr Mallowan, mais je ne vous suis pas.

— Vous devez savoir, Mrs Christie, que nous, les archéologues, passons la plupart de nos journées la tête penchée. À scruter le sol.

— Mais quel rapport avec le père Legrain ?

— Aucun !

— Mais alors pourquoi me racontez-vous ça ?

— Mais c'est vous qui me demandez pourquoi je porte un bandeau. Ce n'est pas moi !

— Bon, je pense que nous nous sommes mal compris. Je cherchais…

— Passant la majorité de mon temps le regard fixé au sol, j'ai besoin de me déplacer grâce à tous mes sens. Vous me suivez, Mrs Christie ?

— Un peu comme si vous étiez dans le noir ?

— Exactement, Mrs Christie ! Je vois que vous me comprenez cette fois-ci… Et pour répondre à votre question, la seconde, non, je ne sais pas où se trouve le père Léon Legrain.

Sur ce, j'observe Max Mallowan rabaisser son bandeau sur ses yeux et recommencer à se déplacer lentement dans la pièce. On ne voit plus que sa petite moustache parfaitement taillée et son large front dégarni. Quel drôle de personnage !

Je m'éclipse avant qu'il ne me renverse à nouveau. Je me rends au réfectoire où se trouve en effet le père Legrain. Je ne sais pas si c'est sa tenue cléricale qui lui donne cet air sévère mais cet homme donne l'impression de voir le péché partout. Il est assis à une table, penché sur des feuilles… absorbé ou plutôt somnolant car quand j'arrive à son niveau, je remarque que ses yeux sont fermés et que sa tête tangue dangereusement au-dessus de son cou enserré par un col romain. Cet homme manque visiblement de sommeil. Peut-être que les questions métaphysiques que pose la religion l'empêchent de dormir ? Je dis ça sans arrière-pensée. Je suis très croyante. Je m'approche doucement de l'homme d'église et me racle la gorge pour l'avertir qu'il n'est plus seul.

— Hein ? Quoi ? Qu'est-ce que c'est ? s'exclame-t-il bruyamment.

— Mon père, excusez-moi. J'avais un conseil à vous demander. On m'a dit que vous vous trouviez là…

— Mais l'on a oublié de vous dire que je ne voulais pas être dérangé !

— …

— Ne voyez-vous pas que je suis occupé ?

Je manque de lui dire qu'il était plutôt en train de dormir, mais je me retiens.

— Ce n'est pas grave. Je repasserai plus tard.

Je quitte la tente et manque de bousculer à nouveau Max Mallowan. Décidément !

Cette fois-ci, il ne porte pas de bandeau sur les yeux mais s'apprête à rentrer dans le réfectoire les bras chargés de livres. Je m'excuse à nouveau avant d'ajouter :

— Je ne vous conseille pas d'y aller. Il est d'une humeur exécrable.

— Le père Legrain ?

— Oui.

— Il est toujours comme ça. Il ne sait pas parler autrement qu'en aboyant. Au début, c'est agaçant mais ensuite on n'y fait plus attention.

— Si vous le dites. N'empêche, il a refusé de me parler et m'a prié de repasser plus tard, avec une certaine fermeté je dois dire.

— Je peux peut-être vous venir en aide ?

— J'aimerais pouvoir déchiffrer de l'akkadien.

— Leonard connaît parfaitement l'écriture cunéiforme. Moi, un peu moins.

— Je ne souhaite pas déranger le professeur. Il s'agit juste d'une petite phrase.

— Alors venez me voir en fin d'après-midi avec votre texte. Je tâcherai de vous aider.

— Merci. C'est très aimable de votre part et permettez-moi de vous appeler Max, ça sera plus simple !

16

En début d'après-midi, je rejoins Kate dans sa chambre pour découvrir enfin ses lettres anonymes. Je l'observe un moment sans parler. Elle évolue dans la pièce de façon très agitée. Quand elle me voit, elle marque un temps d'hésitation. Elle semble avoir totalement oublié que c'est elle qui m'a demandé de passer après le déjeuner ! Je lui rappelle qu'elle avait l'air bouleversé ce matin au réfectoire. Décidément, je la trouve vraiment perturbée et je ne lui cache pas.

— Ma chère Agatha. Oui bien sûr que je ne vais pas bien, j'ai tellement de soucis. S'il n'y avait que ces lettres anonymes, mais il y a aussi…

Elle ne finit pas sa phrase et c'est bien dommage. Si elle croit qu'elle va me rassurer de cette manière… Au lieu de ça, elle reprend ses va-et-vient dans sa chambre à la façon d'une tragédienne :

— Mon chemisier vert… Où est mon chemisier vert ?

Je parcours la pièce des yeux et aperçois un corsage de la dite couleur sur une des chaises.

— C'est ça que tu cherches ? dis-je en lui montrant le vêtement.

Quand elle me voit lui tendre son bien, elle manque de s'évanouir. Elle en fait vraiment trop.

— Oui... Oui... merci Agatha. Je suis tellement en retard... C'est ce sable, partout, ce paysage désertique... Je me demande si cela n'est pas en train de me rendre folle... et ce vent. La semaine dernière, nous avons eu une tempête de sable incroyable. Je sais que c'est la saison, mais j'ai bien cru que c'était la fin du monde...

— Et pourquoi n'organisez-vous pas les fouilles aux beaux jours ? demandé-je naïvement.

— Au printemps comme en été, il y a de la verdure partout. Les tells sont recouverts de végétation. On ne pourrait pas travailler de la même façon. Mais surtout le soleil brûlant rend impossible des longues périodes en plein air. C'est pour cette raison que la saison se referme en mars quand arrive le printemps pour ne rouvrir qu'à l'automne, en octobre...

— Je ne savais pas. Bon, tu me montres ces fameuses lettres, Kate ? Je doute de pouvoir t'aider mais sait-on jamais.

— C'est de Hercule Poirot dont nous aurions besoin à l'heure qu'il est ! dit-elle tout en s'habillant de son chemisier vert qui, évidemment, lui va comme un gant, si vous me pardonnez cette expression qui n'est pas tout à fait appropriée dans le cas présent puisque je ne parle pas de ses mains mais de sa taille si fine qui me fait envie. Pourquoi ne suis-je pas restée une sylphide comme lorsque j'étais jeune ! Il paraît que nos morphologies sont un héritage de nos parents. Les miens n'étaient pas ce que l'on appelle des gens ronds. Je soupçonne plutôt ma gourmandise de m'avoir rendue aussi dodue. Mais passons. Revoilà que l'on me compare à mon détective et cela a le don de m'horripiler.

— Ne me parle pas de Poirot. Il me sort par les yeux.

— Vraiment ?

— Vraiment !

— Moi je l'aime bien, ton Poirot. Je le trouve même drôle. Ridicule donc drôle. Mais trêve de balivernes, voilà les lettres. Et elles ne sont pas drôles du tout, elles.

Kate sort d'un sac en cuir une pile d'enveloppes blanches. J'en compte rapidement douze. Cela fait beaucoup, je trouve. En règle générale, dans les romans noirs en tout cas, on ne reçoit pas autant de missives anonymes. On meurt bien avant.

Les courriers sont tous identiques. Même papier vélin haut de gamme de couleur crème qu'il est bien entendu impossible de trouver en Irak. À l'intérieur du rabat de l'enveloppe, mon hypothèse se confirme d'ailleurs d'elle-même puisque l'enveloppe est signée de la marque de son fabricant, qui n'est autre que le très chic Smythson of Bond Street, établi dans l'artère londonienne depuis 1887. Cet anachronisme, oserais-je dire, est tellement grossier que je ne peux pas croire à une erreur de leur expéditeur. Cela serait même comique si l'état de nervosité de mon amie ne me rappelait que cette histoire ne la fait pas du tout rire. Je m'interroge à voix haute :

— D'habitude, les lettres anonymes sont écrites sur des feuilles de papier bas de gamme. On découpe des mots dans les pages de journaux populaires. Qui peut bien avoir eu l'idée d'utiliser ces fournitures aussi luxueuses ?

Je montre à Kate la signature gravée à l'intérieur des enveloppes.

— Oui, j'avais remarqué. Peut-être que le corbeau est tombé sur un vieux stock de chez Smythson qui avait atterri dans ce trou perdu, pouffe-t-elle avec une désinvolture un peu exagérée je trouve. En tout cas, tu as l'œil… Tu vois bien que tu agis comme ton Poirot.

— Franchement Kate, j'espère que mon Poirot, comme tu dis, est capable de construire ses déductions en se référant à des indices plus subtils. Mais, bon, imaginons que quelqu'un, un Anglais forcément, ait ramené jusqu'à Bagdad un stock de papier-à-lettres de chez Smythson. Posons cette hypothèse… Personnellement, je trouve cela totalement stupide.

— Et pourquoi ?

La réponse de mon amie m'inquiète. L'invraisemblance de ces courriers saute aux yeux. Elle aussi aurait dû s'en apercevoir.

— Kate, il me semble que c'est évident. Pas besoin d'être détective privé pour en déduire que le corbeau signe son appartenance au beau monde en choisissant ce papier à lettre ou, en tout cas, veut nous le faire croire. Voilà pourquoi c'est ridicule. Quoi qu'il en soit, l'important est la teneur de la menace. Or pour le moment, sans traduction, nous ne le savons pas.

— Ce sont peut-être des lettres d'amour envoyées par un grand timide qui n'ose pas écrire sa flamme en anglais, plaisante bizarrement Kate, avant de partir dans un de ses grands éclats de rire très chic qu'elle sait si bien manier.

Sa tête part en arrière dans un drôle de mouvement puis elle se tourne vers moi et reprend son sérieux :

— Tu crois que c'est une déclaration d'amour, Agatha ? demanda-t-elle d'un ton grave.

Je ne réponds pas. Je continue d'examiner les enveloppes et les feuilles glissées à l'intérieur. Toutes vierges donc, sauf la dernière qui porte cette inscription en akkadien si j'en crois Kate car, bien entendu, je n'y connais rien à cette forme d'écriture. Pour la béotienne que je suis, il s'agit juste de figures qui sont semblables à des clous tour à tour obliques ou verticaux (j'apprendrai plus tard qu'en effet, le clou est le principal signe de l'écriture cunéiforme). Sans grande surprise, je suis incapable de déchiffrer ce que cette suite de formes signifie. L'écriture cunéiforme, vous pensez bien, n'a jamais été au programme de ma scolarité de petite Anglaise qui, par ailleurs, a été totalement atypique. Ma très chère mère n'a jamais voulu que j'aille à l'école. C'est elle qui m'a tout enseigné. Ou plutôt notre gouvernante. Littérature, danse, musique, piano. Mais je n'ai jamais appris le latin ou le grec.

— Tu ne sais vraiment pas ce que cela peut vouloir dire ?

— Aucune idée, c'est Len qui parle et écrit l'akkadien. Pas moi !

— Alors il faut lui demander…

— Je ne veux pas que Len soit au courant, je te l'ai dit. Il a déjà tellement de soucis avec tous ces vols.

— Alors je verrai avec son assistant, il s'est proposé de m'aider.

— Max ?

— Oui. J'ai voulu demander au père Legrain mais il s'est montré si malpoli que je n'ai même pas pu lui exposer ma demande.

— Ça ne m'étonne pas. J'ai toujours trouvé ce type très désagréable. Mais cela m'ennuie que tu fasses appel à Max…

— Je dirai que c'est pour moi. Je ne parlerai pas de toi. Nous devons connaître la signification de ce message. C'est très important. Imagine qu'il s'agisse d'une menace de mort !

Kate ne réagit pas.

— Quand ont commencé ces envois ? m'enquiers-je.

— Je dirais il y a environ deux semaines. Au début, je n'y ai pas prêté attention. J'ai cru à une erreur. Les lettres étaient vides, tu comprends. Mais les envois se sont répétés. Toujours avec mon nom sur l'enveloppe et rien à l'intérieur, à part une feuille blanche.

Je regarde à nouveau les enveloppes et leur belle écriture, tracée à la plume noire. L'inscription est toujours la même : « À l'attention de Katharine Woolley ». Le *y* final forme une belle courbe qui part vers la droite et souligne le nom tout entier. L'expéditeur n'a même pas pris garde à dissimuler son écriture. Ce n'est absolument pas normal. Cela n'arriverait jamais dans un roman policier. Je continue mon inspection :

— Et pour finir, cette citation en écriture cunéiforme. C'est vraiment très étrange. Qu'est-ce qui a pu pousser ton expéditeur anonyme à prendre la parole tout à coup alors que ces messages étaient vides ? Il a dû se passer quelque chose. Son message date d'il y a trois jours, la veille de mon arrivée. Que s'est-il passé il y a trois jours, Kate ?

— Mais comment veux-tu que je le sache ?

— Réfléchis un peu, ce n'est pas si loin. La veille de mon arrivée.

— Mais je ne sais plus, Agatha. Tu m'embêtes avec tes questions stupides.

Je suis à deux doigts de me vexer, de lui dire que c'est elle qui m'a parlé de ces lettres qui la rendent inquiète. Mais je me retiens. Kate n'est pas dans son état normal, c'est désormais une certitude pour moi. Je conserve le silence. Elle va bien finir par penser à quelque chose…

— Je ne suis pas sûre, mais je me demande si ce n'est pas à ce moment-là que je me suis rendue compte que j'avais perdu ma clef de réserve.

— Tu te disputais avec l'assistante de Leonard, le jour de mon arrivée. Tu te souviens ? C'était à cause de cette clef perdue ?

Kate ne me répond pas. Je la vois saisir son sac à main et sa surchemise en lin qu'elle ne quitte jamais. Elle s'apprête visiblement à partir.

— Jusqu'ici, j'ai ignoré ces messages, Agatha. Je pense que je vais continuer. Je n'aurais pas dû t'en parler. Maintenant, s'il te plaît, il faut que j'y aille. Cette journaliste française m'attend. Elle est comment d'ailleurs ? Je peux lui faire confiance ou elle fait partie de ces scribouillards qui aiment salir les gens en racontant des ragots ?

Je réfléchis rapidement à ce que je pourrais répondre. Je sais que Kate serait capable d'être aussi bien odieuse que délicieuse avec la jeune reporter, en fonction du portrait que je vais lui en faire. Et cette Caroline Leblanc est loin d'être stupide comme Kate va très vite s'en rendre compte. Surtout si le dossier des vols d'objets se retrouve au centre de leur conversation.

— Difficile à dire… Nous avons très peu échangé ensemble, je me contente de dire, prudente.

Avant de laisser partir mon amie, je lui pose une dernière question :

— Kate, je voulais te demander. Prends-tu des médicaments actuellement ?

Qu'est-ce que je n'ai pas dit là ! Elle s'immobilise d'un coup sec et se retourne vers moi tout aussi brusquement :

— Alors toi aussi, tu crois que je suis folle !

— Pas du tout, que vas-tu penser là ! Mais tu as des absences… Il suffit parfois d'un somnifère tout ce qu'il y a de plus banal…

Il est inutile pour moi de continuer à me justifier. Katharine a quitté la chambre en claquant la porte.

17

Il faut parfois savoir ruser pour arriver à ses fins. J'ai pu m'en rendre compte à de nombreuses reprises pour construire mes intrigues. Ma dernière ruse a servi à l'élaboration toute entière de mon roman *Le Meurtre du Roger Ackroyd,* paru il y a un an. Je ne vous dirai pas en quoi consiste cette ruse car si vous ne l'avez pas encore lu, cela risque de vous gâcher l'effet de surprise. Et puis je me suis rendue compte qu'utiliser ce genre de subterfuge n'est pas très apprécié dans la profession. Ce roman, en effet, s'il m'a permis de gagner en notoriété, n'a pas été bien accueilli par mes confères écrivains. Le Detection Club, qui regroupe les plus importants auteurs de romans policiers anglais, a cherché à m'évincer. Son président, Gilbert Keith Chesterton, a fait courir des bruits odieux sur moi et m'a causé beaucoup de tort en critiquant *Le meurtre de Roger Ackroyd.* Depuis, il a jugé bon de mettre noir sur blanc les règles pour écrire un roman policier. Et l'une d'entre elles interdit tout recours aux ruses et autres « trucs » de la part de l'auteur. J'ai eu l'occasion d'échanger avec lui à ce sujet et, sans grande surprise, nous ne nous sommes pas du tout entendus. Il a passé son temps à me faire des reproches et pas seulement sur *Le Meurtre de Roger Ackroyd*, mais sur tous mes romans. Cet homme ne manque décidément pas de culot ! Ainsi, il s'est étonné que mon personnage, Hercule Poirot, se retrouve systématiquement sur un lieu de crime alors qu'il est en vacances ou rend visite à une connaissance. J'avais très envie de lui répondre que si aucun crime ne se produisait en sa présence, alors il n'y aurait pas de roman ! Un peu de souplesse, que diable ! Est-ce que je me permets de lui dire ce que doit faire son père Brown ? Heureusement, ma très bonne amie Dottie, Dorothy Leigh Sayers de son nom de plume, écrit elle aussi des policiers et m'a vivement défendue auprès de lui. Enfin, tout cela pour dire que je vais devoir ruser si je veux déchiffrer l'étrange message anonyme envoyé à Kate. J'ai déjà un plan en tête. Je recopie sur une feuille de papier cette suite de signes. Ceux-ci sont constitués de traits qui ressemblent à des clous, des fers de flèches, ou encore des chevrons. Puis je me dirige vers le bureau de Max Mallowan. Il me semble beaucoup plus approprié de lui demander à lui qu'au père Legrain qui ne m'a pas fait bonne impression. En chemin, je constate que le campement est particulièrement calme. Des ouvriers passent au tamis des échantillons de terre pour exhumer avec délicatesse les tessons de poteries, ossements et autres vestiges. D'autres préparent les objets pour que Yadi puisse les photographier avant qu'ils soient répertoriés et rangés dans l'entrepôt.

Quand j'arrive au bureau de Max Mallowan, je le trouve en train de rédiger du courrier.

— Mr Mallowan, puis-je vous déranger ?

Il relève la tête et me regarde comme si je venais de le sortir d'un profond sommeil et qu'il se demandait ce qu'il fait là. Je dois dire qu'il a un air assez comique.

— Je suis désolée, je vois que je vous dérange… Vous étiez en pleine… réflexion.

Il me fixe toujours aussi hagard, sans prononcer un mot. Je commence à me sentir très mal à l'aise. Je tiens entre mes doigts mon bout de papier.

— Je venais pour vous demander votre aide… pour mon travail. Vous savez, ma petite phrase à traduire.

— Oh… oui oui, bien sûr. Montrez-moi ça.

Je lui tends ma feuille. Je le vois froncer des sourcils ; saisir plusieurs livres épais empilés à terre, les consulter, les reposer, les reprendre et enfin relever la tête vers moi.

— C'est étrange. Qui a écrit ça ?

Je suis bien en peine de lui répondre. Mais il attend de moi une réponse comme à chaque fois que l'on pose une question. C'est maintenant ou jamais que je dois ruser !

— Dans un livre… j'ai trouvé cette phrase dans un livre.

— C'est étrange. Il s'agit là d'un type d'écriture assyrienne très basique… Ce niveau de langue n'est pas habituel. C'est très mauvais, les accords ne sont pas bons, le vocabulaire est répétitif.

— Mais qu'est-ce que cela veut dire à la fin ?

— Si je vous fait une traduction rapide cela signifie : « Toi mourir bientôt toi le dieu de la Lune toi te tuer ». Vous vous intéressez donc au dieu Nanna ?

Je me sens piégée. Que dois-je répondre à une telle affirmation sinon un stupide « oui » ? Je le vois ressaisir ses énormes bottins qui, je le comprends désormais, sont des dictionnaires. Il pose quelques notes sur une feuille volante. Il continue de lire ou plutôt de traduire.

— En tout cas, cela n'est pas rassurant. La personne à laquelle on a adressé cette note ne devait pas se sentir en sécurité après avoir lu ça.

Je commence à paniquer. Que peut-il bien lire sur ce morceau de papier en apparence innocent ?

— Pouvez-vous me traduire entièrement le message ?

— Oui bien sûr, *en-šà-ki-ág-dnanna*, soit « *Entum bien-aimée de Nanna* ». Cela parle donc de la bien-aimée du dieu Nanna et du fait que c'est lui qui décide où elle doit reposer.

— En fait, je n'ai pas bien compris ce que fait ce dieu Nanna, pour être franche ?

— Nanna est le dieu de la Lune. Chaque nuit, il navigue sur sa barque et sa lumière éloigne les malfrats qui voudraient se livrer à des actes mauvais. Mais il est doté de bien d'autres pouvoirs. Tous les assyriologues le savent. J'en déduis que vous n'êtes pas assyriologue ?

— Non. Enfin oui, vos déductions sont exactes. Cela m'intéresse pourtant énormément, car je suis romancière.

— Ce n'est pas courant comme occupation. Vous écrivez des romans alors ?

— Oui. Comme la fonction l'indique… romancière… roman.

— Et quel genre ? Des romans historiques peut-être ?

— Pas exactement, ce sont des romans policiers. Et le prochain se déroulera en Mésopotamie.

— Humm… Je vois. Enfin non, je ne vois pas. Je ne lis jamais de romans pour dire la vérité. Je ne lis que des livres…

— … d'archéologie.

— Exactement. Je ne trouve pas d'utilité aux fictions, voyez-vous. Il y a déjà bien assez à faire avec ce qui existe, ou ce qui a existé. J'espère que vous ne m'en voudrez pas de ne pas vous connaître.

— Pas le moins du monde.

À la vérité, j'apprécie la franchise de ce gentleman. Et son absence d'intérêt pour ma profession est si sincère que cela en est presque vexant. D'habitude, quand j'annonce que je suis romancière, on pousse des petits cris d'effroi ou d'admiration. Dans le premier cas, mes interlocuteurs pensent que je vais les inclure dans mes récits. Quel manque d'humilité ! Dans le second cas, ils m'assaillent de mille et une questions sur ma façon de travailler, de « penser à tous ces meurtres ». Comme si écrire des histoires d'assassinats faisait obligatoirement de vous un assassin ! Mais passons, je ne sais toujours rien sur ce message mis à part qu'il évoque le dieu Nanna et semble menacer son destinataire.

— Et que dit exactement ce mystérieux Nanna ? dis-je avec impatience, n'y tenant plus d'attendre.

— En bon anglais, cela donne : « Tu vas mourir bientôt. On ne déterre pas la reine-prêtresse-entum bien-aimée de Nanna. Elle doit rester là où le dieu de la Lune a décidé qu'elle reposerait. » Ma traduction n'est certainement pas parfaite. Je ne suis pas aussi fort en idéogrammes que Leonard, mais le fond du message est bien celui-là. Maintenant que je sais que vous écrivez des romans policiers, j'imagine qu'il s'agit d'une histoire de meurtre.

J'acquiesce de la tête. C'est à ce moment-là que j'aperçois Caroline Leblanc quitter le réfectoire. Je profite de cette occasion pour prendre congé de Max Mallowan et rejoindre la jeune journaliste.

Elle m'aperçoit à son tour et m'invite à venir vers elle. Tout cela tombe très bien.

— Quelle peau de chien, cette Woolley ! m'apostrophe-t-elle immédiatement. Notre entretien a été terrible. Au bout de cinq minutes, elle a commencé à m'agresser et cela n'a pas cessé. J'ai l'habitude d'interviewer des gens désagréables, mais là, je dois dire qu'elle bat tous les records !

— Elle est très susceptible actuellement. Il n'y a pas qu'avec vous qu'elle se conduit comme ça… c'est avec tout le monde. Même avec moi.

— Et bien, c'est charmant. Je l'ai interrogée sur les vols, bien sûr. Qu'est-ce que je n'ai pas fait ! J'ai bien cru qu'elle allait m'étrangler…

— Elle est toujours au réfectoire ?

— Oui. Je suis sortie parce qu'en fait elle m'a chassée ! Vous y croyez ? Cela ne va pas être pratique pour mon reportage. Heureusement que le professeur Woolley se montre plus sympathique.

— Comme l'avez-vous trouvé ? Il m'inquiète aussi, je dois vous dire. Il a l'air épuisé.

— En effet, il n'est pas en grande forme. Mais il a été assez aimable pour me parler de son travail et répondre à toutes mes questions, contrairement à sa femme.

— Voulez-vous que nous déjeunions ensemble ? C'est pratiquement l'heure, non ?

— J'ai prévu d'aller à Nassiriya. Je dois envoyer mon article par câble à mon rédacteur en chef et il y a un relais aéropostal là-bas. Mais venez avec moi ! Nous déjeunerons ensemble dans la vieille ville.

— Pourquoi pas. Je ne connais pas du tout.

— Nous devons absolument y acheter des dattes, m'a dit Algy. C'est la spécialité.

— Bien ! Je vous suis alors.

Outre jouer les touristes, j'ai une idée derrière la tête en accompagnant ma jeune journaliste à Nassiriya. Je compte envoyer un câble chez Smythson pour savoir s'il est possible de trouver leurs articles de correspondance en Irak. Cela pourrait être une piste à suivre.

Une fois dans la ville aride, je dicte mon message à une opératrice. Puis Caroline et moi passons l'après-midi dans un salon de thé à deviser de sa vie en France et de la mienne en Angleterre. Nous ne nous trouvons pas de points communs. Notre différence d'âge y est pour beaucoup. Mais nos conversations sont agréables, loin de la tension qui règne à la « maison des fouilles ».

Nous regagnons Ur à la nuit tombée. Le camp est plongé dans le noir quand nous arrivons. Même le réfectoire est fermé. Je n'imaginais pas mon séjour comme ça. Je vais me coucher sans manger. De toute façon, je me suis empiffrée de petits gâteaux sucrés tout l'après-midi. Jeûner ne me fera pas de mal ce soir.

18

Je n'ai pas eu mon mot à dire : Kate a décidé que nous partions toutes les deux au tell Abu Shahrein ce matin. Elle m'a avertie, en klaxonnant devant la fenêtre de ma chambre de façon agressive, assise au volant de sa voiture. Je sortais tout juste de la salle de douche. J'avais encore les cheveux humides mais j'ai senti au son de sa voix que c'était maintenant… ou maintenant. Et puis je m'apprêtais à aller prendre mon petit déjeuner. Je suis affamée !

— Monte, nous partons !

Comme je sais Kate à fleur de peau, je ne bronche pas. Je passe une veste et j'attrape mon chapeau pour l'enfoncer sur mes cheveux mouillés. Cela m'empêchera de friser. Cela fait toujours ça quand je laisse mes cheveux sécher à l'air libre. Ensuite, je saute dans la voiture de mon amie et nous prenons la route.

Partir tôt le matin en fouilles est le moment idéal. Le soleil est encore supportable, on souffre moins de la chaleur. Et il reste tant de mètres carrés de terre autour de Ur qui n'ont pas été explorés ! Inspecter les tells mésopotamiens est une mission sans fin vous diront tous les archéologues que vous croiserez dans la région. Je me dis aussi que c'est une excellente occasion pour me retrouver seule avec Kate. Nous serons tranquilles pour discuter sans être dérangées. Je dois révéler à mon amie la signification du message en akkadien au plus vite car il est clair que son auteur s'intéresse de façon très étrange aux avancées du chantier mené par Leonard. Certaines découvertes récentes le dérangent si l'on en juge par la teneur de ses menaces. Et puis cela va me faire du bien de gratter la terre de mes doigts. Je dois vous avouer que j'adore ça. Cela me fait un bien fou ai-je découvert l'automne dernier lors de ma première escapade sur ces terres sacrées. Partir à la recherche des débris d'ossements, de vaisselles et autres poteries m'émerveille comme les enfants quand ils sont sur une plage à la recherche de coquillages enfouis dans le sable. Ici, pas de coquillages mais des trésors qui racontent le temps qui passe… Cela me rappelle ce roman qui m'a profondément marqué, *Le Temps et le rêve* de J. W. Dunne. Il y est question de rêves prémonitoires. Du passé, du présent et du futur qui nous rappellent que nous sommes des grains de sable dans cet univers.

Kate conduit vite, très vite sur la piste, beaucoup trop vite. Ce n'est pas qu'il y ait une circulation intense. Nous sommes seules. Mais notre véhicule risque de se retourner à tout moment si ma pilote de course continue ainsi. Une fois de plus je la trouve beaucoup trop nerveuse. Elle ne dit pas un mot durant tout le trajet et garde les lèvres serrées. Elle fixe la mer de sable qui nous fait face avec un regard sévère qui en dit long sur son état d'esprit. Ses mains sont crispées sur le volant. Ses ongles qu'elle a peints de rouge sombre ressemblent à des griffes serrées sur leur proie. Je n'ose prononcer un mot.

Enfin, nous arrivons et elle stoppe le véhicule d'un coup sec faisant surgir un nuage de poussière qui me fait tousser. Ce n'est qu'une fois au pied du tell, alors que nous saisissons nos outils, que j'aborde la question de la lettre anonyme.

— Je sais ce qui est écrit sur le message que tu as reçu, Kate. J'ai besoin que tu m'éclaires.

— Vraiment !

— Tu n'es pas curieuse de savoir ce qui est écrit !

— Je ne vois pas ce que ça changera. Et puis hier soir, je n'ai rien reçu.

Je tire de ma poche de jupe la feuille sur laquelle j'ai recopié la traduction :

— « Tu vas mourir bientôt. On ne déterre pas la reine-prêtresse-entum bien-aimée de Nanna. Elle doit rester là où le dieu de la Lune a décidé qu'elle reposerait. » Voilà ce qui est écrit. Que sais-tu de cette reine-prêtresse et ce dieu de la Lune, Kate ? Ce message est très inquiétant... Il ressemble même à une menace.

— Eh bien dis-moi ! Tu as été très rapide pour résoudre cette énigme. Je reconnais bien là la célèbre romancière Agatha Christie.

Je perçois une certaine moquerie dans sa voix, mais une fois de plus je fais semblant de l'ignorer. Je sens que la moindre réflexion de ma part pourrait être l'étincelle qu'elle recherche pour laisser éclater sa colère. Ce qui ne manque pas d'arriver. Kate est prise désormais d'un grand éclat de rire. Elle me fait presque peur mais je m'efforce de ne pas lui montrer.

— Je ne trouve pas ça drôle, Katharine, dis-je sévèrement.

En l'appelant par son prénom, je veux lui signifier ma désapprobation.

— Tu ne devrais pas te montrer aussi désinvolte. Franchement, je ne te reconnais plus par rapport à l'année dernière…

— L'année dernière, l'année dernière… Les choses ont bien changé, ma pauvre Agatha. Les choses et les gens. On me déteste ici, je le sais bien.

— Tu ne crois pas que tu exagères ?

— Je dérange car je m'occupe de trop de choses et je suis efficace. Cela embête certaines personnes qui y voient la preuve de leur médiocrité.

Je suis tentée de lui dire qu'elle a un sérieux penchant à la paranoïa. Je redoute cependant sa réaction. Je préfère la confronter à ses incohérences.

— Qui sont ces personnes que tu déranges ?

— Cela n'a aucune importance.

— L'assistante de ton mari ?

— Non, elle, c'est un autre problème… Et je suis en train de le régler une bonne fois pour toutes.

— Mais ce message ? Qui pourrait donc t'en vouloir ?

— C'est juste une intimidation. Ne t'inquiète pas, je ne crains absolument rien.

— Mais avez-vous vraiment déterré une reine-prêtresse ?

— Oui, bien sûr ! Il y a près de deux cents tombes ici, à Ur. Alors, oui, nous avons dérangé quelques âmes défuntes… Mais je ne crois pas aux fantômes et si un imbécile croit qu'il peut nous faire peur avec une sombre malédiction qu'il a dû entendre dans son village…

— Mais toutes ces tombes n'accueillaient pas une reine-prêtresse ? Tu dois m'en dire plus.

— Shubad peut-être… Il s'agissait d'une femme remarquable. C'est Leonard qui l'a trouvée il y a trois ans. Il y avait un temple dédié au dieu de la Lune à proximité de sa chambre funéraire et une magnifique *ziggurat*. C'est elle qui gouvernait…

— Oui, je me souviens avoir lu ces informations dans le journal. Mais pourquoi maintenant si cette découverte date d'il y a trois saisons ? Si quelqu'un n'avait pas apprécié vos découvertes, il aurait dû le dire avant.

— À la réflexion, ce mystérieux expéditeur pourrait aussi faire référence à une autre prêtresse-entum que Shubad. Les prêtresses-entum étaient promises au mariage à un dieu et en l'occurrence au dieu de la Lune Nanna. Il s'agissait de femmes de sang royal. Enanedu est l'une des plus célèbres. Nous avons retrouvé cette saison beaucoup de vestiges témoignant de son importance.

— Et avez-vous bougé sa tombe ?

— Pas à ma connaissance. Mais nous avons retrouvé une pièce rare, une tablette racontant son mariage avec le dieu Nanna…

— Ces jeunes femmes devaient être bien seules avec un mari pour le moins inexistant, dis-je heureuse de voir que mon amie commence à se dérider et se détendre.

Mais je me trompe grandement.

— Tu veux dire que cela devait être très pratique d'épouser un dieu pour ces jeunes femmes ! Au moins, elles n'avaient pas à composer avec le désir des hommes. On les respectait et on les laissait tranquilles.

— Que veux-tu dire ? demandé-je étonnée par sa remarque.

— Mon mariage… C'est une mascarade, Agatha.

Il me revient tout à coup notre discussion, à Londres, et qui aujourd'hui résonne d'une toute autre façon.

— Avec Len, c'est un mariage d'arrangement. Un « contrat de travail » si je veux que l'Institut royal d'archéologie de Grande-Bretagne m'autorise à rester à Ur. Ce n'est rien de plus et Len était d'accord. Mais désormais, il ne veut plus l'admettre ! Et j'aimerais qu'il me laisse tranquille une bonne fois pour toutes ! Figure-toi que Len veut des enfants ! C'est bien sûr hors de question ! Plutôt mourir tout de suite.

— Mourir ? Tu ne crois pas que tu es un peu excessive, Kate !

Mon amie baisse les yeux maintenant et courbe les épaules. On dirait une petite fille que je viens de gronder. Je ne réponds rien. Dans le silence qui s'installe, le souvenir des pleurs surpris ma première nuit passée dans la maison des fouilles s'invite dans mes pensées. Kate semble très sensible aux questions de la maternité et du couple. Fragile. Je peux comprendre. Dans mon cas, devenir mère ne m'a pas convenu. J'ai eu beaucoup de difficultés à me sentir maternelle et c'est toujours difficile pour moi. Mais mieux vaut éviter de tenir ce discours à Kate. Pourtant, elle insiste quand j'essaie d'orienter la conversation vers la tombe d'Enanedu et la signification de la lettre anonyme.

— Et toi ? Où en es-tu, Agatha, de tes amours ? me demande désormais Kate.

— Comment ça, mes amours ?

— Et bien, tu ne vas pas rester veuve toute ta vie.

— Kate ! Tu ne devrais pas dire ça. Je te signale que je ne suis pas veuve. Archie n'est pas mort. Je suis divorcée et mère d'une petite fille.

— Je sais, mais c'est pareil. Tu es seule et ta fille n'aura pas besoin de toi toute sa vie. Il faut que tu te trouves quelqu'un. Tu n'as plus trente ans…

— J'ai quarante ans.

— C'est bien ce que je dis. Tu n'es plus très jeune…

— Merci pour ta délicatesse.

— N'oublie pas que j'ai moi-même passé quarante ans !

Enfin Kate se tait et s'absorbe dans son travail de fouille. Je l'observe plonger ses doigts fins dans la terre, former des petits tas de terre sur le côté et recommencer le même ballet des mains pour que le passé se révèle à elle. Et parce que des miracles se produisent parfois – comme lorsque Leonard a trouvé le cimetière d'Ur et ses tombes royales –, elle ne se décourage jamais, comme tous ceux qui pratiquent cette activité. Tout est toujours possible. Je reproduis les mêmes tâches qu'elle à quelques mètres. Nous conservons le silence, vissées à nos gestes répétitifs. Le soleil est désormais puissant mais nos chapeaux nous protègent. Il y a quelque chose d'exaltant à se livrer aux fouilles. L'impression de pouvoir participer à l'écriture de l'histoire d'une époque révolue et perdue, l'époque paléo-babylonienne pour ce qui nous concerne ici à Ur.

Kate pousse tout à coup un cri très aigu. Je connais ce cri. Je l'ai déjà entendu sortant aussi de ma bouche : c'est celui de la découverte !

— Regarde-moi ça ! me dit-elle en me montrant un fragment de terre qui porte plusieurs inscriptions. Il faut creuser ici délicatement. Il doit y avoir d'autres morceaux.

Je la rejoins sur son carré de fouille et toutes les deux, délicatement, commençons à éloigner la terre avec la tranche de nos mains. D'autres fragments vraisemblablement du même objet se découvrent à nos yeux.

— Il nous faudrait de la cire pour être sûres de ne rien oublier sur place. À défaut, il faut que nous ratissions très largement, dit-elle doctement.

Kate se comporte comme une vraie professionnelle. Elle a l'archéologie dans le sang et je comprends qu'elle se sente amère de ne pas être considérée comme telle.

Quand nous avons terminé notre exploration, nous retournons au campement. Kate est de très bonne humeur. C'est une autre personne. Elle est désormais totalement détendue au volant de la voiture. Sa découverte l'a transformée. Notre conversation sur les méandres du mariage a quant à elle été totalement éclipsée. Enfin, c'est ce que je crois.

— Bon, Agatha, tout ça nous a empêchées de terminer notre discussion. Comme je te le disais, tu ne dois pas rester seule. Il faut que tu te trouves un bon mari et je vais t'aider à le dégoter dès que nous serons de retour à Londres ! Crois-moi, dans six mois tu es mariée !

Je manque de m'étouffer face à tant d'assurance. Si elle me connaissait vraiment, nul doute qu'elle ne me tiendrait pas ce genre de discours. En ce moment, mes préoccupations sont tout autre que sentimentales. Et si elles l'étaient, je les rangerais tout au fond de moi. Et c'est peut-être bien pour ça que j'ai fait ce drôle de rêve où ma mère me dit de refaire ma vie. Peut-être parce que je ne veux pas que l'on me dise ce que je dois faire. Que ce soit ma mère ou Kate, je ne veux pas que l'on se préoccupe de ma vie privée.

— Tu me dis que ta vie avec Leonard est un calvaire et tu m'incites à me marier. J'avoue que je ne te comprends pas, Kate !

— C'est simple. Je ne veux pas être la seule femme à être malheureuse. Il n'y a pas de raison que tu profites de ta liberté quand moi, je suis enchaînée.

— J'espère que tu plaisantes, Kate !

— Bien sûr que je plaisante. Mais je vais quand même te trouver un bon et gentil mari.

J'ai l'impression d'être traitée comme un personnage de Jane Austen.

— Et tu t'occuperas de ma dot ! dis-je en souriant.

— Ta dot, ce sont tes romans, ma chère Agatha. L'homme qui t'épousera pourra en apprécier la valeur tout au long de sa vie, et même ta fille et si ça se trouve tes petits-enfants, va savoir !

— Inch Allah ! dis-je en imitant les gens d'ici.

Kate ne manque pas d'imagination ! Et je la préfère dans cet état d'exaltation plutôt que de la voir angoissée et agressive à notre égard.

19

La soudaine légèreté de Kate est de courte durée. Quand nous rentrons du tell Abu Shahrein en fin de journée, elle trouve une nouvelle lettre anonyme dans sa chambre et elle vient tout de suite me la montrer. Nous ouvrons l'enveloppe. Il y une feuille à l'intérieur et une nouvelle fois, un message écrit avec des idéogrammes. Cela signifie que je vais devoir à nouveau consulter Max Mallowan. Je crains qu'il ne commence à me trouver un peu insistante. Et puis, j'ai un mauvais pressentiment, une intuition qui ne me plaît pas du tout. Le dernier courrier ressemblait quand même comme deux gouttes d'eau à une menace de mort. J'ai désormais écrit assez de romans pour le savoir. Ce nouveau message doit poser un ultimatum, un compte à rebours. Je m'interroge : à quel moment notre corbeau a-t-il décidé de se manifester ?

Je n'ai pas d'autre choix que de retourner voir Mallowan. Son bureau est cependant vide. Il a dû partir sur un tertre. J'en profite pour observer les lieux où cet homme discret passe une bonne partie de ses journées. Je remarque qu'il a affiché au mur plusieurs plans du site de fouilles. On y distingue la ziggourat, les chapelles, les temples et le sanctuaire. J'essaie de trouver celui correspondant au tombeau de la princesse Enanedu. Plusieurs plans de tombeaux reproduisent des marches et des rampes menant à des chambres funéraires. Tous sont répertoriés par des numéros et des chiffres dont je ne connais pas les correspondances. Il m'est impossible de m'y retrouver.

Sur la table de travail de Max se trouvent plusieurs petites statuettes. Les voir produit en moi comme une fulgurante réminiscence ; je repense tout à coup à mes visites chez le professeur Freud, à Vienne. Cela faisait bien longtemps que je n'y avais plus songé. Avais-je délibérément enfoui le souvenir de mes consultations chez le célèbre psychanalyste ? C'est tout à fait possible. Ces séances ne me rappellent pas que de bons souvenirs, loin de là. Puis je me souviens des paroles de ce vieux sage quand je l'avais interrogé sur la présence de ces statuettes égyptiennes sur son bureau. Il avait comparé alors son travail avec celui d'un archéologue. Toutes ces couches qu'il fallait une à une retirer pour parvenir au cœur du secret, qu'il soit celui d'un homme et de son inconscient… ou celui de l'histoire. À l'époque, nous avions aussi évoqué la ressemblance frappante entre le travail de l'archéologue, du psychanalyste et du détective. Hercule Poirot est comme moi, m'avait-il dit. Il analyse tous les indices pour parvenir à établir la vérité et pour cela, il plonge dans le passé. Un meurtre comme un traumatisme trouve toujours ses racines dans le passé… Au même titre que des fouilles.

Ce souvenir qui resurgit me met mal à l'aise. Je décide d'attendre Max Mallowan à l'extérieur pour ne plus voir ces statuettes. Un petit banc formé de deux blocs de pierre blanche sur lesquels repose une planche semble avoir été installé là spécialement pour moi. Assise, j'observe la petite dizaine d'ouvriers présents dans la cour s'affairer à leurs tâches. Je reconnais Sidi qui a porté mes bagages le jour de mon arrivée et qui, depuis, est toujours disponible pour m'apporter de l'eau dans ma chambre ou me débarrasser des insectes bizarres qui ont parfois la mauvaise idée de s'aventurer dans mes affaires et dont je ne veux même pas connaître le nom ou savoir à quelles espèces ils appartiennent. Il faut toujours secouer ses vêtements et ses chaussures ici avant de les enfiler. C'est une règle essentielle. Vitale même ! On a vite fait de se retrouver avec un serpent, un scorpion ou une araignée au venin mortel dans ses chaussettes… Du moins, c'est ce que je m'imagine. Pour être honnête, je n'ai jamais trouvé de petites bêtes cachées dans mes affaires car je referme toujours mes valises, mais je le redoute plus que tout. Il faudra qu'un jour je tente d'écrire un récit autour de ça. Cela me permettra peut-être d'exorciser ma peur ? Imaginez un serpent au venin mortel qui est sciemment placé dans une chambre pour tuer quelqu'un… J'en frissonne d'avance.

J'ai bien fait d'attendre sur ce banc car j'aperçois Max Mallowan se diriger vers son bureau, les bras encombrés de livres.

Comme à son habitude, il affiche cet air distrait qui le rend au final touchant. À un moment, il manque de perdre l'équilibre et de faire tomber tous ses ouvrages, mais se rattrape je ne sais comment et reprend sa route comme si de rien n'était. Je suis tentée de rire mais je me retiens.

— Mais où avez-vous trouvé tout ça ? À ma connaissance, il n'y a pas de bibliothèque dans le campement !

— Ils sont à moi. Je ne me déplace jamais sans mes livres. Mes valises en sont remplies. Sans eux, je ne peux aller nulle part.

— Cela doit nécessiter une sacrée logistique.

— Je ne vous le fais pas dire, mais je me suis habitué à voyager chargé. C'est juste un mauvais moment à passer. Celui de l'arrivée puis celui du départ où il faut tout remballer.

Je me garde de lui dire que moi aussi, je voyage chargée, mais que la plupart de mes valises sont remplies de vêtements. Je découvre en même temps qu'il les pose sur son bureau les titres des ouvrages : *Les civilisations babylonienne et assyrienne, Expédition scientifique et artistique en Mésopotamie, Histoire Universelle, Évolution des idées religieuses dans la Mésopotamie et l'Égypte…*

— Vous ne m'aviez pas menti… Aucun roman policier parmi vos lectures, dis-je, voulant faire de l'humour.

Mais je ne suis pas sûre qu'il saisisse.

— Sachez, Mrs Christie, que je ne mens jamais, rétorque-t-il sans plaisanter. Mais que puis-je faire pour vous ? J'ai l'impression que vous m'attendiez…

— Exactement. Je reviens pour mon message en akkadien. Je dois en inclure un second. Vous savez mon roman…

J'envisage de situer ma prochaine intrigue ici même, sur un chantier de fouilles comme celui-ci… Mais comme vous le savez maintenant, je n'y connais rien en écriture cunéiforme. C'est pour ça que j'ai besoin de votre aide. Mais s'il vous plaît, appelez-moi Agatha. J'ai l'impression d'être votre mère quand vous dites « Mrs Christie ». C'est d'accord Max ?

Je sens que je m'embrouille. Mon plan ne tient pas la route et ce Mallowan n'est pas aussi idiot qu'il en donne l'impression. Avec son petit air de premier de la classe, bien propre sur lui, il a aussi une cervelle. C'est bien ma chance.

— J'aimerais avoir quelques notions pour m'y retrouver dans tous ces dessins.

— Nous préférons parler de symboles.

— Ce ne sont pas des dessins ?

— Mieux vaut être précis, Mrs Christie. Et puis il existe plusieurs formes d'écriture cunéiforme. L'assyrienne, la babylonienne… Vous vous aventurez dans un domaine très complexe.

Il saisit un ouvrage sur son bureau et commence à chercher un passage précis.

— Voilà, voilà… le Palais des Merveilles décrit par Hérodote… non c'est plus loin… briques émaillées portant les restes d'une inscription cunéiforme… Voilà, c'est ce que je cherchais. Il vous faut trouver le livre de Rawlinson. C'est le plus complet et le plus simple pour décrypter ces inscriptions. Cet homme nous a rendu à tous une fière chandelle en réalisant les premiers déchiffrements à partir du vieux perse…

— Mais où vais-je trouver son ouvrage ?

— À Londres, vous pourrez le commander sans problème.

— Mais c'est maintenant que j'aimerais avoir une traduction. Toute cette discussion nous prend un temps fou et je commence franchement à m'impatienter. Je suis venue ici pour que Mallowan me décrypte un message, pas pour assister à un cours de civilisation babylonienne, même si je ne doute pas que cela soit passionnant. Mais pas maintenant. Maintenant, ce que j'attends, c'est de connaître la suite de mon message.

Je lui tends à nouveau la feuille sur laquelle j'ai recopié le deuxième message envoyé à Kate. Il saisit le papier :

— Et où avez-vous trouvé ça ?

— Je vous l'ai dit, comme pour le premier message, dans un livre. Ces phrases doivent me servir pour une nouvelle intrigue de roman.

— Peut-être que vous devriez changer d'idée alors. Franchement, celui-ci est encore plus obscur que le premier. Mais c'est vous, la romancière !

Après quelques minutes, il en vient enfin à l'essentiel :

— On peut dire que cette fois-ci, l'avertissement ne prête pas à confusion. Écoutez plutôt : « Toi pas parler des messages sinon le dieu de la Lune toi te tuer ». C'est inquiétant.

— Vous pensez que l'auteur est différent du premier message ?

— Comme voulez-vous que je le sache ? Vous m'avez dit avoir trouvé ces phrases dans un livre. C'est vous qui devez savoir qui est ou qui sont les auteurs…

— Vous avez tout à fait raison. Je vous remercie, Max. Je ne vous embête pas plus longtemps et je vous laisse rejoindre les fouilles.

— Si seulement…

— Que voulez-vous dire ?

— J'ai bien peur que Leonard Woolley ne veuille plus de moi sur le terrain. Je ne sais pas ce qui lui prend. Depuis trois jours, il me confie des missions qui n'ont aucun sens et m'oblige à rester derrière mon bureau au lieu de m'envoyer sur le terrain. Il insiste pour que je termine tous les classements au plus vite alors que c'est un travail que je peux très bien faire le soir.

— Vous lui avez demandé des explications ?

— Il me fuit.

À ce moment-là, Kate surgit dans le bureau. Elle n'a même pas pris la peine de frapper à la porte. Max comme moi-même sursautons de façon si synchronisée que cela en est comique.

— Max, mon cher Max ! Je vois que vous avez fait connaissance avec mon amie Agatha. C'est parfait ! J'ai manqué à tous mes devoirs. Je n'ai même pas pris la peine de vous présenter.

Kate continue de parler avec le même rythme effréné.

— Max Mallowan, l'assistant de Len depuis… depuis cinq ans déjà. Mon Dieu, comme le temps passe vite. Agatha. Agatha Christie, une amie romancière. Vous vous êtes manqués de peu l'année dernière. Quand Max repartait pour Londres, tu arrivais, Agatha. Donc voilà les présentations sont désormais faites ! Mais de toute façon vous ne m'avez pas attendue pour échanger puisque je vous trouve tous les deux.

Tout en disant cela, Kate n'en finit pas d'être étrange. Elle ne me regarde jamais. À la vérité, elle se comporte comme si j'étais invisible. C'est à la fois très déstabilisant et même vexant. J'essaie à plusieurs reprises de capter son regard mais rien n'y fait. On dirait presque qu'elle le fait exprès. Mais je ne peux pas y croire. Cela serait cruel de sa part.

— Max, mon très cher Max, vous devez me suivre immédiatement. Len veut nous voir tout de suite. Il y a encore eu des vols cette nuit. Et cette fois-ci, ce sont des pièces de la coiffe de Shubad qui ont disparu. Je n'avais même pas terminé de la dessiner… C'est une catastrophe.

Elle plaque alors ses mains sur ses tempes et penche la tête en arrière, exécutant son grand numéro de tragédienne. Elle en fait à nouveau beaucoup trop. Je n'aime pas quand elle se comporte ainsi. C'est généralement le signe qu'elle est de mauvaise humeur. Je décide de lui couper la parole puisqu'elle n'a même pas pris la peine de me saluer et a décidé de s'imposer alors que Max et moi étions en pleine discussion.

— C'est terrible tous ces vols. Max, je vous en prie, partez. Nous reprendrons notre conversation plus tard.

— Oui, c'est vrai ! J'ai interrompu votre petit tête-à-tête romantique, ose Kate, abruptement.

Si ce n'était pas totalement ridicule, je jurerais qu'elle est jalouse.

— Kate, qu'est-ce qui te prend ? dis-je, choquée. J'étais en train de discuter écriture akkadienne avec Max pour mon prochain roman. Tu sais ce projet dont je t'ai parlé…

— Non, je ne sais pas du tout, me répond Kate avec un aplomb qui me sidère.

— Mais voyons… Les lettres anonymes écrites avec des signes cunéiformes… Le dieu de la Lune… Tu sais bien, Kate, je t'ai parlé de mon prochain roman. Il y aura des lettres anonymes écrites en signes cunéiformes que le détective devra traduire. J'ai demandé conseil à Max qui a été assez aimable pour me répondre.

À mon grand désespoir, Kate ne semble pas saisir mes allusions qui sont pourtant terriblement grossières. D'ailleurs, jamais je n'oserais placer d'aussi lourds sous-entendus dans une de mes intrigues. Dois-je à nouveau soupçonner l'effet des médicaments sur le comportement amnésique de mon amie ?

— Mais voyons, Kate, souviens-toi !

Enfin, elle saisit mes propos.

— Ah oui ! Bien sûr ! Les lettres anonymes. Excuse-moi Agatha, j'étais ailleurs. Bien, en attendant, Max, vous devez me suivre. Et toi, Agatha, tu me raconteras tout ça ce soir. Nous faisons une petite fête… Ou plutôt, je fais une petite fête car Len, évidemment, n'a pas le temps d'organiser quoi que ce soit. Ce sera l'occasion de nous détendre un peu. L'ambiance est si pesante.

Max Mallowan semble tout à coup gêné.

— Je ne suis pas sûr de pouvoir me joindre à vous ce soir. Je suis très fatigué, j'ai dû beaucoup travailler et souvent très tard ces derniers jours.

— Max, ne jouez pas les garçons timides. Vous ne pouvez pas me faire ça, vous devez absolument être là. N'est-ce pas, Agatha, que Max doit être là ?

Je suis gênée que Kate me prenne ainsi à témoin pour une invitation qui visiblement ne séduit pas Max mais, une fois de plus, je ne dis rien.

Kate saisit alors le discret archéologue par le bras et l'entraîne avec elle.

— Il faut y aller maintenant. On ne fait pas attendre le professeur Woolley !

Max nous fait sortir tous les trois de son bureau et ferme la porte à clef. Je me retrouve seule dans la cour et les regarde s'éloigner. Je réalise que Kate ne m'a même pas saluée ni ne s'est inquiétée de ce que j'allais faire de ma journée. Je suis son invitée mais il semble que ma présence l'indiffère complètement. Je réalise pour la première fois que nous devons tous être à sa disposition quand elle le demande, mais qu'en dehors de ça, elle se fiche totalement de ce que nous faisons ou pensons. Quel manque de politesse ! Quel égoïsme ! Je commence vraiment à regretter d'être venue ici. C'est alors que j'aperçois Alix Rose m'observer et se diriger vers moi.

— Katharine Woolley n'est pas facile. Je suis sûre que c'est ce que vous vous dites.

Alix Rose est désormais près de moi et il me semble difficile de lui cacher ma déception qui doit de toute façon se lire sur mon visage.

— Il faut l'excuser. Elle est préoccupée, dis-je doucement.

— Cela ne l'oblige pas à être désagréable, réplique Alix Rose en haussant les épaules. Je vais être franche avec vous, Mrs Christie, même si je sais que vous êtes proche de Lady Woolley. Je n'ai pas peur de dire que cette femme est détestable. Elle parle très mal aux gens. Elle ne voit que son intérêt dans tout ce qu'elle fait. Vous, par exemple, vous pensez être là parce que vous l'avez voulu mais c'est parce que c'est ELLE qui l'a voulu, c'est ELLE qui vous a autorisée à rejoindre la mission. Ne l'oubliez pas. Cela la rend fière d'avoir à ses côté une romancière connue. Elle pourra s'en vanter ensuite avec ses amis. Mais en attendant, cela l'amuse de vous traiter comme une vulgaire visiteuse.

— Je vous trouve bien dure, Mrs Rose. Sachez que je n'ai rien à reprocher à Katharine Woolley.

—Vous êtes sûre ? Si vous n'avez rien à lui reprocher maintenant, alors cela ne va pas tarder. Elle nous a tous épuisés ici. La pauvre Miss Reilly n'ose même plus sortir de sa chambre et pleure toutes les nuits. Et Mr Max. Lui qui est si charmant. Elle se figure qu'il est transi d'amour pour elle… Du coup, il fait tout pour la fuir. Il n'ose même plus aller sur le chantier de peur de se retrouver face à elle et qu'elle lui tombe dans les bras. Elle adore ça s'évanouir, vous avez dû remarquer. Cette femme est complètement folle, je vous assure.

— Folle… C'est un bien grand mot. Et Mr Mallowan m'a dit que c'était le professeur Woolley qui lui demandait de rester au camp.

— Vous verrez. Vous venez juste d'arriver. Ce que je sais, c'est que je ne veux plus qu'elle s'adresse à nous avec son air de grande dame épuisée. Ça ne marche pas avec moi et elle le sait très bien d'ailleurs. Elle me laisse tranquille.

Je ne réponds pas. Je suis extrêmement gênée par cette conversation car je dois bien avouer que l'opinion d'Alix Rose n'est pas totalement fausse. Mais de là à comparer Kate à une manipulatrice psychotique, il y a un fossé qui n'a pas été franchi selon moi. Je décide cependant de rentrer dans son jeu pour en savoir plus. Car je dois bien reconnaître que Kate me déstabilise et ne ressemble plus à la femme que j'ai côtoyée ici même il y a un an, pratiquement jour pour jour. Que s'est-il passé pour que son humeur se transforme ainsi ? C'est ce que je dois savoir avant de la juger.

— Pourquoi se comporte-t-elle comme ça selon vous ?

— Difficile à dire. Ce qui est sûr, c'est que ce sont ses nerfs qui la gouvernent. Et elle a beau prendre des cachets, rien n'y fait. Elle est survoltée du lever du soleil jusqu'à son coucher.

— Elle prend des médicaments ?

— Énormément. Elle a toujours ses pilules avec elle. Elle est capable de paniquer si elle les oublie dans sa chambre.

Je ne dis rien mais je m'interroge sur ces cachets. Depuis le début, je soupçonne qu'ils sont les responsables de ces changements d'humeur. Cependant jusqu'ici je ne l'ai jamais vue en prendre. Elle se cache de moi ou est-ce qu'Alix Rose exagère ?

— Qui est son docteur ?

— Le docteur Anwar. Son cabinet est à Bagdad. Elle y va toutes les trois semaines. J'imagine pour renouveler son ordonnance et refaire ses stocks.

J'aperçois alors l'époux d'Alix. Il a l'air de ne pas savoir où aller. Cela ne m'étonne pas maintenant que je sais qu'il a un problème avec l'alcool.

— Je crois que votre mari vous cherche, dis-je à la pauvre femme dont la confusion se lit immédiatement sur le visage.

— Lui aussi est la victime de cette femme démoniaque. Il n'était pas comme ça au début… glisse-t-elle en se signant.

Je n'ose pas lui en demander davantage. Je vois bien que ce sujet est douloureux.

Alix Rose rejoint son mari et je décide de regagner ma chambre. Je dois réfléchir à la signification de ces messages cryptés dans cette langue qui a depuis longtemps disparu. J'aurais aimé demander à Max Mallowan plus d'information sur le dieu de la Lune. Peut-être aurait-il pu me prêter des ouvrages à ce sujet ? Kate ne m'a pas permis d'aller plus loin. Elle m'a littéralement ôté la possibilité d'échanger avec Max en lui demandant de la suivre sur le champ. Je repense au père Legrain. Malgré le peu de confiance qu'il m'inspire, il est quand même l'épigraphiste de la mission. C'est lui qui est censé être le spécialiste des inscriptions de toutes sortes. Il pourra peut-être me faire avancer en attendant que Max Mallowan soit à nouveau disponible. Alors que je me dirige vers la salle de lecture dans l'espoir d'y trouver le religieux, je me rends compte que, malgré moi, mes démarches ressemblent de plus en plus à une enquête policière. Sauf, et c'est bien heureux, que dans le cas présent, personne n'a été assassiné ! Du moins pas encore.

Le père Legrain est en effet dans la salle de lecture, la tête plongée dans des livres. Comment pourrais-je faire pour lui demander son avis sans qu'il ait l'impression que je l'interroge ?

Je pénètre dans la pièce où ont été installées des tables et des chaises ainsi que quelques étagères qui accueillent des ouvrages qui sont en vérité très peu nombreux. Cette fois-ci, les meubles ne sont pas en caisses d'oranges mais ce n'est pas mieux car on sent qu'ils ont tous beaucoup servi. Je parcours ces tristes rayonnages et par chance trouve un livre dont le titre a à voir avec ce que je cherche : *La Lune dans la Mésopotamie ancienne*. Je le saisis et me dirige vers une table proche de celle où est installé le père. J'espère vivement qu'il sera le premier à me parler mais malheureusement, il semble totalement m'ignorer. Je m'installe et commence à feuilleter bruyamment l'ouvrage en tournant les pages de façon appuyée. Mais le père Legrain est tellement absorbé par ce qu'il fait que j'ai la désagréable impression qu'un troupeau de dromadaires pourrait pénétrer dans la pièce, il ne broncherait pas. Ce n'est vraiment pas de chance. L'espace d'un instant, je me demande même s'il n'est pas sourd. Alors je prends la résolution d'employer les grands moyens. Je fais tomber mon livre par terre. Enfin, il relève la tête.

— Oh ! je suis désolée mon père… Je vous ai dérangé dans ce que vous faisiez.

Le père Legrain ne me répond pas. À la place, il fait sortir de sa gorge une sorte de grognement qui n'augure rien de bon sur son état d'esprit. Décidément, cela va relever du miracle si cet homme m'aide. Eh bien, croyez-moi ou pas, le miracle se produit. Il relève tout à coup le visage vers moi et me remarque. Il a l'air toujours aussi sévère mais il engage la conversation. Ce qui semble relever de l'exploit avec lui :

— Je vois que le dieu de la Lune a éveillé votre curiosité. Je vous comprends… Il se pourrait d'ailleurs qu'il nous rende visite ce soir.

— Comment ça, ce soir ?

— Vous n'êtes pas sans savoir que la lune s'organise chaque nuit selon un calendrier qui lui est propre entre pleine lune, nouvelle lune…

— Oui, j'en ai entendu parler. Le calendrier lunaire est très pratique pour jardiner...

— Nous ne sommes pas dans le Kent ni dans le Sussex à faire pousser des poireaux, Mrs Christie, me reprend sèchement le père Legrain.

Il a raison. Ma remarque était stupide. Elle me fait vraiment passer pour une touriste. J'essaie de me rattraper.

— Bien sûr, il va de soi qu'ici la Lune a une toute autre signification. Vous m'intéressez au plus haut point... Dites m'en plus, mon père. On m'a dit que vous étiez un puits de sciences.

Je flatte tant que je peux cet homme austère. Peu d'hommes arrivent à ne pas se laisser piéger par la flatterie. J'ai pu le vérifier à maintes reprises, ne serait-ce qu'avec Hercule Poirot qui est, je dois dire, très vaniteux. Mais passons. Je sens que le religieux mord à son tour à l'hameçon.

— Et bien ce soir, c'est la pleine lune. Et la légende veut que l'on procède à des libations en l'honneur de Nanna à chaque nouvelle lune pour l'honorer...

— C'est pour cette raison que Mrs Woolley organise une petite fête, j'imagine.

— Oui. Elle y tient chaque année. Mais cette saison, je ne suis pas sûr que cela soit une bonne idée.

— Et pourquoi donc ?

— Demandez donc à la Lune ce soir ! se moque-t-il.

Cet homme est vraiment rabat-joie.

— Je suis quelqu'un de très rationnel. Je ne crois pas à ces légendes, dis-je d'un ton catégorique.

— Ce ne sont pas des légendes. Ce sont des oracles. Autrefois on venait consulter Nanna pour prendre des décisions importantes…

— Quel genre de décision ?

— Il était souvent question de fertilité avec lui. Aussi bien celle des femmes que celle des animaux.

— Je vois… J'imagine que cela remonte à des millénaires avant notre ère et n'a plus cours.

— Détrompez-vous. Cela a traversé le temps. Les pauvres gens d'ici y croient encore, voyez-vous, et c'est bien pour ça qu'une fête en l'honneur de Nanna est organisée ce soir. Avec la nouvelle lune qui aura lieu cette nuit, les astrologues d'aujourd'hui, tout comme ceux d'autrefois, vont prédire l'avenir et les femmes qui veulent un enfant obtenir une réponse.

— Vraiment ? J'imagine que vous ne croyez pas une seconde à ces… prémonitions.

— Qui sait… Ne dit-on pas que c'est de la nuit qu'est sortie la lumière ? Je commence à connaître assez ce pays pour y croire. J'ai assisté à des choses que je n'aurais pas cru possibles.

— J'espère dans tous les cas que ce sont de bons présages, dis-je, innocente.

— Ce n'est pas toujours le cas… Mais je vous ai interrompue dans vos recherches. Que cherchiez-vous dans cet ouvrage ? dit-il en pointant du doigt mon livre sur le dieu Nanna.

Je me sens tout à coup perplexe. Il semble très suspicieux. Dois-je lui parler des lettres anonymes après cette drôle d'histoire qu'il vient de raconter ? J'hésite et puis je me lance. Comme je vous l'ai dit, j'ai plutôt un esprit cartésien. Je ne crois pas à ces sornettes de divination et autres malédictions. Je réserve ça aux romans gothiques.

— C'est au sujet d'un message…

Je lui montre les deux phrases que j'ai réunies sur une feuille.

— « Tu vas mourir bientôt. On ne déterre pas la reine-prêtresse-entum bien-aimée de Nanna. Elle doit rester là où le dieu de la Lune a décidé qu'elle reposerait… »

Je n'ai pas le temps de finir de lire la deuxième phrase à voix haute que le père Legrain m'arrache le papier des doigts.

— Vous devriez vous méfier de ces traditions. On ne plaisante pas avec ça.

— Je ne comprends pas, mon père. Ce sont juste deux phrases que Mr Mallowan a eu la gentillesse de me traduire. J'écris un…

— Pourquoi avez-vous mêlé Mallowan à vos histoires ? Je vous conseille de rester en dehors de ça ! Et maintenant, laissez-moi tranquille s'il vous plaît. J'ai du travail.

Je n'ai jamais vu quelqu'un d'aussi infect que ce père Legrain. Son attitude a changé du tout au tout à partir du moment où il a lu les messages anonymes envoyés à Kate. Il m'a presque agressée. Je ramasse le livre et mes affaires en silence. Quelqu'un veut faire peur à Kate et il se pourrait bien que le père Legrain soit mêlé à cette histoire car à en croire sa réaction, il sait de quoi il s'agit. Mais pour quelle raison veut-on effrayer Kate ? Qui dérange-t-elle ? Ce sont les questions que je dois me poser désormais car, j'en suis sûre, c'est celles que se poserait Hercule Poirot à ma place. Il chercherait un mobile. Et c'est là où tout se complique car Kate est si désagréable que j'ai l'impression que beaucoup trop de gens pourraient lui en vouloir. Je ne résiste pas à l'envie de poser une ultime question à Legrain. Au point où nos relations en sont, il ne pourra pas être plus détestable qu'il ne l'est déjà.

— Une dernière chose, mon père. Qui est à votre avis cette reine-prêtresse dont parle le message ? C'est ce que j'étais venue chercher dans ce livre.

Legrain se tourne vers moi, l'air toujours aussi bougon. Je sens qu'il n'a pas pris sa décision : m'aboyer dessus ou garder le silence. Il choisit pourtant une autre option.

— Il doit s'agir sans nul doute d'Enanedu. Elle vivait dans une résidence près de la ziggourat et du sanctuaire de Nanna. Dans cette résidence, il y avait une cuisine, une chambre… et un temple. Le temple de Ningal, la parèdre du dieu de la Lune, c'est-à-dire sa forme féminine. Mais Woolley pourrait vous parler de tout cela beaucoup mieux que moi.

— Je ne veux pas le déranger avec ça. Il semble très fatigué. Vous ne trouvez pas ?

Legrain ne me répond pas. Il fait comme moi lorsque je veux changer l'objet d'une conversation.

— À mon tour de vous poser une question, Mrs Christie, me dit-il. Pourquoi cet intérêt pour Nanna ?

— Disons, mon père, que je rassemble de la documentation pour un prochain roman.

20

Dans la soirée, je découvre que la petite fête organisée par Kate à l'occasion de la pleine lune est en réalité un grand raout. Tous les membres du camp sont présents. C'est une tradition au sein de la mission, me confirme l'assistante de Leonard Woolley, Anne Reilly, qui a consenti à sortir de sa chambre pour cette occasion.

— Les premières années, me raconte-t-elle, nous ne dormions pas de la nuit. Nous restions à bavarder autour du feu de ces merveilles qu'avaient dû être les célébrations au dieu Nanna au temps des Sumériens… Et puis il n'y avait pas ces déguisements grotesques !

— Le père Legrain m'en a parlé un peu.

— Le père Legrain ne faisait pas partie de la mission à cette époque, rétorque-t-elle sèchement. Et heureusement. Ce sont des esprits comme lui qui ont perverti l'esprit de nos fouilles. Nous étions ici par passion et non pour le profit… Aujourd'hui tout est différent. Tout le monde semble œuvrer pour ses intérêts personnels.

Je suis étonnée par la remarque d'Anne Reilly. Je suis peut-être un peu naïve mais pour moi un homme d'église ne s'intéresse pas aux profits matériels.

Algy vient de nous rejoindre et m'empêche de poser davantage de questions à ce sujet à la secrétaire. Il arbore comme toujours un large sourire et a revêtu une magnifique cape en tissu argenté. Il porte sur la tête une coiffe représentant une lune couchée.

— Ce soir, je suis le dieu Nanna. Cela me va bien, n'est-ce pas ?

Je dois reconnaître que cette tenue est parfaite. Il ressemble à un vrai magicien et ses yeux maquillés de khôl noir ont désormais une forme en amande qui lui donne un petit air babylonien de très bon goût. Kate aussi a fait des efforts vestimentaires. Elle porte une longue tunique noire brodée de pampilles dorées et ses cheveux sont tirés en arrière. Elle aussi a souligné ses yeux de khôl noir. Elle est magnifique. Je suis vexée que personne ne m'ait prévenue qu'il s'agissait d'une fête déguisée. J'aurais fait quelques efforts, même s'il est évident que je ne serais jamais arrivée à la hauteur de Kate. Max Mallowan fait son apparition. Lui non plus ne porte pas de costume particulier. Je le rejoins. J'ai très envie de lui parler de l'étrange réaction du père Legrain à la lecture des idéogrammes qui forment le message. Mais ce n'est peut-être pas le moment idéal pour aborder le sujet. Je choisis de patienter.

— Vous non plus on ne vous a pas prévenu qu'il s'agissait d'un bal costumé ? lui dis-je, histoire d'amorcer la conversation.

— Cela a dû se décider au dernier moment. Mrs Woolley aime surprendre son monde…

— Algy était au courant en tout cas, dis-je en désignant l'architecte en train de poser avec sa cape argentée devant l'objectif de Yadi, tout heureux de photographier pour une fois autre chose que des fragments de poteries brisées.

J'aperçois bientôt Alix Rose et son mari, tous deux habillés de caftans assez sobres et coiffés de turbans. Caroline Leblanc est là aussi avec son appareil photo dont l'ampoule-flash n'arrête pas de crépiter.

— Cette mission est en train de devenir un vrai cauchemar. Pauvre Mr Woolley, lui qui est si attaché à ses fouilles… dit Max en suivant mon regard se porter vers les Rose qui se dirigent vers le bar.

— Mais pourquoi dites-vous ça, Max ?

— Vous ne comprenez pas. Cette soirée, c'est une erreur. L'alcool va couler à flot, la vigilance va se relâcher et demain tout le monde s'étonnera que des objets précieux aient disparu. Car bien sûr à l'heure où je vous parle, personne ne surveille la réserve.

Il n'a pas tort. Toute la mission est réunie dans la cour et des jarres de vin et d'eau de vie ont été préparées en assez grand nombre pour pouvoir satisfaire les esprits les plus assoiffés… et nous endormir tous. Je soupire. Je suis comme lui, je ne suis pas très portée sur la boisson. Pour tout dire, je ne bois pas d'alcool. Me vient alors une idée que je propose immédiatement à mon voisin :

— Voulez-vous que nous allions vérifier que tout est en ordre à la réserve ?

— Pourquoi pas. Je ne suis pas très à l'aise au milieu de toute cette foule.

— Moi non plus. Alors allons y.

J'attrape Mallowan par le bras et je le sens se raidir de façon soudaine. Cet homme n'a pas l'habitude des femmes, pas la peine d'être un djinn pour le deviner. Encore un scientifique qui consacre tout son temps à sa passion et en oublie que dans la vraie vie, les hommes et les femmes peuvent très bien s'entendre. Je souris. J'ai toujours trouvé très romantique cette catégorie masculine. Je relâche un peu ma pression sur son avant-bras pour ne pas le rendre plus mal à l'aise qu'il ne l'est déjà. Un énorme feu a été érigé au centre duquel des grillades sont en train cuire tandis que des grandes bassines de semoule de blé et de légumes sont à disposition pour accompagner les viandes. Des musiciens jouent sur des instruments dont les noms me sont totalement inconnus. Des danseurs et des chanteurs bougent en rythme en formant un grand cercle. Tout cela est très dépaysant. Nous nous dirigeons vers le nord du campement et quittons la place centrale où tous les ouvriers locaux se sont réunis à l'invitation des Woolley – de Kate surtout, je pense – pour honorer cette nuit de pleine lune.

— C'est amusant ce genre de fête, dis-je pour rompre le silence avec Mallowan, qui n'est vraiment pas bavard.

Il grommèle :

— Je ne supporte pas cet exotisme de pacotille. Les Occidentaux ont l'air de penser qu'il suffit de se nouer un foulard sur le front pour faire partie des autochtones. Ils n'ont rien compris.

— Vous dites ça pour Algy ?

— Non. Algy, ce n'est pas le pire. Il aime son métier mais on ne peut pas dire la même chose de tous.

J'aimerais que Mallowan soit plus bavard et me fasse des confidences mais cela ne semble pas être un trait de son caractère. Nous sommes désormais près de l'entrepôt qui abrite la réserve. C'est un bâtiment en dur dont une première porte s'ouvre par un long couloir étroit qui mène à la pièce principale qui, elle, est fermée à clef. Il fait sombre car cette partie du camp n'est pas éclairée. Je réalise que nous aurions dû penser à nous munir d'une torche. Heureusement, Max en sort une de son sac. Il l'allume mais son intensité se montre très capricieuse.

— Satanée lampe, bougonne-t-il. Voilà que mes piles sont mortes… Avançons, il y a de la lumière à l'entrée de la…

Alors qu'il s'apprête à terminer sa phrase, une silhouette surgit de l'obscurité. Elle apparaît sans prévenir, comme un fantôme, de là même où se trouve la porte fermée à clef de la réserve. La forme semble immense et s'abat sur nous. Je suis effrayée, je pousse un cri et je crois que Max aussi mais je n'en suis pas sûre. Pour dire la vérité, je ne suis sûre de rien tellement ce qui vient de se passer est allé vite. Le temps que je réalise que nous ne sommes pas deux mais trois dans ce couloir, je suis bousculée et propulsée vers Max avec une force inouïe. Toujours dans l'obscurité, nos deux visages se retrouvent plaqués l'un contre l'autre et je suis dans ses bras. Aussi incroyable que cela puisse paraître, Max est le responsable de ce rapprochement osé. Je comprends pourquoi quand je sens passer dans mes cheveux le souffle d'un objet lourd qui, si j'avais été quelques centimètres plus en arrière, m'aurait sûrement fracassé le crâne. Un bruit sourd résonne sur le sol et Max Mallowan m'attire un peu plus contre lui. Je sens désormais ses lèvres contre les miennes, son torse contre mon buste. C'est affreusement confus, improbable mais aussi et contre toute attente pas du tout désagréable. Notre rapprochement ne dure que quelques secondes mais je ressens encore la présence du corps de l'archéologue plusieurs minutes après l'incident. Je me fais tout à coup l'effet d'une jeune fille de quinze ans. Heureusement que nous sommes dans le noir car je dois être écarlate. Bien sûr, une fois à l'extérieur, je n'en montre rien à mon compagnon d'aventure et je commente immédiatement ce qui vient de se passer. Il n'y a aucun doute que nous avons dérangé quelqu'un qui s'apprêtait à commettre un forfait. Nous l'avons surpris alors qu'il ne s'attendait pas à nous voir là. Nos déductions se confirment quand nous retournons, munis cette fois-ci de lampes torches, devant la porte de la réserve qui a été forcée. Max ramasse le cadenas qui est à terre avec sa chaîne. Quant à l'objet lourd qui a failli s'écraser sur mon crâne, c'est un marteau. Sans la présence d'esprit de Mallowan, je ne suis pas du tout sûre que je serais en train de vous raconter ce qu'il vient de se passer.

— Je ne pense pas que notre voleur ait eu le temps de voler quoi que ce soit. Nous l'avons dérangé. Mais cela n'est plus possible… Leonard doit demander au sheikh de renforcer la surveillance du camp.

— Le sheikh ?

— Le sheikh Hamoudi. Il représente l'autorité ici, Agatha. C'est grâce à lui que les ouvriers se tiennent tranquilles et ne se tuent pas entre eux. Sans lui, cela deviendrait vite invivable. Plus de deux cents hommes se côtoient ici chaque jour et chacun a ses croyances, ses dieux, ses lois… Sa langue aussi, en fonction des tribus auxquelles ils appartiennent. Le sheikh Hamoudi est celui qui, par son autorité, arrive à mettre tout le monde d'accord. C'est grâce à lui que nous avons pu par exemple les obliger à se faire vacciner contre le choléra malgré leur refus… Imaginez si nous n'avions pas pu. Ce n'est plus un site de fouilles archéologiques que vous auriez trouvé en arrivant ici, mais un cimetière. Le choléra a fait des ravages dans la région cette saison. Vous êtes vaccinée, j'espère?

— Oui, oui… mais je dois dire que je ne m'attendais pas à cette… violence.

— Nous sommes en Orient, Agatha. Pas sur la Riviera.

Je ne réponds pas mais il a raison. Je me suis peut-être montrée un peu ambitieuse en pensant que j'allais passer des vacances de rêve dans cette contrée aussi reculée. Max Mallowan ramasse le cadenas et le remet en place. Juste avant, il a vérifié que notre voleur n'avait rien emporté avec lui, ce qui lui est confirmé du fait que la seconde porte qui mène aux réserves est toujours fermée à clef. Je suis bluffée par sa rapidité d'esprit, sa façon de faire les bons gestes au bon moment. Lui qui me semblait si discret, si maladroit… C'est un autre homme qui m'apparaît ce soir.

— Nous n'aurons pas toujours autant de chance qu'aujourd'hui. Il va falloir être vigilant. Heureusement que les fouilles se terminent. D'ici un mois, toutes nos découvertes auront été rapatriées à Londres.

— Qui commet ces vols, selon vous ?

— De pauvres bougres qui se font quelque sous en revendant nos antiquités. Il y a un marché pour ça à Bagdad…

— J'ai quand même failli me faire assommer avec ce marteau. Sans votre sang froid…

Je ne finis pas ma phrase. Je repense à cette intimité inattendue que nous avons partagée et à ce que cela a produit en moi. J'enchaîne sur autre chose pour ne pas me laisser troubler davantage par ce souvenir :

— Leonard vous a dit que j'avais retrouvé un des objets volés dans ma chambre ?

— Non. Mais il est tellement étrange en ce moment. Comme je vous l'ai dit, je le soupçonne de vouloir me mettre à l'écart. De quel objet s'agissait-il ?

— Un sceau-cylindre qui avait été dérobé quelques jours plus tôt, Leonard Woolley me l'a confirmé.

J'hésite à mentionner le morceau de tissu taché de sang qui entourait la pièce volée. Jusqu'ici, je n'en ai parlé à personne. Mais je me dis qu'après tout, c'est peut-être le moment. Quelqu'un vient d'essayer de m'assommer ! Ces voleurs sont prêts à tout. Je lui raconte dans le détail ma découverte.

— C'est très étrange à vrai dire. Le sceau-cylindre était entouré d'un tissu taché de sang. Qu'en pensez-vous ?

— De quel sceau-cylindre s'agissait-il ?

— Je ne sais pas, Leonard ne m'a rien dit. Il m'a juste dit qu'il l'avait cherché partout.

— Alors il doit s'agir du sceau du dieu sumérien de la fertilité, Enki. Il m'a signalé sa disparition il y a une bonne semaine et il était dans tous ses états. Sa femme aussi, elle a même accusé Miss Reilly de l'avoir égaré sciemment.

— C'est donc pour ça qu'elles se disputaient alors ? dis-je en réfléchissant à voix haute.

— J'en doute. Mrs Woolley est surtout jalouse d'Anne Reilly. Et pour l'étoffe tachée de sang, il s'agit de sang menstruel très certainement…

Je sursaute car ce n'est pas Max Mallowan qui parle mais John-Christopher Rose. Depuis combien de temps est-il ici à nous écouter ? Nous espionner, devrais-je plutôt dire. Je me retourne vers lui. J'attends qu'il s'explique le premier.

— Excusez-moi, Mrs Christie, je vous ai fait peur. Je ne voulais pas. Moi aussi je m'étais un peu mis en retrait. Il y a trop de monde là-bas. Et j'écoutais votre conversation, je l'avoue. Pour le sang, ne soyez pas étonnée. C'est une sorte de rituel lorsque l'on souhaite avoir un enfant. On prie Enki, le dieu de la fertilité, et on place une étoffe tachée de menstruations en guise d'offrande. Les gens d'ici sont très friands de ce genre de rite. Il faut croire que quelqu'un sur la mission souhaite ardemment avoir un enfant.

Je regarde Max Mallowan d'un air un peu perdu.

— Mr Rose a raison. C'est un rite courant, mais c'est la première fois sur le camp… commente Max.

— À ma connaissance, ce sont généralement les femmes qui font ce genre de chose. C'est étrange, ajoute John-Christopher Rose avec un air moqueur que je n'apprécie pas du tout.

— Pourquoi étrange ? demandé-je.

— Il n'y a pas de bédouines ici. Même en cuisine, ce sont des hommes. Cela signifie que…

Que ce sont des femmes occidentales, me dis-je à part moi. Car je ne veux pas m'immiscer dans cet échange. Cette discussion me rend très mal à l'aise. Je n'ai pas pour habitude de parler de ces sujets intimes avec des hommes. Je prends congé d'eux, prétextant une soudaine fatigue, et je regagne ma chambre.

Une fois ma chemise de nuit passée, je réfléchis à tout ce qui vient de se dérouler. Je sors du tiroir où je l'ai rangée l'étoffe de tissu. Le sang est séché, il l'a toujours été. La première fois que je l'avais vu, j'avais pensé au sang d'une blessure. Un coup sur un front, sur un crâne… Déformation professionnelle. Jamais je n'aurais pensé à ce type de sang-là. D'un autre côté, cette nouvelle explication me rassure. Personne n'a été blessé ! Depuis que je me suis mise à écrire des romans policiers, j'ai un peu trop tendance à voir le mal partout. Je réalise aussi que l'objet du vol – ce sceau-cylindre – avait pour objectif de répéter un rite certainement vieux de plusieurs millénaires. Je range délicatement l'étoffe dans le tiroir et je m'interroge : la prière de la personne qui a mis son sang sur ce bout de tissu a-t-elle été exaucée ?

Quand j'ai souhaité tomber enceinte, je ne me suis jamais inquiétée de savoir si cela fonctionnerait ou pas. Mais il est vrai que c'était il y a plus de dix ans et que j'étais donc plus jeune. Dans tous les cas, ma fille Rosalind est née. Rosalind, qui pendant mon voyage de noces est restée à Londres, en pension, et peut compter sur ma fidèle secrétaire, Carlo, qui est comme une deuxième mère pour elle. Mais il faut croire que ce n'est pas toujours facile d'enfanter et une jeune femme, ici à Ur, a voulu prier Enki, le dieu de la fertilité… Ou peut-être est-ce une femme plus âgée confrontée au déclin de sa fertilité ?

Je pense alors à Katharine qui, comme moi, a maintenant dépassé la quarantaine, cette période déterminante pour une femme qui est soit mère soit ne le sera plus… Mais Kate ne veut pas d'enfant. Elle me l'a encore répété il y a quelques jours. Ce ne peut donc pas être elle qui a souhaité tomber enceinte. Alors qui ?

21

Je dois vous faire un aveu. J'ai toujours été une grande romantique, même si je m'en défends. Adolescente, j'ai dévoré *Le Prisonnier de Zenda* d'Anthony Hope, un vrai roman d'aventure avec un héros passionné auquel on s'attache facilement… jusqu'à en tomber amoureuse. Je crois que c'est de cette époque que date ma tendance à me faire mon cinéma à chaque fois qu'un homme m'attire. Cela s'est passé de cette façon avec mon ex-mari, Archie. Je me suis laissée séduire et j'ai eu le sentiment de vivre une grande et belle aventure avec lui, d'autant plus que nous avons fait le tour du monde. Ce qui, vous le devinez, était très romantique et très excitant. Plus tard, cela a été une toute autre affaire. La romance s'est transformée en une banale histoire de mari infidèle quand il s'est mis à me tromper avec sa secrétaire. Depuis, je me refuse à tomber amoureuse ! Mais je dois avouer que ce que je viens de vivre – ce voleur qui a surgi de nulle part – et ce jeune homme–je parle de Max Mallowan – qui m'a peut-être sauvé la vie, a été un épisode particulièrement émoustillant. Si je n'étais pas beaucoup plus âgée que lui, je serais presque capable de tomber sous le charme de cet archéologue. Il possède en effet tous les attributs que j'aime chez un homme. Il est humble, discret, intelligent et cultivé… Et maintenant je découvre que malgré ses airs apeurés dès que je l'approche, c'est aussi un aventurier ! Il a réagi comme un héros de roman lors de la fuite de notre voleur. À la réflexion, j'aurais dû m'en douter. On ne se retrouve pas à vivre au milieu du désert plusieurs années de suite sans avoir le goût de l'aventure. Il y a forcément en lui de la graine d'explorateur.

J'ai cependant l'impression que les femmes lui font peur. Dès que nous nous retrouvons tous les deux, je le sens se crisper. En attendant, je ne m'offusque pas de cette situation. Je préfère la retenue de Max à la grossièreté de John-Christopher Rose. Mais si je vous raconte tout ça, c'est que depuis que nous nous sommes comportés en héros en empêchant un nouveau vol, nous avons passé beaucoup de temps ensemble, Max et moi. Nos « exploits » nous ont comme rapprochés. Nous sommes désormais en route pour Bagdad afin de faire des courses pour le camp. Et durant le trajet, je réalise que Max commence à me considérer comme son amie et à me faire confiance car il se confie à moi. Il est très inquiet pour la santé mentale du professeur Woolley et dès lors pour l'avenir de la mission.

— C'est cette histoire d'Abraham… La femme d'Abraham, cela l'obsède.

— Comment ça, Max ?

— Vous savez peut-être que l'on soupçonne Ur d'être l'ancienne terre d'Abraham.

— Oui, j'ai entendu cette hypothèse de la bouche même de Leonard Woolley. Ce lieu aurait abrité, si l'on en croit la Bible, « la maison d'Abraham ».

— En effet et c'est sur ce site qu'aurait eu lieu le fameux déluge décrit dans la Genèse. Depuis, Leonard s'est mis en quête de fournir les preuves de ces récits bibliques. Et il y est plus ou moins parvenu en analysant les différentes couches de terres qui indiquent les époques successives qui se sont superposées.

— Je ne vois pas le rapport.

— Vous allez comprendre, Agatha. Il a ainsi identifié les couches d'argile apportées par les eaux en différents endroits et, sous ces couches, des débris divers contenant des morceaux de poterie, des bouts de métal, probablement des outils. Toutes ces traces de vestiges et leurs niveaux différents témoignent selon Leonard d'une inondation si importante qu'elle aurait tout fait bouger. Cependant, de là à dire qu'il s'agit du déluge biblique…

— Tout cela est passionnant, m'extasié-je, et je suis sincère.

Mais je ne comprends pas son inquiétude pour la santé mentale de Leonard. Je le questionne à ce sujet :

— Pour autant, je ne vois pas où est le problème avec le professeur ?

— Et bien, Abraham et sa femme Sarah ne pouvaient pas avoir d'enfant car Sarah était réputée stérile. Mais comme chacun sait, elle va donner naissance plus tard à Isaac. Leonard pense que c'est ici, à Ur, que Sarah a réussi à conjurer sa stérilité…

— Et si c'était lui qui avait subtilisé le sceau-cylindre pour procéder à une… (je n'ose pas dire le mot tellement cela me semble ridicule)… une offrande ?

— Cette histoire n'est rien d'autre qu'une légende. Elle relève du pur fantasme.

— Mais le professeur y croit, semble-t-il. Il aimerait que sa femme tombe enceinte, mais celle-ci s'y refuse. Alors il fait appel à la magie en pensant que… Mais il n'empêche que c'est absurde ! Le professeur Woolley est quelqu'un de très rationnel, dis-je spontanément.

— Oui, c'est absurde, Agatha, mais quand on est poussé au désespoir, on essaie tout ce qui est en notre pouvoir… et Léonard est au désespoir. Il a épousé Katharine il y a dix ans maintenant et il lui réclame un enfant depuis presque cinq ans. Je le sais car j'assiste à toutes leurs crises.

— Vous ne croyez pas que Kate est trop âgée pour devenir mère ?

— Il n'y a pas d'âge pour avoir des enfants.

— Pour les femmes qui ne sont pas dans la Bible, si, il y a un âge biologique. Kate a 42 ans. Ce sont ses dernières années de fertilité, je pense… C'est pourquoi j'avais plutôt pensé que c'était Anne Reilly qui avait fabriqué cette amulette.

— Si seulement… Les choses auraient été plus simples avec cette pauvre Anne.

— Pourquoi « pauvre Anne » ?

— Agatha, nous nous connaissons désormais assez pour que je puisse compter sur votre discrétion. Miss Reilly et le professeur entretiennent une relation amoureuse secrète.

— Oui, Max, je suis au courant. On m'a mise dans la confidence, dis-je sobrement sans préciser de qui je tiens cette information.

— Mais c'est avec Kate, sa femme, que Leonard veut un enfant. C'est elle qui porte son nom, vous comprenez, Agatha. C'est pourquoi si vous pouviez parler à Mrs Woolley… Il est en train de devenir fou. Ils doivent s'expliquer ensemble sur ce sujet. Cela commence à avoir des conséquences sur le travail du professeur mais surtout sur sa santé. S'il avait tous ses esprits, il ne se serait jamais abaissé à mettre en œuvre ce rite du sceau-cylindre et de l'étoffe de sang… Je ne le reconnais plus.

— Tout comme je ne reconnais plus Kate, murmuré-je songeuse.

C'est fou ce que l'amour, ou plutôt le manque d'amour peut conduire à faire.

22

Pour nettoyer les tessons de poterie tout comme mes autres trouvailles, j'ai mon astuce à moi. J'utilise ma crème pour le visage. Cela fonctionne très bien, surtout sur les pierres qui retrouvent alors tout leur éclat.

Kate vient de me rejoindre dans le réfectoire et je lui montre le résultat : les fragments d'une sculpture en ivoire qui brillent désormais de mille feux. Elle me félicite mais me demande de cesser mes occupations pour la suivre sur le champ. Elle veut absolument que nous réussissions à répertorier le maximum d'objets et je dois l'aider à tout emballer. Comme elle passe son temps à le répéter ces derniers jours : la saison de fouilles arrive à sa fin et il va falloir fermer le camp. Impossible de laisser sur place le moindre vestige, les pilleurs s'en empareraient immédiatement.

J'ai promis à Kate de l'aider comme j'ai promis à Max de parler à mon amie du sceau-cylindre et de l'étoffe l'entourant, mais aussi des troubles de Leonard et de leur cause qui pourrait bien être son désir d'enfant. Une fois seules dans l'entrepôt, je pense que le moment est tout trouvé pour me lancer. Kate est assez calme et attentive ce matin pour prendre le temps de m'écouter. Je lui parle de l'objet trouvé dans ma chambre et de sa signification.

— Ce sceau-cylindre, m'a-t-on expliqué, peut être utilisé dans certains cas pour provoquer la fertilité. Ce sont des légendes, bien sûr, mais…

Je n'ai pas le temps de finir ma phrase que Kate entre dans une fureur à laquelle je ne m'attendais pas le moins du monde.

— Cette histoire va mal finir, cette histoire va mal finir…

C'est ce qu'elle ne cesse maintenant de répéter en faisant les cent pas. Je lui demande de s'expliquer mais elle ne veut rien me dire. Et puis elle me presse de questions. Quand, comment, où… c'est un véritable interrogatoire et autant dire qu'elle ne fait pas semblant. Elle est surtout très inquiète de savoir à qui j'ai raconté ma découverte.

— Max Mallowan et John-Christopher Rose, lui dis-je. Leonard aussi est au courant mais pas du tissu taché de sang.

— En somme, toute la mission est au courant sauf moi, la principale intéressée, vocifère Kate.

— Comment ça? ne puis-je m'empêcher de rétorquer sèchement car son ton est vraiment désagréable et j'aimerais que la colère l'amène à se dévoiler.

En faisant semblant de ne pas en savoir plus, je veux que Kate me donne sa version à elle. Ce qu'elle fait sans se douter une seconde que je suis en train de lui tendre un piège.

— Tu ne vois donc pas que c'est à moi que s'adressait cette amulette ? me rétorque-t-elle avec beaucoup d'agressivité.

— Mais elle était dans ma chambre ! dis-je, faussement innocente.

— Ta chambre qui était auparavant ma chambre.

— Tu ne partages pas la même chambre que Leonard ?

— Non. Nous faisons chambre à part.

— Quand Archie et moi avons fait chambre à part, c'est que nous allions nous quitter… Tu veux quitter Leonard ?

— Bien sûr que non ! Je veux continuer à travailler sur le site de fouilles. Tu le sais bien. Je te l'ai expliqué. Pourquoi fais-tu semblant de…

Elle semble comprendre tout à coup que j'oriente sciemment notre discussion. Je ne lui laisse pas le temps de répliquer. Je mets les pieds dans le plat :

— Leonard souhaite avoir un enfant… pourquoi refuses-tu ? C'est lui qui a fabriqué cette amulette et tu le sais… Il pense que tu es stérile.

— Cela ne te regarde pas, Agatha. Ce sont mes affaires ! Et là n'est pas le problème. Le problème, c'est que quelqu'un me veut du mal et m'envoie des lettres anonymes. C'est ça qui devrait t'inquiéter, Agatha. Pas autre chose.

— Mais ton mari ne va pas bien. Max est inquiet pour lui. Et moi, je ne te cache pas que c'est toi qui m'inquiètes.

— Si j'avais su que tu venais ici pour me faire la leçon, je ne suis pas sûre que…

— Kate, comment peux-tu dire ça ! Je te parle comme à une amie.

— Je n'ai pas besoin d'une amie !

Sur ce, elle me laisse seule dans la réserve alors que nous avions prévu de passer la journée ensemble. Elle est partie si vite qu'elle a oublié son agenda sur une des étagères. C'est en le saisissant pour lui rapporter qu'il me glisse d'entre les mains et tombe au sol en s'ouvrant. Ainsi échoué, il laisse s'échapper une carte sur laquelle je peux lire la phrase suivante :

« Tu vas mourir bientôt. On ne déterre pas la reine-prêtresse-entum bien-aimée de Nanna. Elle doit rester là où le dieu de la Lune a décidé qu'elle reposerait… »

Je reconnais tout de suite la phrase du message anonyme envoyé à Kate et naïvement, je me dis que mon amie l'a recopié pour mieux en décrypter le sens. Mais quelque chose me dérange. J'ai beau relire plusieurs fois la phrase, je ne comprends pas les raisons de mon malaise et puis tout d'un coup, c'est comme un flash, une illumination. Le tracé des lettres me saute aux yeux. L'écriture de Kate est exactement identique à celle des enveloppes contenant les messages anonymes. Mais qu'est-ce que cela peut bien vouloir dire si ce n'est que Katharine Woolley s'envoie à elle-même des lettres anonymes ? C'est absurde.

Je range la carte à l'intérieur de l'agenda, le repose sur l'étagère et quitte la pièce. Une fois dans le couloir, je m'aperçois qu'Alix Rose est là, à m'observer. Cela devient décidément une habitude chez elle et son mari de surveiller constamment mes faits et gestes. Depuis combien de temps est-elle là, je n'en ai aucune idée. Mais elle a l'air de savoir exactement ce qu'il se passe dans ma tête, comme si elle lisait dans mes pensées.

— Vous devriez vous renseigner sur son passé, son premier mari… me dit-elle, mystérieuse, juste avant de disparaître.

23

Tout est allé extrêmement vite. Max et moi avons quitté la mission le même jour et ensemble. Cela n'était plus tenable. Quand j'ai reçu un télégramme de Londres m'informant que Rosalind avait attrapé une pneumonie et que je devais rentrer en Angleterre immédiatement, je n'ai pas hésité. J'ai saisi l'occasion pour annoncer mon départ à Kate. Elle n'a rien dit. En fait si, elle a dit quelque chose : elle s'est permise de faire une réflexion de très mauvais goût sur « le caractère encombrant des enfants qui vous rendaient la vie impossible ». Je répète ses mots. Cela m'a confirmé la piètre opinion qu'elle avait de la maternité et tout ce qui va avec. Je ne suis peut-être pas une mère exemplaire mais je suis très préoccupée par l'état de Rosalind. Elle a quitté la pension et est revenue chez nous, auprès de Carlo.

De toute façon, il vaut mieux que je parte. Depuis que j'ai découvert que Kate était l'auteur des lettres anonymes et que je lui ai dit, elle me fuit. Elle craint que je fasse un scandale, j'imagine. Mais cela ne serait qu'un petit scandale puisqu'il n'y a qu'elle et moi qui étions au courant de ces courriers. Bien sûr, elle a nié avoir écrit ces lettres malgré les preuves évidentes, cette écriture identique… Mais allez trouver un graphologue au fin fond du désert ! Et puis dévoiler son imposture aux autres membres de la mission ne pourrait que faire monter la tension. Des personnes comme Alix Rose n'attende plus qu'un scandale. J'ai préféré ne pas insister… D'ailleurs pour prouver quoi ? Personne n'a été assassiné à ce que je sache ! Je ne dois pas confondre les récents événements avec mes intrigues de romans. De plus, si je m'étais servie d'une telle pirouette pour expliquer à mes lecteurs l'origine des lettres anonymes, ils auraient crié au scandale ! Et je peux tout à fait me mettre à leur place.

Je suis moi-même totalement abasourdie. Mais qu'est-ce qui a bien pu passer par la tête de Kate pour inventer une histoire pareille. Je n'arrive pas à y croire ! C'est tellement grossier pour une femme aussi intelligente qu'elle. Non, décidément, je ne pouvais plus rester à Ur et la côtoyer avec toutes ces questions soupçonneuses en tête. Si Max Mallowan a décidé de partir en même temps que moi, c'est, je dois le dire, de ma faute et je suis terriblement gênée. Mais il ne semble pas mécontent lui aussi de partir. En préparant mes valises, je me suis fait une entorse à la cheville. Cela m'apprendra à voyager avec des valises si lourdes et si nombreuses. Max a alors insisté pour m'accompagner durant tout le trajet et je n'ai pas pu le faire changer d'avis. Je me réjouis quand même de sa présence et l'idée d'embarquer dans l'Orient-Express en sa compagnie n'est pas pour me déplaire. Je vous ai prévenus : je suis une grande romantique, même si je ne dois pas me faire d'illusion. Max est beaucoup plus jeune que moi. Seize ans de moins. Il pourrait presque être mon fils !

DEUXIÈME PARTIE

L'Express du midi – 15 janvier 1931
Sur les routes de l'Orient : un mariage secret
Par Caroline Leblanc

Les amateurs de romans policiers et admirateurs de la romancière britannique Agatha Christie seront heureux d'apprendre qu'elle a épousé, le 11 septembre dernier, Mr Max Mallowan. La cérémonie s'est tenue en toute intimité, sans témoin et dans le plus grand secret. La romancière et l'archéologue se sont rencontrés sur le site de fouilles de Ur, en Irak. La femme de lettres et créatrice du détective privé Hercule Poirot était l'invitée du directeur de la mission, l'archéologue Sir Leonard Woolley, et de son épouse Katharine Woolley. L'Express du midi *s'est fait l'écho cet automne dans une série de reportages des recherches menées dans cette région du Moyen-Orient considérée comme le berceau de la civilisation. La Mésopotamie a vu naître en effet l'écriture, les premières villes dont la merveilleuse Bagdad. Nous avions pu rencontrer à l'époque les deux futurs mariés. Le jeune homme de 26 ans, diplômé d'Oxford, et la romancière britannique n'avaient rien laissé paraître de leur amour naissant.*

C'est le Daily Mirror, *qui avait déjà révélé la disparition mystérieuse de la romancière il y a quatre ans, qui a été le premier à annoncer ce mariage secret et n'a pas pu s'empêcher de pointer la différence d'âge du « jeune marié » avec Agatha Christie, de seize ans son aînée. Leur lune de miel doit les mener en Europe « dans un village français tranquille » a précisé le* Daily Mirror *décidément bien informé.* L'Express du midi *ne peut que conseiller aux jeunes mariés de venir visiter notre belle ville de Toulouse.*

Bien que désormais très occupée par sa nouvelle vie, Agatha Christie n'a pas pour autant renoncé à l'écriture. Elle vient de publier son dixième roman, The Murder at the vicarage, *édité chez Collins Crime Club et encore non traduit en France.*

24

La vie nous réserve parfois de drôles de surprises ! Je ne crois plus aux contes de fées depuis longtemps, pourtant je dois dire que ce qui m'arrive y ressemble étonnement car totalement inattendu. Peu de gens sont au courant et c'est tout à fait volontaire. Je vous mets donc dans la confidence mais vous demande de garder l'information pour vous : je viens de me marier et je suis désormais Mrs Max Mallowan. Qui aurait cru que notre rencontre à Ur allait nous conduire six mois plus tard devant un prêtre et maintenant dans ce wagon du Simplon Orient-Express pour un merveilleux voyage de noces ! Max et moi n'avons averti personne, juste la famille très proche, Rosalind et Carlo. Et bien sûr, nous avons tenu le lieu secret. Max a quand même voulu en informer le professeur Woolley et je n'ai pas pu m'y opposer, même si j'aurais aimé qu'il attende un peu. Car ce que je craignais n'a pas tardé à se produire. Kate, ou plutôt devrais-je dire Mrs Katharine

Woolley étant donné que nos relations sont devenues très froides, ne veut plus entendre parler de nous. Mais je dois vous raconter les événements de ces derniers mois, sinon vous allez vous retrouver rapidement perdus.

Comme vous le savez, j'ai dû quitter précipitamment le chantier de fouilles de Ur. C'était en mars dernier, à la suite de l'annonce de la pneumonie de Rosalind. Nous sommes rentrés en quatre jours en Angleterre, Max et moi. Max avait tenu à me raccompagner jusqu'à Londres à cause de mon entorse à la cheville. Je dois dire que si, au départ, j'ai refusé ses services, en chemin, j'étais bien heureuse de l'avoir à mes côtés car il m'a été d'une aide considérable. Combien de fois à l'époque me suis-je maudite d'avoir emporté avec moi autant de valises ! Mais bon, nous y sommes arrivés et je suis rentrée chez moi toute entière, ma cheville a été soignée, la pneumonie de Rosalind n'était qu'un simple rhume et Max a commencé à me rendre visite régulièrement. Au début pour échanger avec moi sur son acclimatation à la vie londonienne après tant de mois passés dans le désert, puis pour me déclarer sa flamme ! Bien sûr, je ne l'ai pas pris au sérieux. Qu'est-ce qu'un jeune homme comme lui pouvait bien trouver à une vieille femme comme moi ! Et puis il faut croire qu'il a trouvé les arguments pour me convaincre car je suis désormais une femme mariée ! Une folie, je vous l'accorde, mais une folie qui depuis me transporte de joie, me fait me sentir à nouveau jeune, belle et désirable, en un mot : vivante ! Et ne souriez pas… Vous aussi, un jour, vous pourriez avoir besoin de ressentir cette sensation d'être aimé et désiré que vous soyez un homme ou une femme. Et d'autant plus si vous avez dépassé la quarantaine, croyez-moi ! Cela nous concerne tous.

Et c'est ainsi qu'aujourd'hui je me laisse bercer par le doux ronronnement du Simplon Orient-Express, alanguie sur le lit de notre cabine alors que Max est dans le cabinet de toilette en train de se préparer. Nous n'allons pas tarder à arriver à Split, en Yougoslavie, et nous avons prévu de faire quelques pas sur le quai le temps que notre train se sépare et qu'une partie des wagons s'arrime à une autre locomotive. C'est en Yougoslavie que notre train se scinde en deux. Certains des voyageurs, dont Max et moi, se rendent à Athènes. L'autre moitié va continuer son trajet jusqu'à Istanbul.

Notre train nous a conduits jusqu'à Douvres où nous avons pris un bateau qui m'a fait redouter de tomber malade mais heureusement, tout s'est bien passé. Depuis, nous « voguons » à nouveau sur des rails à travers l'Europe jusqu'aux portes de l'Orient.

Je dévisage avec les yeux de l'amour mon jeune époux qui vient de sortir de la cabine de toilette et est rasé de près.

— Prête, ma chérie, à vous dégourdir les jambes ? m'apostrophe Max avec cette bonne humeur qui ne le quitte jamais depuis que nous sommes montés dans ce wagon bleu et or Pullman à Victoria Station.

Sans nous le dire vraiment, nous avons décidé de continuer à nous vouvoyer bien que nos relations aient fortement évolué. Je ne sais pas combien de temps nous continuerons mais, pour le moment, je trouve cette attention terriblement romantique.

Je me lève d'un bond de notre lit, je suis prête. J'attrape mon étole en fourrure et mon chapeau. Max me prend par le bras et nous quittons notre cabine sans nous quitter des yeux.

Autant vous l'avouer tout de suite, nous sommes très très amoureux et comme tous jeunes mariés en voyage de noces, je suis très très romantique et une grande partie de nos journées se déroule alités sur notre couchette à nous donner des preuves de nos sentiments l'un pour l'autre. Je n'ai pas honte d'en parler. Nous sommes en 1930 et plus au XIXe siècle que diable ! Et moi aussi, je me mets à penser que je peux être une de ces femmes libérées dont on entend de plus en plus parler.

Sur le quai de la gare, nous sommes nombreux à avoir eu la même idée, prendre l'air pendant que le train manœuvre. Il faut dès lors s'armer de courage si l'on veut faire quelques pas sans se faire bousculer. Outre les voyageurs de notre train qui comme nous se dégourdissent les jambes, le quai est rempli de colporteurs qui se proposent de vous vendre tout et n'importe quoi. Ici, ce sont des statuettes censées vous protéger du mauvais œil pendant votre voyage, là des encens pour faire passer le mal du pays… Inutile de préciser que les gens d'ici sont très superstitieux et remplis de traditions dont nous n'avons jamais entendu parler en Occident. Profitant d'un mouvement de foule, une vieille femme portant des jupons de couleurs et un foulard sur la tête, des gros anneaux dorés aux oreilles, m'attrape la main sans que j'aie le temps de m'en apercevoir. Il s'agit d'une diseuse de bonne aventure comme il y en a beaucoup dans la région. J'ai à peine le temps de lui retirer ma main qu'elle m'assène une de ces prophéties absurdes qui ne veulent rien dire mais réussissent à vous plonger dans le doute : « Toi te méfier femme qui veut te voler ton mari ». Immédiatement, je me rapproche de Max et lui saisit le bras. Quelle horrible femme ! Je suis paniquée alors que Max s'amuse de ma frayeur.

— Vous n'allez quand même pas rentrer dans son jeu ! Regardez, Agatha, elle agit de la même manière avec les autres femmes !

Et en effet, Max a raison. Je découvre ma diseuse de bonne aventure répéter mot pour mot la même prophétie funeste à une autre voyageuse. J'observe la scène avec attention, bien décidée à savoir comment il est d'usage de réagir en de pareilles circonstances sans se ridiculiser.

— Toi te méfier femme qui veut te voler ton mari. Donne une pièce et je te dis comment garder mari près de toi.

La voyageuse s'exécute et cherche dans sa bourse une pièce de monnaie. La gitane sort d'une poche cachée dans ses jupes une carte qu'elle donne en échange à l'étrangère. Que représente-t-elle ? Je ne le saurai jamais, mais cela est certainement censé éloigner le mauvais œil.

C'est maintenant un vendeur de boisson chaude qui nous alpague Max et moi. Pour me remettre de mes émotions, j'accepte volontiers la décoction qu'il me propose. Ma gorge se réchauffe au contact de la boisson sucrée qui sent bon la cannelle. C'est agréable. Je conseille à Max de faire de même, mais notre serveur dans un geste maladroit fait tomber au sol sa dernière tasse d'infusion. Max doit se contenter d'un thé ordinaire.

Les manœuvres des locomotives sont désormais terminées, nous réintégrons le wagon pour nous enfermer à nouveau dans notre cabine jusqu'à l'heure du dîner où nous rejoindrons le wagon-restaurant. Le Simplon Orient-Express est véritablement un train de luxe et, depuis notre départ de Calais, nous réalisons la chance que nous avons de traverser l'Europe dans d'aussi bonnes conditions. Paris, Lausanne, Milan, Venise, Zagreb… Nous avons pu découvrir toutes ces villes bien au chaud, derrière les fenêtres de nos cabines, comme au théâtre.

Quand nous ne nous plongeons pas dans des échanges de tendresse sans fin, Max et moi avons de grandes discussions à propos de notre avenir. Je veux que Max puisse poursuivre sa carrière d'archéologue et, comme je lui ai expliqué, je suis prête à le suivre aux quatre coins du monde. Pour le moment, il a accepté un poste au British Museum mais je sais que voyager va très vite lui manquer. Le grand intérêt de ce qui est désormais mon métier officiel, celui qui me permet de gagner ma vie, est que je peux écrire partout. Il me suffit d'avoir avec moi ma machine à écrire, ce qui franchement est très facile à transporter. Dès notre retour en Angleterre, Max va aussi demander une nouvelle concession de fouilles afin de poursuivre ses recherches sur la civilisation mésopotamienne, son terrain de jeu préféré. Nous ne retournerons en effet pas à Ur. Comme je l'ai déjà dit, Katharine Woolley a très mal accepté le fait que Max et moi nous nous soyons mariés sans la consulter. Max n'a pas osé me le dire ouvertement mais il m'a fait comprendre qu'elle nous avait maudits et souhaité tous les malheurs du monde. En temps normal, je ne crois pas à ce genre de choses, mais dès que vous êtes en Orient, j'ai remarqué que l'on a tendance à se laisser porter par ces croyances d'un autre âge. Et Kate le savait très bien en maudissant notre voyage de noces.

En y repensant, je me dis que j'aurais peut-être été inspirée de donner une pièce à cette diseuse de bonne aventure pour qu'elle neutralise les mauvaises pensées de Kate.

Ce soir, c'est d'ailleurs mon ancienne amie qui est au centre de notre conversation, alors que nous sommes attablés dans le wagon-restaurant du Simplon et roulons vers Athènes où nous devrions arriver en début de soirée. Je viens de commander au serveur du saumon à la sauce gribiche. Max a choisi le même plat.

— Vous me parlez de Kate à cause de la sauce gribiche ? m'interroge Max, taquin.

— Non, mon cher ami, pourquoi le devrais-je ?

— Ah je vois que vous ne connaissez pas l'origine de ce drôle de nom… gribiche… et bien je vais vous l'apprendre, ma chère Agatha.

— Je suis toute ouïe, Max !

Et je ne mens pas. Max est un puits de connaissance. Il sait tellement de choses, et pas uniquement des informations ayant trait aux antiquités. Max est la personne la plus curieuse que j'ai rencontrée.

— Et bien sachez, ma chère Agatha, qu'une gribiche est une femme méchante, mauvaise… et parfois même une femme avec des mœurs dissolues.

— Rien que ça ! Mais vous ne croyez pas que vous y allez un peu fort avec cette pauvre Kate ? Elle me fait tellement de peine quelque part que je n'ai pas envie de l'accabler davantage…

— Vous oubliez, Agatha, que Kate vous a fait croire qu'elle recevait des lettres anonymes qu'au final elle avait elle-même écrites. Quant à la source de ma connaissance de l'origine du mot « gribiche », je ne sais plus exactement…

On m'apporte mon plat et je me régale avec cette sauce aux œufs durs qui, pour sûr, ne va pas m'aider à perdre du poids. Mais qu'importe, mon mari semble m'aimer telle que je suis et je ne veux plus m'encombrer avec ma silhouette. Je veux me libérer de mes complexes. Max me répète assez qu'il est le plus heureux des hommes depuis qu'il m'a rencontrée et je veux le croire sans condition.

— Peut-être que Kate était malheureuse et voulait que l'on s'occupe d'elle. S'adresser des lettres anonymes à soi-même témoigne d'une grande fragilité, vous ne croyez pas, Max ?

— Oui, cela peut être une explication. Mais on peut aussi se demander si elle n'a pas voulu se moquer de vous. Rappelez-vous, elle ne voulait en parler à personne, surtout pas à son mari. C'est bien qu'elle savait que quelque chose n'était pas net avec ces lettres.

— Elle m'avait dit ne pas vouloir inquiéter Leonard.

— Je n'y crois pas. Elle était terrible avec lui ces derniers mois. Le professeur était d'ailleurs complètement déphasé par les attitudes totalement contradictoires de sa femme. Combien de fois ai-je retrouvé ce pauvre Leonard désespéré dans son bureau parce que ne sachant pas dans quel état d'esprit il allait trouver son épouse ! Elle passait de la colère à l'exaltation sans que l'on n'y comprenne quoi que ce soit.

— Oui, je m'en suis rendue compte. Elle aimait aussi beaucoup perdre connaissance.

Alors que nous continuons à discuter, je sens la présence d'un regard se poser de façon insistante sur moi ou plutôt sur mon couple. Je me retourne pour me rendre compte qu'il ne s'agit pas seulement d'une impression. Un homme est en train de nous fixer. Max perçoit que mon esprit a quitté la conversation et suit mon regard. L'individu qui nous observe ne peut plus s'esquiver. Il se lève et se dirige vers nous.

— Rufus Van Aldin. Excusez mon insistance mais il m'a semblé vous reconnaître. Seriez-vous l'archéologue Max Mallowan ? dit-il en se tournant vers mon mari.

Je blêmis brusquement et n'allez pas croire que la raison en est que mon époux a une notoriété plus importante que la mienne. Cela me ravit au contraire. Non, ce qui me bouleverse tout d'un coup, c'est que j'ai déjà entendu ce nom de Rufus Van Aldin et dans des circonstances qui ne me sont pas du tout agréables à évoquer. Ce qui signifie que je ne dispenserai davantage de précisions sur cet homme qu'uniquement si le cours de mon récit devenait incompréhensible pour le lecteur, ce qui, pour le moment, n'est pas le cas. Max n'a d'ailleurs pas remarqué mon trouble et j'en suis soulagée. À lui non plus je n'ai pas envie d'expliquer dans quelles circonstances je me suis retrouvée au contact du milliardaire Rufus Van Aldin il y a de cela quatre ans. Enfin, je dois préciser que si cet homme a entendu parler de moi, il ne m'a jamais rencontrée, il y a donc peu de chance pour que mon visage lui évoque quoi que ce soit.

Mon mari se comporte exactement comme je l'espérais en nous présentant :

— Vous ne vous trompez pas, cher Monsieur, je suis bien Max Mallowan et voici mon épouse, Mrs Mallowan.

— Enchanté, Mrs et Mr Mallowan. Je vous avais aperçus sur le quai de la gare mais il y avait tellement de monde.

— C'est aussi la réflexion que nous nous sommes faites, lui répond Max.

Rufus Van Aldin me jette un regard qui me glace le sang. C'est tout à fait idiot de ma part car il est impossible qu'il puisse faire le rapprochement entre Mrs Mallowan et Agatha Christie. Mon mariage n'a fait l'objet d'aucune annonce officielle. Notre stratagème a fonctionné. En cachant le jour et le lieu de notre mariage, nous avons évité la présence des journalistes.

— J'espérais bien pouvoir vous saluer dans ce train. J'ai suivi l'évolution de vos fouilles à Ur. Beau travail ! Alors ce que j'ai à vous dire devrait vous intéresser. J'arrive de Ur.

— Vous avez dû rencontrer le professeur Woolley ? Comment va-t-il ? sourit Max sans se douter de rien.

— Je crains qu'il aille très mal. C'est pourquoi je me permets de vous importuner, votre femme et vous.

— Vraiment ? le reprend immédiatement Max qui est devenu très pâle.

Moi aussi, je suppose.

Max insiste désormais pour que l'homme s'asseye à notre table. Son visage est soucieux. Rufus Van Aldin dit préférer rester debout mais explique volontiers les causes de son inquiétude.

— Vous devez savoir que le professeur a fait dernièrement une grande découverte. De nouvelles tombes royales.

— Quand nous avons quitté Ur, en mars dernier, il était sur le point de trouver leur emplacement.

— Et bien c'est désormais chose faite et comme vous pouvez l'imaginer, il est très excité à l'idée des trésors qu'il va bientôt pouvoir exhumer. Le problème…

— Le problème ?

— Le problème, c'est qu'aucun ouvrier n'accepte de se lancer dans ce chantier titanesque et ce manque de main-d'œuvre rend fou le pauvre homme.

— Mais pourquoi ? Nous n'avons jamais manqué de bras à Ur ! Bien au contraire, tous les hommes des alentours savaient que nos salaires étaient plus que corrects.

— Vous ne devinez donc pas pourquoi ? C'est encore une de ces sombres histoires de malédiction comme en sont friands les locaux. Mais le plus grave, c'est que la femme du professeur, Mrs Woolley, lui fait perdre totalement la tête en abondant dans le sens des ouvriers. Elle se montre véritablement hystérique et j'ai bien cru qu'elle allait finir par faire une bêtise.

Je ne peux m'empêcher d'intervenir dans la discussion. Je dis :

— Comment ça, une bêtise ?

— Disons qu'elle s'est montrée menaçante envers le pauvre professeur Woolley. Elle aussi semble croire à ces sornettes de malédiction. Tout cela pour vous dire que je ne sais pas quels sont vos projets, mais ce pauvre professeur Woolley aurait bien besoin de son assistant à ses côtés.

Je vois le visage de Max se décomposer. Je sais combien il est attaché à cet homme qui est bien plus que son supérieur. C'est un ami. Il serre les poings et je devine qu'il pense à notre voyage de noces et peste contre Kate et son influence néfaste. Il n'en dit cependant rien ouvertement :

— Je vous remercie, Mr Van Aladin, de ces nouvelles qui en effet me semblent bien inquiétantes.

— Van Aldin, rectifie l'homme. Je vous laisse dîner tranquillement et excusez-moi encore de vous avoir dérangés.

— Non, vous avez bien fait.

J'interviens une nouvelle fois dans la conversation car j'ai besoin d'être fixée sur un point qui me semble très étrange.

— Excusez-moi, Mr Van Aldin. Avez-vous une fille ?

— Oui, en effet, Mrs Mallowan. La connaîtriez-vous ?

— Disons qu'il me semble que nous avons voyagé ensemble il y a quelques années. Mais je ne suis pas sûre.

— Oh ! Si vous avez croisé Ruth, vous ne pouvez pas l'avoir oubliée. Elle est très… comment dire… « extravagante » n'est pas le bon terme car elle est très distinguée, mais disons qu'elle ne passe pas inaperçue.

Je me contente de sourire sans répondre. J'avoue que je suis un peu gênée par cette étrange coïncidence qui m'amène à croiser le père d'une jeune femme dont je ne pensais pas avoir un jour à reparler…

Van Aldin se retire enfin, me sortant de l'embarras. Face à moi, Max n'a toujours pas repris de couleurs et il n'a pas touché à son assiette. Moi aussi cette rencontre m'a coupé l'appétit. Même si ce n'est pas exactement pour des raisons identiques à celles de mon mari qui, heureusement pour moi, n'a lu aucun de mes livres et ne peut donc pas savoir que la fille de Van Aldin apparaît dans mon roman *Le Train bleu,* sans quoi, nul doute qu'il me demanderait des explications sur cette étrange coïncidence. Explications que je serais bien incapable de lui donner.

— Allons dans notre cabine. Je crois que nous n'arriverons plus à avaler quoi que soit ce soir, dis-je enfin.

Nous traversons plusieurs wagons avant de parvenir au nôtre sans échanger un mot. Aucun de nous deux n'a envie que notre voyage de noces soit écourté à cause de sombres malédictions et encore moins de Katharine Woolley.

25

Quand nous arrivons à notre cabine, les rideaux ont été tirés et notre lit couchette préparé pour la nuit. Notre chef de train a aussi déposé sur la table notre courrier que nous avons fait suivre de Londres à Split. Il faut compter environ trois jours pour qu'une lettre de mon éditeur me parvienne, mais aussi des notes de fournisseurs divers et deux gentilles cartes de Rosalind accompagnées de dessins. Je remarque qu'un câble nous attend également. Il est adressé à Max et signé du professeur Woolley, autant dire que nous l'ouvrons immédiatement quand nous découvrons son expéditeur. Les lignes que nous lisons tous les deux en même temps nous confirment que la situation est vraiment préoccupante.

« Cher Max, je ne voulais pas y croire mais la malédiction d'Enkidu s'est abattue sur moi. Plusieurs signes ces derniers mois me prouvent que la mort se rapproche. La fièvre ne me quitte plus. Mon ventre est une torture. Je perds mes cheveux

et mes dents commencent à se déchausser. Ma vue est de plus en plus faible. Max, vous ne me reconnaîtriez pas. Venez. Je vous en conjure. Vous seul pouvez me sortir de là. Votre ami Leonard. »

Après la lecture de ces quelques lignes, Max et moi sommes totalement abattus.

— Parlez-moi de cette malédiction, Max. Qu'est-ce que cela veut dire ? Comment le professeur qui est si brillant peut-il y croire ? J'ai l'impression d'être dans un mauvais roman d'aventures !

— Je suis comme vous, Agatha. Je ne comprends pas ce qui arrive à Leonard et inutile de vous dire que je ne crois pas une seconde à cette malédiction… Se pourrait-il que… Mais non, ça n'aurait pas de sens…

Max cherche un livre dans ses affaires. *L'Épopée de Gilgamesh*. Il ne s'en sépare jamais. Il le feuillette rapidement.

— Voilà, c'est ici. La malédiction d'Enkidu :

« Puisses-tu ne pas fonder de maison qui fasse ta joie !
Puisses-tu ne pas résider dans la chambre de la jeune femme !
Que le sol souille ton beau vêtement,
Que l'ivrogne recouvre de poussière ton habit de fête,
Puisses-tu ne jamais posséder de maison avec son mobilier (…)
Que le lit de tes délices soit un banc (…),
Que le carrefour (du quartier) des potiers soit l'endroit où tu t'assois,
Que des ruines soient l'endroit où tu couches »

— Oh ! Tout ça n'est pas très réjouissant, murmuré-je.

Ce que je ne dis pas en revanche, c'est que ces vers me font étrangement penser aux relations qu'entretient le pauvre professeur avec sa femme qui lui refuse sa couche…

— À travers ces lignes, Enkidu maudit la prostituée Samhatum. Mais Enkidu va ensuite tomber malade et mourir dans d'atroces souffrances.

— Comme les symptômes que décrit Leonard ?

— Oui, exactement de la même façon. Mal de ventre et fièvre.

— Un empoisonnement, dis-je à voix basse, comme si parler plus fort allait nous porter malheur.

Je réfléchis à ce qui est en train de se passer. Et si Katharine Woolley était à l'origine de toute cette macabre machination ? Max semble avoir la même pensée que moi au même moment.

— Agatha, rappelez-vous, ces lettres anonymes qu'elle vous a confiées… Maintenant que j'y pense, les messages qu'elle vous avait donnés à traduire pourraient très bien être en lien avec ce passage de l'épopée de Gilgamesh. C'est même une certitude. Comment n'y ai-je pas pensé ! C'est le livre le plus populaire datant de cette période de l'histoire.

— Mais pourquoi terroriser son mari avec cette soi-disant malédiction ? Cela n'a aucun sens.

— Et si nous nous étions trompés ? Si elle avait envoyé ses lettres à Leonard pour lui faire peur tout en nous faisant croire que c'est elle qui les recevait ?

— Mais pourquoi ?

— Je n'en sais pas plus que vous, Agatha.

— Cela pourrait être à cause de la liaison qu'entretient le professeur avec son assistante, Anne Reilly. Katharine ne supporte pas d'être placée en deuxième position… dis-je avec prudence.

— Je crains, Agatha, que nous ne devions retourner à Ur. Je ne peux pas laisser Leonard dans cet état, seul avec cette femme dangereuse.

Je repense subitement à cette singulière réflexion d'Alix Rose. « Cherchez du côté de son premier mari », m'avait-elle dit ou quelque chose comme ça.

— Max, que savez-vous sur le premier mari de Kate ?

— Pas grand-chose. À part qu'il est décédé puisque Kate était veuve quand Leonard l'a épousée.

— Une jeune veuve, donc. Ce n'est pas forcément commun… Savez-vous dans quelle circonstance il a trouvé la mort ? Alix Rose avait l'air de dire que ce décès était singulier…

— Absolument pas. Katharine ne parle jamais de sa vie d'avant.

— Comme si elle avait quelque chose à cacher, dis-je cette fois à voix haute et de façon bien distincte.

Tout à coup, je ne peux m'empêcher de m'imaginer une multitude de raisons qui auraient pu conduire à la mort du premier mari de Kate et, bien évidemment, j'imagine des motifs peu communs comme un empoisonnement ou un assassinat alors que si cela se trouve, le pauvre homme est tout simplement mort de maladie dans son lit. Une insuffisance cardiaque peut être une cause de décès si commune, pour peu que vous ayez le cœur fragile.

— Nous partirons pour Bagdad dès que nous serons arrivés à Athènes, décrété-je enfin. Je sais combien Leonard est un ami cher pour vous. Et il vous a envoyé ce câble pour vous demander de l'aide.

— Oui, cela ressemble à tout point de vue à un appel au secours. Mais Agatha, si vous préférez m'attendre à Athènes ou retourner à Londres, vous pouvez. Je sais que vous ne tenez pas particulièrement à revoir Katharine.

— C'est plutôt elle qui ne veut plus me voir. À croire qu'elle était amoureuse de vous ! Mais quoi qu'il en soit je vous suis ! Je n'ai aucune envie de vous laisser seul avec cette femme…

— Ne me dites pas que vous pensez à ce que vous a dit cette diseuse de bonne aventure ! glisse Max en me prenant la main.

— Aucunement ! Mais je suis désormais votre femme et nous sommes en voyage de noces. Alors je viens avec vous !

Cette nuit-là, Max et moi dormons enlacés comme de jeunes amoureux mais je n'arrive pas à plonger dans le sommeil. Même le cliquetis des roues du train sur les rails qui, d'habitude, me fait partir dans une douce somnolence, ne parvient pas à m'endormir. La rencontre de Rufus Van Aldin et ce câble du professeur Leonard me déstabilisent au plus haut point. Je décide de me lever pour aller prendre l'air dans le couloir du wagon. Max a enfin trouvé le sommeil. Je ne veux pas le perturber et le réveiller à force de gigoter dans le lit dans l'attente de Morphée. Une fois dans l'allée, je me penche contre une des vitres et plonge mon regard dans l'obscurité. J'ai toujours aimé regarder les paysages défiler de nuit. Les ombres qui naissent de ce décor en noir et blanc vous laissent imaginer des histoires extraordinaires. Au moment de passer la frontière grecque, nous croisons un autre train qui roule en parallèle du nôtre sur plusieurs kilomètres. Le bruit des deux engins semblent s'accorder pour produire un nouveau son tout aussi ronronnant. L'image est très furtive mais j'arrive à distinguer et suivre quelques secondes les visages de deux passagers derrière la vitre d'un des compartiments. Il s'agit d'un homme et d'une femme qui s'embrassent passionnément.

Je retourne dans ma cabine et me blottis contre Max qui dort résolument comme en témoigne sa respiration régulière. Je repense à ces deux amoureux aperçus furtivement. Comme c'est étrange de saisir ainsi ces quelques secondes volées à l'intimité de gens que vous ne croiserez plus jamais de votre vie… La scène est terriblement romantique et je souris en moi-même, mais imaginez qu'au lieu de l'embrasser, l'homme soit au contraire en train d'étrangler la femme…

26

Londres, Paris, Lausanne, Milan, Venise, Trieste, Split. Tournedos béarnaise, pommes de terre à l'anglaise, asperges sauce gribiche, glace flambée… Cela fait des heures que je ressasse mes menus de ces derniers jours. Non pas que je n'aie pas aimé. Tout était excellent. Mais j'ai besoin d'une description complète et exhaustive de toute mon alimentation de ces dernières quarante-huit heures. Une intuition me pousse à croire que le mal qui me tord le ventre n'arrive pas par hasard. Être victime d'une intoxication alimentaire ne tombe jamais bien mais là, c'est pire que tout et, surtout, ce n'est pas normal.

Tout s'était si bien passé jusqu'à maintenant à bord de notre « train de luxe quotidien », comme le dit si bien la brochure du Simplon Orient-Express. Nous avions longé la côte Dalmate, magnifique, et nous étions en route pour Athènes où nous devions passer cinq jours à ne rien faire sauf à profiter de notre amour naissant. Mais il a fallu que ce câble de Leonard Woolley arrive et voilà que maintenant je suis tombée malade. Cela me met dans une rage que vous ne pouvez imaginer.

Notre arrivée à Athènes dans un grand chaos de fumée noire et charbonneuse a mis un terme à mon beau rêve. Dès que nous avons quitté le train, j'ai eu du mal à me tenir debout sans aide car j'avais de fortes crampes dans les membres inférieurs. Des gargouillements improbables m'agitaient le ventre. Et à l'heure où je vous parle, j'ai tous les symptômes d'une intoxication alimentaire… ou d'un empoisonnement. Car si au départ, j'ai incriminé la sauce gribiche – je lui avais trouvé un drôle de goût – je me suis souvenue que mon mari en avait mangé aussi… Et c'est alors que j'ai repensé à ce petit homme qui avait absolument tenu à me faire goûter sa décoction sur le quai de la gare de Split. Et qui a fait tomber le verre de mon mari quand celui-ci a voulu boire à son tour. Et maintenant, me voilà clouée à l'hôtel de Grande-Bretagne à Athènes dans cette chambre luxueuse que Max avait réservée pour notre lune de miel. Quelle tristesse de ne pas apprécier ce décor à sa juste valeur, ce lit immense dans lequel je me trouve alitée contre mon gré, cette couette en duvet de canard qui n'arrive pas à réchauffer mon corps aussi tremblant que de la gelée anglaise ! Tout comme ces moelleux oreillers qui ne peuvent rien à la confusion qui règne dans mon esprit.

Quel dommage vraiment de revenir à Athènes dans un aussi piteux état. Quatre ans ont maintenant passé depuis mon dernier séjour dans cette cité merveilleuse, ce témoignage vivant de la Grèce antique avec tous ses vestiges. Je n'ai jamais oublié combien l'hôtel de Grande-Bretagne avait joué un rôle important dans l'étrange aventure qui m'était arrivée en décembre 1926, alors que j'avais réservé une chambre dans cet imposant bâtiment sculpté de colonnes de style néo-classique. J'avais à l'époque décidé d'y séjourner dix jours pour oublier que l'homme avec qui je vivais depuis plus de dix ans me trompait. Pourtant, la vie en avait décidé autrement et je n'avais pour finir pas dormi une seule nuit dans ce palace.

Toute cette période de ma vie me paraît aujourd'hui si lointaine. Et ne vous attendez pas à ce que je vous révèle pourquoi mes plans ont été bousculés au dernier moment ! Je ne dirai pas un mot de plus dans ce récit que ce que j'ai déjà dit à la presse. C'est-à-dire rien. J'ai définitivement tourné la page de cette partie de ma vie pour écrire un nouveau chapitre de mon existence et cette fois-ci aux côtés de Max. Mon « second printemps », comme je l'appelle. Et si je suis à nouveau au Grande-Bretagne, n'y voyez pas un signe du destin. C'est le seul hôtel recommandable à Athènes pour un couple d'Anglais et, qui plus est, un couple en voyage de noces.

Mais le problème, n'est pas là. Le problème, c'est que mes petites cellules grises à moi me poussent à penser que l'on a cherché à m'empoisonner. J'ai en effet tous les symptômes d'une intoxication à l'arsenic. Ce poison est terriblement vicieux. Il vous tue dans la durée. Au début, il vous fait mal au ventre et vous pensez à des problèmes gastro-intestinaux, puis vous avez très soif. Au bout du troisième ou quatrième jour, vous pensez être sorti d'affaire et c'est pourtant là que cela devient très dangereux. Éruptions cutanées, troubles cardiaques, refroidissement des extrémités… La mort se rapproche lentement mais sûrement et va intervenir généralement au bout d'une dizaine de jours. Je n'ai donc pas de temps à perdre.

D'autant plus qu'au moment où je vous parle, cela ne va pas du tout mieux. J'ai toujours ces satanées crampes dans le ventre et, désormais, l'impression que tout tangue autour de moi. Comme si j'étais dans un bateau. Et tous ceux qui me connaissent savent que cela ne me réussit pas d'être sur l'eau. Mais alors pas du tout. Mon estomac s'est transformé en une paire de tenailles saisissant sans répit mes boyaux et ma gorge me brûle. Une torture. L'orage qui agite mon estomac prend parfois dangereusement la direction de mon œsophage et je suis prise de sueurs froides… C'est insupportable.

27

Une nuit a passé. Au moment où j'écris ces pages, je vais un peu mieux mais je sais que ce n'est pas forcément bon signe. Au contraire. Cela signifie que les effets de l'arsenic se font plus discrets pour mieux rebondir plus tard. Car comment croire désormais à une intoxication alimentaire ? Il faudrait être bien naïf et je ne le suis pas. Je ne devrais plus souffrir autant si j'avais mangé un aliment avarié. J'ai un diplôme de préparatrice en pharmacie, je m'y connais en substances toxiques. Dès mon premier roman, *La mystérieuse affaire de Styles*, j'ai mis à profit mes connaissances et je me suis servie du poison pour commettre mon meurtre. Il s'agissait de la strychnine. Mais dans mon propre cas, je reconnais sans l'ombre d'un doute les symptômes de l'arsenic. Il me faut un antidote. Et pour ça, j'ai besoin d'un docteur au plus vite. N'importe quel docteur pourvu qu'il m'apporte ce qu'il me faut pour confectionner un contre-poison. Et n'allez pas me dire que je me crois dans un de mes romans. J'ai de sérieuses raisons de penser que certaines personnes préféreraient me voir malade plutôt qu'en train de fouiller dans leur passé… Je vous livrerai une explication plus fournie en temps et en heure. Pour le moment, l'urgence, c'est ce téléphone posé sur la commode qui m'invite à m'en servir au plus vite pour réclamer un docteur à mon chevet. Je tends le bras, mais le combiné est trop loin. Je dois me résoudre à sortir de mon lit et à me lever. Je fais à peine deux pas que je me sens horriblement faible. Je ne supporte pas de me retrouver dans cet état ! J'attrape le combiné téléphonique et j'appuie sur le bouton rouge qui est généralement celui de l'accueil. Une voix masculine roulant étrangement les *r* me répond.

— RRéception GRRRande-BBRRetagne. Comment puis-je vous aider ?

— Je dois immédiatement voir un docteur.

J'essaie de prendre un ton catégorique mais à la vérité, c'est un mince filet sonore qui s'échappe de ma gorge. Je suis décidément très affaiblie. J'observe ma main posée sur le meuble pour me soutenir. Mes doigts tremblent.

— ChambBRRe 412. Mr et Mrs Mallowan. Nous PRRévenons immédiatement le Dr Haydock qui s'est occupé de vous hier soir.

— Et il faudrait me faire monter de l'eau, je susurre péniblement. Deux grandes carafes. J'ai très soif.

— Nous vous faisons monter de l'eau immédiatement, Mrs Mallowan.

Je raccroche le combiné et regagne mon lit avec l'impression d'avoir dû accomplir un effort surhumain alors que la commode était à moins d'un mètre. Quelle histoire ! J'aurais bien besoin de mon mari à mes côtés.

Mais quand on parle du prince charmant… On frappe à ma porte et mon cœur se met à battre un peu plus vite. Cela me fait toujours ça quand je sais que je vais voir Max. Je n'ai pas le temps de répondre que la porte s'ouvre. Mais au lieu de voir mon adorable mari, c'est un employé de l'hôtel qui entre dans la chambre avec un plateau sur lequel reposent deux bouteilles d'eau et un verre. Il est suivi d'un homme qui se présente comme étant le Dr Haydock.

— Dr Haydock. Je suis un de vos compatriotes. De passage dans la région et dans ce magnifique hôtel ! Une chance n'est-ce pas car franchement, trouver un docteur compétent à Athènes relève de l'impossible. En tout cas, rassurez-vous, votre mari m'a déjà tout expliqué. Inutile de gaspiller votre salive. Une sauce gribiche semble-t-il qui ne vous a pas réussi. Cela arrive. Surtout lorsque l'on est gourmande !

— Je ne suis pas sûre que… susurré-je. C'est en effet ce que nous pensions avec mon mari en arrivant… Vous l'avez donc croisé…

— Oui oui, Mrs Mallowan, votre époux est charmant. Vous avez fait le bon choix en l'épousant si je peux me permettre ! Comme vous voyez, je suis au courant de tout. Il s'est parfaitement occupé de vous et de votre confort avant de partir. Le fait que je sois anglais l'a rassuré.

— Comment ça, avant de partir ! dis-je d'une voix encore bien trop faible à mon goût.

Je ne supporte pas la façon dont ce docteur semble me considérer comme une enfant qui ne comprend rien et à qui il faut tout expliquer. J'essaie de me relever en m'aidant des coussins qui m'entourent mais mon torse ne bouge que de quelques millimètres me semble-t-il. C'est désespérant.

— Ne vous tourmentez pas, Mrs Mallowan. Il m'a prévenu que vous seriez très agitée. Mais il ne faut pas. Surtout pas. Et maintenant je vais prendre votre pouls. Ensuite, je vous remettrai le petit mot de votre charmant époux.

— Mais quel petit mot, docteur ?

Je le vois fouiller dans son sac en cuir mais sans apparemment trouver ce qu'il y cherche puisqu'il en ressort les mains vides.

— Quel est ce mot que mon mari vous a confié ? Vous l'avez perdu ? gémis-je.

— Non, non, rassurez-vous, Mrs Mallowan, c'est mon stéthoscope que je cherche… Mais le voilà. Et puis calmez-vous, je vous assure que l'agitation n'est pas une bonne chose pour ce que vous avez…

— Vous m'ennuyez à la fin. Je vous demande de me dire ce qui est arrivé à mon mari !

— Comme vous y allez, Mrs Mallowan. Je savais les jeunes mariées impulsives mais vous êtes au-delà de ce que je pensais… À votre âge !

Je deviens extrêmement furieuse et cela doit se voir sur mon visage car tout à coup, il sort une enveloppe de sa poche. Mon cerveau pour sa part fonctionne à mille à l'heure. Mon pouls s'accélère et j'ai le sentiment que mes tempes vont exploser tellement je sens mes veines palpiter. J'ai de la fièvre, c'est une certitude.

— Donnez-moi immédiatement ce mot où…

Je n'arrive pas à finir ma phrase. Je me sens perdue. Je divague et la tête me tourne. La prédiction de la diseuse de bonne aventure repasse inlassablement dans ma tête. Se pourrait-il que Max ait décidé de me quitter ? Qu'une femme m'ait volé mon mari ? En temps normal, je ne panique pas aussi rapidement mais il faut croire que ma faiblesse physique et la fièvre participent à me rendre plus inquiète que je ne le devrais. Et puis mes déboires avec mon premier mari ont laissé quoi que j'en pense des cicatrices qui seront longues à se refermer. Pourtant, comment pourrais-je imaginer une seconde que Max disparaisse dans la nature et m'abandonne ? Il n'est pas un Casanova et il m'a juré son amour, or Dieu sait pourtant que j'ai tout fait pour le dissuader de m'épouser. Mais il a tellement insisté que je ne peux plus douter de lui. Je dois me raisonner : c'est sans nul doute la fièvre qui me brouille l'esprit.

De dépit, je tends mon bras au docteur qui commence à mesurer mon pouls en plaçant son stéthoscope sur la face interne de mon poignet. J'ai compris que ce n'est qu'à cette condition qu'il me donnera le mot de Max. Une fois cela fait, je lui arrache des mains l'enveloppe à mon nom et je lis le mot qui se trouve à l'intérieur en à peine cinq secondes.

« *Ma très chère Agatha, j'ai décidé de partir pour Ur sans plus attendre. Un nouveau câble cette fois de Katharine Woolley m'attendait à l'hôtel. Elle réclamait ma présence au plus vite auprès de son mari… Question de vie ou de mort, a-t-elle précisé. Je ne peux donc faire autrement. C'est une question d'honneur. Je vous laisse ma chère tendre entre les mains du Dr Haydock qui, figurez-vous, arrive tout droit de chez nous et connaît très bien notre belle campagne anglaise ! Il est très compétent. J'ai pu en juger en discutant avec lui. Sinon je ne vous aurais jamais laissée seule. Je serai de retour au plus vite, le temps de m'assurer que Leonard n'est plus en danger. Votre Max qui vous aime et est à tout jamais votre dévoué.* »

Je repose le mot de Max, abattue. Ainsi, mon époux est parti sans moi. Tout de suite, je soupçonne Kate d'avoir depuis le début tout manigancé. Tout comme je la soupçonne d'être derrière mon empoisonnement même si je ne pourrais jamais prouver comment, à une distance si éloignée, elle a pu me faire ingurgiter de l'arsenic. A-t-elle payé pour ça un « empoisonneur à gages » ? Mais ce dont je ne puis douter, c'est que mon état de santé dégradé lui permet de m'éloigner de Max et c'est bien ce qu'elle souhaite en lui écrivant ce câble alors qu'elle sait pertinemment que nous sommes en pleine lune de miel. Je frissonne mais cette fois-ci ce n'est pas à cause de mon mal de ventre. Je frissonne à l'idée que Kate est une femme mauvaise et qu'elle veut se venger de moi.

Quand j'étais encore à Ur, même si plusieurs personnes m'ont prévenue qu'elle était « une femme dangereuse », je n'ai pas voulu les croire. Puis il y a eu cette histoire de lettres anonymes inventées de toutes pièces par elle. Je réalise désormais que j'aurais dû prendre plus au sérieux cet épisode au lieu de me contenter de quitter le site de fouilles sans en dire un mot à quiconque afin de protéger la réputation de mon amie. J'ai fait une erreur et je suis en train d'en payer les conséquences. Quelque chose au fond de moi se met à bouillir. Encore une femme qui veut me voler mon mari ! Cela devient insupportable ! Pourtant j'aurais dû me rappeler, moi, la spécialiste de romans policiers, que la jalousie peut facilement conduire à faire le mal.

Le Dr Haydock me fixe depuis un bon moment alors que je suis perdue dans mes pensées. Il a l'air désolé. Il le peut.

— Mrs Mallowan. Il va falloir faire preuve de patience. Votre pouls est encore très faible. Je crains que vous ne deviez garder le lit encore une bonne semaine.

Je le regarde droit dans les yeux.

— Mais il doit bien y avoir un médicament qui stoppera ses affreux maux de ventre ?

— Je vous ai prescrit un calmant. Mais cela ne passera pas avant une bonne semaine.

— Ce n'est pas d'un calmant dont j'ai besoin mais d'un antipoison. Vous ne voyez donc pas que l'on a tenté de m'empoisonner ?

— Mrs Mallowan, ne parlez pas de cette façon, c'est une grave accusation.

— Trouvez-moi de la moutarde, des œufs et de l'huile de ricin.

— Mais qu'est-ce que vous allez en faire ?

— Un antidote. Il me faut tout de suite ces ingrédients. Et de l'eau chaude !

— Bien, bien, calmez-vous, Mrs Mallowan, je vais vous trouver tout ça. Mais c'est bien parce que votre mari m'a prévenu que vous auriez peut-être des demandes étranges et que je ne devais pas vous contrarier. Sinon…

Je loue Max de me connaître aussi bien en si peu de temps.

Le Dr Haydock revient une demi-heure plus tard avec les précieux ingrédients. Je lui demande de me laisser – l'état dans lequel je vais me retrouver une fois tous ces vomitifs absorbés ne nécessite pas que je sois face à un public. Je mélange ensuite quelques cuillères de moutarde avec de l'eau chaude. Je bois d'une traite, c'est infect mais c'est un excellent émétique. Cela provoque immédiatement en moi une envie de vomir que je retarde le temps d'ingurgiter du blanc d'œuf et de l'huile de ricin. Je veux mettre toutes les chances de mon côté. L'expérience me dit que cela devrait être suffisant. Il est désormais certain que l'on ne m'a pas administré assez d'arsenic pour me tuer, sinon je serais déjà morte. Mais la dose a quand même réussi à m'affaiblir assez pour m'empêcher de me déplacer. Était-ce voulu ou est-ce que le plan de mon empoisonneur ne s'est pas passé comme son auteur l'espérait ? Je doute de le savoir un jour et, pour l'heure, ce qui compte, c'est que je reprenne des forces et puisse partir au plus vite pour Ur rejoindre mon mari. Car à partir de maintenant, c'est une certitude, c'est lui qui court un grave danger. Ce n'est plus moi.

Maintenant, je n'ai qu'à attendre que ces antidotes fassent leur effet. Ce qui ne tarde pas. Très vite, la moutarde, le blanc d'œuf et l'huile de ricin s'assemblent dans mon estomac pour former un mélange explosif. Je suis extrêmement gênée. C'est tout à fait le genre de scène que je déteste écrire et que je n'écris d'ailleurs jamais. Comment voulez-vous réussir à reproduire avec délicatesse les vomissements d'un être humain ? C'est comme les flatulences… On ne les mentionne jamais dans les romans. Tout au plus glisse-t-on « il ou elle a été malade ». On reste toujours très évasif dans ces cas-là, sans rentrer dans des considérations de tailles, de couleurs… et surtout pas d'odeurs. Cela serait du plus mauvais goût. Ce genre de scène serait capable de vous soulever le cœur très facilement, que vous soyez auteur ou lecteur. Et cela est valable pour tous les types de romans, pas seulement les policiers. C'est pourquoi j'ai horriblement honte de ce qui m'arrive ; le rouge me monte encore plus aux joues maintenant que je remarque que le Dr Haydock a placé une bassine au pied de mon lit. Je suis comme hypnotisée par sa présence et je comprends tout à coup pourquoi : cette vague qui semble habiter à l'intérieur de mon estomac depuis quelques minutes ne souhaite maintenant qu'une chose, déferler… C'est comme si elle avait senti la présence de la bassine juste à côté de moi et que c'est elle qui me demandait d'utiliser mes dernières forces pour la saisir. À ce moment-là, je n'ai plus aucune pudeur. Je fais ce que j'ai à faire dans cette malheureuse bassine. Je suis un monstre tel que vous me voyez là. S'il vous était possible de refermer ces pages, je vous le demanderais. Dix minutes, juste dix petites minutes. Le temps que mon corps se calme et que je retrouve mes esprits. Mais vous êtes toujours là, alors fermez au moins les yeux, s'il vous plaît.

28

Je me sens beaucoup mieux. Mais quelle ironie du sort : me voilà condamnée à rester au fond de mon lit ! Je vous rassure cependant, je suis sur le chemin de la guérison et cela sera beaucoup plus rapide que ne le pensait le Dr Haydock. Le nouvel obstacle qui se présente à moi est celui du transport : le prochain départ pour Istanbul n'aura pas lieu avant deux jours. Bien sûr, j'aurais pu prendre le bateau pour rejoindre la Turquie mais j'ai été assez malade pour risquer de l'être à nouveau. Je vais donc reprendre le Simplon Orient-Express pour me raccrocher ensuite au Taurus. Mais comme le temps presse et que je n'ai pas une minute à perdre, je me vois contrainte en attendant de jouer les *armchair detective* depuis mon lit. En d'autres termes, de me transformer en « détective en fauteuil » comme sait si bien le faire ma nouvelle héroïne, Miss Marple, depuis son village de St. Mary Mead. Heureusement, enquêter sans quitter son fauteuil n'est pas toujours une contrainte si l'on a l'esprit de déduction. L'histoire a même montré que certains se débrouillent très bien sans jamais bouger de leur chaise. Pensez à Mycroft Holmes, le frère du célèbre détective Sherlock Holmes. Lui aussi est un *armchair detective* typique et d'une intelligence redoutable. Il arrive à résoudre les énigmes les plus compliquées, sans jamais se rendre sur les scènes de crime. Je ne prétends pas l'égaler, je ne suis qu'une modeste romancière… Mais je peux m'y essayer s'il s'agit de sauver l'homme que j'aime. Car je le sens, Max est en danger. Et si je suis saisie de ce sombre pressentiment c'est que je viens d'apprendre – enfin – les circonstances tragiques de la mort du premier mari de Katharine Woolley, le lieutenant-colonel Bertram Keeling. Alix Rose, en me lançant sur cette piste, savait ce qu'elle faisait. L'homme n'est en effet pas mort dans des conditions normales. Il s'est suicidé et tout porte à croire que c'est sa femme, j'ai nommé Katharine Woolley, qui l'a poussé à cet acte ultime. Cette nouvelle est tragique pour lui, mais aussi pour Max, Leonard et moi : cela pourrait confirmer que Kate peut être capable de tout si elle se sent menacée.

Autre chose me préoccupe : le Dr Haydock. Maintenant que je vais mieux, je réalise que le nom de cet homme ne m'est pas inconnu. C'est celui que j'ai utilisé pour mon personnage de docteur dans mon dernier roman. Je trouve étrange une telle coïncidence qui me renvoie par ailleurs à Rufus Van Aldin qui, lui aussi, apparaît dans un de mes livres. Comment dois-je interpréter ces deux événements ? Dois-je me méfier du Dr Haydock ? Ou de moi-même ?

Je tente de me rassurer en me persuadant que Haydock est un nom commun en Angleterre. Je l'ai sûrement lu quelque part. Mon inconscient aura fait le reste. Les romanciers ont mille et une façons de choisir le nom de leurs personnages. S'inspirer du réel en cherchant dans un bottin téléphonique est la plus commune et j'avoue y avoir recours parfois. Pour Rufus Van Aldin, mon explication ne tient pourtant pas. Ce nom à consonance étrangère n'a rien de banal… mais est-ce le moment de m'interroger à ce sujet ? Je ne crois pas. Pour l'heure, il y a beaucoup plus important. Katharine Woolley est une femme dangereuse !

On devrait toujours se fier à ses premières impressions et je m'étais méfiée de Katharine Woolley la première fois que je l'avais rencontrée. Le problème, c'est que très vite cette méfiance a été remplacée par de la fascination et c'est bien à cause de ça que je me suis laissée piéger, que j'ai baissé la garde. Nous avions tant de points communs toutes les deux que cela a mis ma vigilance en sommeil.

Écoutez un peu et jugez. Comme moi, Katharine Woolley a été infirmière durant la guerre et cela nous a forcément rapprochées. Elle a également beaucoup voyagé. Et vous savez comme j'apprécie les voyages. Nous avons aussi une même passion pour l'archéologie, qui pour ma part est née lorsque j'ai voyagé jusqu'en Égypte avec ma mère et, pour Kate, dans des circonstances assez similaires puisque c'était également en Égypte mais en compagnie de son premier mari qu'elle s'est initiée aux fouilles. Enfin, les livres nous ont rapprochées. Kate avait lu mes romans et elle les avait appréciés. Elle m'avait aussi parlé de *L'appel de l'aventure* qu'elle avait écrit quelques années plus tôt. Je n'ai pas encore eu l'occasion de le lire mais elle me l'a résumé : une femme prétend être un homme afin de pouvoir suivre « l'appel de l'aventure » qui consiste à rejoindre une équipe d'archéologues ! Une sacrée intrigue n'est-ce pas, dont je perçois aujourd'hui davantage les similitudes avec le parcours personnel de mon amie. Bien sûr, elle ne s'est pas transformée en homme mais elle a dû épouser Leonard pour pouvoir s'intégrer à une mission de fouilles archéologiques !

Tout ça pour vous dire que je me suis laissée endormir par toutes ces similitudes entre nos deux vies et je soupçonne Kate d'avoir encouragé ce sentiment en m'invitant en Irak dès notre première rencontre. Plus tard, durant ma première visite à Ur, elle m'a vampirisée en me voulant toujours à ses côtés. Avec le recul, je me dis que j'aurais dû être prudente. Prêter attention aux rumeurs comme je sais si bien le faire habituellement dans mes romans. Quand on parlait en mal d'elle devant moi, je ne relevais pas. Je ne me suis pas inquiétée de son attitude hautaine et même parfois cruelle avec les autres membres de la mission comme les ouvriers. Elle était Katharine Woolley, la femme de Leonard Woolley, le grand archéologue. Intouchable. Quelle cruche ai-je été ! Ses sautes d'humeur et ses mensonges auraient dû m'alerter.

29

À présent, j'imagine que vous voulez savoir comment j'ai appris que le lieutenant-colonel Bertram Keeling s'était suicidé. Et bien mon informateur ou, pour être exacte, mon informatrice, n'est autre que cette journaliste française, Caroline Leblanc. Elle a été particulièrement efficace je dois dire. Avant de quitter Ur, je lui avais parlé des insinuations d'Alix Rose au sujet du premier mari de Kate mais sans penser une seconde que cette petite irait faire des recherches jusqu'à retrouver la trace du militaire et encore moins qu'elle aurait la bonne idée de me transmettre ces informations jusqu'ici. C'est pourtant ce qu'elle a fait. À mon arrivée au Grande-Bretagne, un pli m'attendait à l'accueil contenant un mot d'elle accompagné de coupures de presse relatant le décès tragique de Keeling. En raison de mon état de santé défaillant lors de mon arrivée, je ne prends connaissance de ces pièces à conviction qu'aujourd'hui. Elles font prendre à mon affaire une toute nouvelle tournure. Elles constituent sans aucun doute une nouvelle piste à suivre pour enquêter depuis mon lit, maintenant que me voilà réduite à jouer les *armchair detective*! Le petit mot charmant de Caroline Leblanc est rédigé en français.

« Chère madame Christie,
J'ai cru comprendre que vous adoriez partir de faits divers pour construire les intrigues de vos romans. Je suis sûre que celui-là vous intéressera particulièrement puisqu'il concerne le premier mari de votre amie Katharine Woolley. Qu'insinuait Alix Rose en souhaitant vous informer de ces faits ?
Je laisse la spécialiste que vous êtes en décider.
Avec mes meilleurs souvenirs, Caroline Leblanc
PS : Mon petit doigt m'a dit que vous étiez en lune de miel dans cet hôtel très chic ! Vous nous avez bien eus. Je pense que personne à Ur n'avait vu venir votre coup de foudre mutuel avec Mr Mallowan. Je vous souhaite en tout cas beaucoup de bonheur et j'espère vous voir un jour à Toulouse !

Son petit doigt ! Bien sûr, ce post-scriptum quelque peu ironique a tendance à me faire ruminer. Qui d'autre est au courant de mon mariage ? Je me rassure en me disant que Caroline Leblanc est française et je doute que l'annonce de mon union intéresse beaucoup de lecteurs même si je commence à me faire une petite réputation en France depuis la parution du *Meurtre de Roger Ackroyd*. La jeune journaliste s'est en tout cas bien renseignée car j'aime en effet partir de faits divers pour écrire mes nouvelles et c'est ce qui fait de moi une lectrice assidue du *Times* et du *Daily Mail*. Qui sait si je ne vais pas me mettre aussi à lire *L'Express du midi* à partir d'aujourd'hui ! Dieu sait si j'ai tout le temps de m'y plonger tant les journées me paraissent longues, clouée dans ce lit.

Mais pour l'heure je me redresse avec mes oreillers et attrape mon journal à moi. Celui dans lequel je consigne mon quotidien, sans qu'il n'y ait d'ordre dans l'organisation de mes pensées ou de mes activités. J'écris tout ce qui me passe par la tête. Cela rend la relecture très indigeste, mais comme je l'ai déjà dit, il n'y a aucune ambition littéraire dans ces pages. Je veux juste conserver une trace de mes souvenirs. Comme ceux liés à cette belle aventure que me propose le destin alors que je ne m'attendais pas du tout à refaire ma vie. À l'instant où je saisis mon crayon, c'est de Max dont j'ai envie de parler, Max qui n'est parti que depuis quelques heures mais qui me manque déjà. Si un jour on m'avait dit que je tomberais amoureuse à nouveau, je ne l'aurais pas cru. Mais c'est pourtant vrai : je suis amoureuse et depuis le 11 septembre, je suis donc Mrs Agatha Mallowan, depuis que j'ai dit oui à Mr Max Mallowan dans cette petite église anonyme à Édimbourg. Nous avons choisi cette ville plutôt que Londres pour plus de discrétion. Je serais curieuse de savoir comment la jeune journaliste française a été mise au courant. Je me doute bien que l'annonce de mon mariage avec Max ne va pas rester secrète longtemps mais pour le moment, nous sommes relativement tranquilles ! Si cela peut durer le temps de notre voyage de noces, cela sera déjà une bonne chose. Et actuellement il y a plus préoccupant. Des questions sans réponses commencent à s'écrire d'elles-mêmes sur mon cahier. Où est Max à l'heure qu'il est ? Il n'est pas encore arrivé à Bagdad, c'est une certitude. Il est peut-être entre Sofia et Ankara. Il va lui falloir ensuite au moins deux jours pour traverser le désert dans un des autocars à six roues de la Nairn Eastern Transport Compagnie et rejoindre Haïfa, Beyrouth, Damas, Bagdad puis enfin Ur… Max n'est pas retourné au camp depuis notre départ précipité en mars dernier. Je me demande comment il va être accueilli…

Ce que je redoute le plus est que Kate nous ait tendu un piège. Je ne peux m'empêcher de penser à cette éventualité. J'ai beau me dire que je ne suis pas dans un de mes romans, j'ai de gros doutes. Kate a affirmé haut et fort qu'elle ne voulait plus entendre parler de Max et moi.

Comme si c'était dans les documents envoyés par Caroline Leblanc que se trouvait la réponse à mes inquiétudes, je les relis avec la plus grande attention.

Je note ensuite sur mon journal les principales informations. Le lieutenant-colonel Bertram Keeling et Kate se sont rencontrés à Londres pour se marier en 1919. Ensuite Kate le suit en Égypte. Un des articles raconte que six mois après leur mariage, Kate tombe malade et reçoit la visite d'un médecin qui, après l'avoir examinée, demande à parler au lieutenant-colonel. C'est à la suite de cet entretien entre les deux hommes que Keeling va se donner la mort en s'empoisonnant dans le désert de Gizeh.

Théâtral, n'est-ce pas ? Si j'avais voulu écrire l'intrigue d'un prochain roman, je n'aurais pas fait mieux. Cette histoire est complètement folle. Et ce qui est encore plus fou, c'est que personne ne sait ce que le médecin a bien pu dire au mari. Le premier est certainement tenu par le secret professionnel. Quant au lieutenant-colonel Bertram Keeling, il est mort en emportant ce secret qui concernait forcément la santé de Kate. Quelle révélation monstrueuse a été faite pour que le pauvre homme se suicide ? Si mon couple n'était pas en danger, je saisirais l'occasion d'imaginer une suite. Mais ce n'est pas le moment. Leonard est peut-être le prochain sur la liste ou peut-être est-ce Max si l'on en croit le câble envoyé par Kate.

Je repose mon crayon et ferme mon journal. Écrire noir sur blanc ce qui me tracasse m'a convaincue d'une chose : je ne peux pas rester à Athènes. Il faut absolument que je me rende là-bas, à Ur. Et en attendant le prochain train, je dois prévenir la police. Ils pourront envoyer un de leurs collègues sur place et vérifier que tout est en ordre.

Je saisis le combiné de téléphone et appelle l'accueil de l'hôtel. Cette fois-ci, ce n'est pas d'un docteur dont j'ai besoin mais d'un inspecteur de police !

30

J'aime séjourner dans des hôtels de luxe, je ne m'en suis jamais cachée. Mais dès lors qu'il s'agit d'y être enfermée toute la journée, cela n'a plus du tout le même charme. Vous me direz que je pourrais aller me promener dans les ruelles d'Athènes et profiter de la ville, déambuler dans le souk et respirer les épices enivrants des marchands. Mais je n'en ai pas envie et encore moins la force. Savoir Max loin de moi me mine car j'imagine les scénarios les plus terribles. Et puis, j'attends cet inspecteur dont on m'a annoncé la visite ce matin. C'est ce qui explique que je me suis habillée pour la première fois depuis trois jours. J'ai enfilé mon tailleur en laine froide bleu ciel et une paire de chaussures confortables. Enfin, on frappe à la porte et il ne me faut pas deux secondes pour me retrouver debout, la main sur la poignée, prête à accueillir un officier qui pourra – tout du moins quand il aura prévenu ses homologues irakiens – veiller sur mon mari. Cependant, quand la porte s'ouvre, je sursaute. L'homme qui se présente face à moi me fait l'effet d'une apparition. Un fantôme. C'est un choc! Je pourrais refermer la porte d'un coup et la rouvrir pour vérifier que je ne rêve pas. Et c'est d'ailleurs ce que je fais assez bêtement je dois dire car l'inspecteur se tient toujours là, et bien vivant, calant désormais son pied sur le pas de la porte, j'imagine pour éviter que je recommence mon petit manège.

— Christie! Je ne pensais pas vous revoir un jour.

— Moi non plus, je dois l'avouer, inspecteur, dis-je totalement hébétée d'entendre à nouveau cette voix que je croyais oubliée depuis quatre ans et ma précédente aventure sur le *Sphinx*.

— Au moins cette fois-ci, c'est sur la terre ferme. Pas de mal de mer à craindre, n'est-ce pas Christie! Et que me vaut ce…

Je le coupe. Inutile qu'il en rajoute. Je connais ses sentiments à mon égard. Je dis ou plutôt j'affirme:

— Mon mari est en danger.

— Cela change. La dernière fois, il voulait divorcer.

Je soupire:

— Ce n'est plus le même…

— Je vois. Votre vie est toujours aussi mouvementée, Christie.

— Ce n'est pas du tout le moment de plaisanter, inspecteur Craddock. Mais de toute façon je ne sais pas pourquoi je vous explique tout ça… Vous n'existez pas! Vous êtes le fruit de mon imagination!

L'inspecteur ne réagit pas à ma remarque, comme s'il ne l'avait pas entendue.

— Cela ne va pas Christie? Vous faites une drôle de tête!

Je ne sais pas quoi répondre. Je dois bien avouer que je me sens totalement déstabilisée. Cet homme qui se tient devant moi est bien réel dans son imperméable beige froissé et ses jambes de pantalon trop larges et trop longues qui traînent sur le sol.

— En tout cas vous n'avez pas changé, Christie !

— Vous non plus, dis-je machinalement même si je sais à ce moment-là qu'il ment : j'ai pris au moins dix kilos depuis mon divorce.

Je décide cependant de passer outre toutes ces considérations. Pour l'heure, l'inspecteur Craddock est le seul représentant de la police que j'ai sous le coude et je dois m'en contenter si je ne veux pas retrouver Max ou Leonard empoisonnés comme le premier mari de Kate. Car quand le professeur Woolley parle de ses dents qui se déchaussent et de ses cheveux qui tombent, il y a tout lieu de penser qu'un poison est en train de le vider de ses forces. Il me faut agir. J'aurai tout le temps de m'inquiéter plus tard de ce qui me vaut cette apparition inexplicable de Craddock. Je suis quand même secouée car quand je tente de m'expliquer, je ne peux m'empêcher de bafouiller :

— J'ai… j'ai de bonnes raisons de penser que mon mari, mon nouveau mari, je veux dire, Max Mallowan, est en danger ainsi que le professeur Leonard… Leonard Woolley, le grand archéologue. Ils sont tous les deux à Ur.

— Et qui est le coupable ?

— Une femme, il s'agit d'une femme. L'épouse du professeur Woolley. Katharine Woolley.

— Katharine Woolley donc, répète après moi l'inspecteur en prenant des notes sur un petit bloc de papier. Vous mettez deux L à Woolley ?

— Oui, deux L. W.O.O.L.L.E.Y.

— La femme du professeur Woolley cherche à assassiner son mari et le vôtre si je comprends bien. Dans quel bazar êtes-vous encore allée vous fourrer, Christie ? Décidemment, votre premier passage à Athènes ne vous a pas suffi ?

L'inspecteur Craddock me coupe tout à coup tous mes moyens. Est-ce les restes de mon intoxication-empoisonnement ou le choc de me retrouver face à ce personnage familier que je pensais appartenir au passé ? Je sens tout à coup mes jambes flageoler. Je mesure alors l'immensité de la tâche qui m'attend si je dois lui expliquer que je soupçonne Katharine Woolley d'avoir assassiné son premier mari, mais aussi d'avoir voulu m'empoisonner à l'arsenic et, pour tout reprendre depuis le début, de s'être adressée à elle-même des lettres anonymes et d'avoir inventé une sombre histoire de malédiction liée au dieu de la Lune afin de ne pas avoir d'enfant… Non, définitivement, je ne peux pas expliquer tout cela à l'inspecteur Craddock. Il serait capable de me croire bonne à interner. Mieux vaut me taire pour le moment.

— Et où se trouve tout ce beau monde ? Où ce drame devrait-il avoir lieu ? bougonne Craddock qui ne semble pas avoir remarqué mon trouble et c'est tant mieux.

— À Ur. Près de Bagdad. Un chantier de fouilles conduit par le professeur Woolley depuis plusieurs années. Mon mari est son assistant depuis cinq ans. Il est en route pour là-bas et je suis terriblement inquiète. Je n'ai pas pu le suivre, je suis tombée malade en arrivant à Athènes… Je me demandais si vous pouviez prévenir vos collègues de la région, qui pourraient aller jeter un œil dans la mission.

C'est alors que je pense au câble de Leonard. C'est exactement ce qu'il me faut pour que l'inspecteur prenne au sérieux mes angoisses. Je recherche le courrier dans la pile de papiers posés sur la table. Enfin, je le trouve.

— Tenez, inspecteur. Que pensez-vous de ça ?

« *Cher Max, je ne voulais pas y croire mais la malédiction d'Enkidu s'est abattue sur moi. Plusieurs signes ces derniers mois me prouvent que la mort se rapproche. La fièvre ne me quitte plus. Mon ventre est une torture. Je perds mes cheveux et mes dents commencent à se déchausser. Ma vue est de plus en plus faible. Max, vous ne me reconnaîtriez pas. Venez. Je vous en conjure. Vous seul pouvez me sortir de là. Votre ami Leonard.* »

L'inspecteur Craddock relève les yeux vers moi après avoir lu le câble. Cet air moqueur et dédaigneux qui ne le quitte pas quand il s'adresse à moi a désormais disparu. J'en conclus qu'il me prend au sérieux.

— Donc si je comprends bien, votre mari, votre nouveau mari, est parti pour Ur en vous laissant ici…

— Je devais l'accompagner mais j'ai été subitement malade après notre départ de Split. Si vous voulez connaître le fond de ma pensée…

— Bien sûr, Christie, que je veux connaître le fond de votre pensée… J'adore connaître le fond de votre pensée… C'est toujours très… surprenant, grogne-t-il.

— Ne vous moquez pas, inspecteur. Je vous assure que ce n'est pas le moment. Au départ, j'ai pensé à une intoxication alimentaire. Mais ensuite nous avons reçu ce câble et je soupçonne fortement Katharine Woolley d'avoir voulu m'empoisonner…

— Doucement, doucement, Christie… Je vois que votre imagination tourne toujours à plein régime. Au moins, à ce niveau-là, vous ne vieillissez pas…

— Comment ça, à ce niveau-là ? m'offusqué-je.

— Je n'ai pas voulu être désagréable tout à l'heure mais vous avez changé, je suis au regret de vous le dire. Vous avez beaucoup grossi et vous…

Je lui jette un regard noir. Je sens tout à coup la colère monter en moi et je me retiens de le gifler. Par quelle malchance faut-il que je me retrouve à nouveau face à cet odieux personnage qui, désormais, m'insulte alors que je suis rongée par l'inquiétude ! J'essaie de me ressaisir et je me répète intérieurement que cet inspecteur n'existe pas, n'est pas réel et que donc toutes ces phrases qu'il me sort ne sont que le fruit de mon imagination. Le problème, c'est que s'il n'existe pas, pourquoi suis-je en train de perdre mon temps à lui expliquer le pourquoi et le comment de mes craintes ? Non, décidément tout ça n'est pas logique.

J'ai besoin de réfléchir. J'adopte une voix lasse :

— Je suis fatiguée, inspecteur Craddock. Comme je vous l'ai expliqué, on a essayé de m'empoisonner et j'ai été très malade. Pouvons-nous reprendre cette discussion plus tard ? Vous pouvez peut-être en attendant prévenir les autorités de Bagdad…

— Je vais voir ce que je peux faire. Mais oui, reposez-vous, Christie. Vous avez en effet une très mauvaise mine !

Il quitte la chambre et je me retrouve seule, totalement déprimée. Non seulement Max n'est pas là alors que c'est ma lune de miel mais en plus cet inspecteur de malheur vient de me faire prendre un coup de vieux monstrueux ! J'ai l'impression d'avoir 110 ans et de peser tout autant. J'appelle l'accueil de l'hôtel et je demande à ce que l'on me monte un thé et un assortiment de shortbreads et de scones.

31

Il faut croire que tout a été fait aujourd'hui pour me faire perdre la tête. En fin de journée, on vient frapper à ma porte et quelle n'est pas ma surprise de découvrir face à moi le Dr Penrose, tout sourire. Je manque de tourner de l'œil face à cette apparition et je m'appuie contre le chambranle de la porte le temps de reprendre mes esprits.

Penrose n'a pas changé. Ses cheveux sont peut-être un peu plus grisonnants que dans mon souvenir, mais il semble vraiment en forme. Je reste pour autant muette de stupeur. Le voir apparaître juste après la visite de l'inspecteur Craddock ne peut que me troubler. Je balbutie quelques mots aussi ridicules qu'inutiles :

— Mais que faites-vous ici ? C'est impossible ! C'est totalement impossible !

— C'est notre ami commun, l'inspecteur Craddock, qui m'a prévenu de votre présence à Athènes. Il m'a conseillé de venir vous voir. Il vous a trouvée apparemment en petite forme. Puis-je entrer, Agatha ? Je vous trouve en effet bien pâle.

Je m'éloigne pour le laisser passer et je vais m'asseoir dans un des fauteuils. Mes forces m'ont totalement lâchée. Je ne pensais pas un jour devoir revivre un tel épisode.

Pour les lecteurs un peu perdus et qui ont du mal à suivre, je dois préciser que cela est tout à fait normal. Je le suis d'ailleurs tout autant qu'eux. Je n'ai pas vu le Dr Penrose et l'inspecteur Craddock depuis quatre ans et à l'époque c'était dans des circonstances tout à fait étranges et perturbantes. Et moi qui pensais en avoir fini avec cette histoire ! J'ai dû passer plusieurs mois allongée sur le divan du célèbre psychanalyste Sigmund Freud à Vienne pour m'en remettre. J'étais alors une femme fatiguée et déprimée. Il faut croire que je n'y suis pas restée assez longtemps puisque je me retrouve à nouveau face à ces deux personnages surgis du passé. Penrose perçoit mon trouble. Il me saisit tout d'un coup les deux mains. Cela me sort de ma stupeur mais je me sens encore plus décontenancée.

— Je suis si heureux de vous revoir, Agatha. Je me doutais que vous reviendriez un jour dans notre joli pays, mais je ne pensais pas si vite… Racontez-moi tout ! Qu'est-ce qui vous amène à nouveau à Athènes ? Vous savez que j'ai lu votre dernier roman, *Le Train bleu*. En anglais bien sûr car nous n'avons peu encore eu la chance de le voir traduit ici. J'ai beaucoup aimé… et je n'ai pu m'empêcher de sourire à la lecture de certains passages.

Penrose n'arrête pas de parler. Je le sens troublé et cherchant de cette manière à cacher son trouble.

— … vous imaginez bien que votre intrigue m'a tout de suite fait penser à notre séjour sur le *Sphinx*. Cette Ruth Kettering… Cet Armand de la Roche… Mais je dois dire que vous avez merveilleusement réussi à faire du réel une fiction prenante. Mais passons à l'objet de ma visite… Dites-moi ce qui vous rend si faible et si pâle, ma chère Agatha. Toujours ce mal de mer qui vous tracasse ou faut-il y voir autre chose ?

Comme par le passé, sa délicatesse et son attention me touchent. Je décide de me confier à lui, même si je me sens victime d'un mirage. Car sa présence ici ne peut être qu'un mirage.

— Vous êtes bien aimable de vous préoccuper de moi ainsi, Dr Penrose, mais j'ai un mauvais pressentiment. Vous allez penser que je suis paranoïaque car je me demande si l'on n'a pas cherché à m'empoisonner. D'où ma petite forme. Et si je me pose ce genre de questions, c'est que j'ai de bonnes raisons de penser que quelqu'un m'en veut. Et ce quelqu'un, c'est Katharine Woolley, la femme du professeur Leonard Woolley qui m'a invitée à Ur, un site de fouilles archéologiques à côté de Bagdad. Cela est de plus en plus manifeste. Cette femme me hait et je commence à comprendre pourquoi : elle est jalouse. Vous comprenez, elle veut m'enlever à mon bonheur présent et comme je me suis mise en travers de son chemin, elle n'a pas hésité à m'empoisonner… comme elle avait déjà empoisonné son premier mari.

Je me suis exprimée d'une traite et je suis persuadée que le Dr Penrose n'a pas compris un traître mot à ce que je viens de lui raconter. Et comment le pourrait-il ! Il débarque ici et je fais comme s'il avait suivi le cours de ma vie de ces six derniers mois. C'est ridicule, bien sûr. Mais, comme à son habitude, il n'en montre rien.

— Et comment pourrais-je vous aider à aller mieux, Agatha ?

— Je dois aller à Ur.

— Pourquoi y retourner si cette femme vous veut du mal ?

— C'est là-bas qu'est parti mon mari et je crains désormais pour sa vie, dis-je à mi-voix.

J'observe le visage de Penrose se fermer.

— Votre mari ? Mais je pensais que vous aviez divorcé. C'est du moins ce que vous étiez sur le point de faire la dernière fois que…

Je réalise que Penrose ne sait rien de ma nouvelle vie. Je soupçonne même Craddock d'avoir fait exprès de ne rien lui dire.

— Je me suis remariée il y a trois mois.

— Vous !

Impossible de ne pas constater de la déception dans cette interjection. Comme je n'ai pas envie de m'étendre sur le sujet, je fais ce que je fais toujours dans ces circonstances. Je lance un nouveau thème de discussion.

— Et comment se porte notre ami commun, le professeur Freud ? demandé-je, innocente.

Penrose n'est pas dupe mais joue le jeu. Il ne me pose aucune question sur l'heureux élu de mon cœur.

— J'ai bien peur que le professeur aille mal. Il est très malade et ne consulte pratiquement plus.

— J'en suis désolée. De quel mal souffre-t-il ?

— On lui a diagnostiqué un cancer de la mâchoire.

— C'est terrible.

— Oui, il souffre beaucoup. Il a beaucoup de mal à parler.

— J'espère qu'il a cessé de fumer !

— Il ne veut pas…

Notre conversation se poursuit ainsi sans que nous n'abordions de sujets nous concernant personnellement. Tout comme j'ai regretté d'être retournée voir Katharine Woolley en Irak, je regrette désormais que la vie ait placé à nouveau le Dr Penrose sur ma route. J'ai comme le désagréable sentiment que nous n'avons plus grand chose à nous dire après avoir été si proches. J'espère me tromper.

32

Je ne pouvais plus attendre. J'ai décidé de prendre les choses en main. J'ai quitté l'hôtel à 17 heures hier soir pour rejoindre mon mari. Avec un peu de chance, je pourrai bientôt réduire ma distance avec Max de deux jours. J'ai pris sur moi de prendre le bateau malgré ma sainte horreur de ce moyen de transport. Mais pour rejoindre plus vite mon mari, je me sens capable de tout. De cette manière, je suis arrivée à Istanbul très rapidement et j'ai pu prendre un train à Haidar Pasha, qui m'a conduite en Syrie, à Alep puis Damas où j'ai prévu de passer une nuit à l'Orient Palace Hôtel avant de rejoindre Bagdad en autocar. Vous voyez, j'ai tout prévu ! Max serait fier de moi s'il me voyait. Bien sûr, je ne me suis pas encombrée de bagages. Je ne voyage qu'avec une valise cette fois. Là aussi, cela va me permettre d'aller beaucoup plus vite. J'ai quand même embarqué avec moi les coupures de presse envoyées par Caroline Leblanc pour avoir le temps de les étudier. Il existe en effet plusieurs hypothèses quant à la discussion qu'aurait pu avoir le malheureux premier mari de Katharine Woolley avec le médecin.

Je n'ai rien dit au Dr Penrose au sujet de mon départ. Cela m'a fait très plaisir de le revoir hier, mais j'ai bien senti quand je lui ai parlé de Max qu'il avait peut-être secrètement espéré que je serais désormais une femme libre. Je ne peux pas lui en vouloir comme je ne peux pas nier que j'ai ressenti quelque chose pour lui il y a de cela quatre ans et c'est bien ce qui me fait prendre conscience que je ne dois pas lui donner de faux espoirs en lui demandant de me chaperonner jusqu'à Ur. Et puis je suis tout à fait capable de m'y rendre seule, c'est un trajet que j'ai déjà fait à plusieurs reprises. D'ici quatre heures, je serai arrivée à Bagdad et je n'aurai plus qu'à emprunter l'une de ces voitures-taxis pour rejoindre le site de fouilles.

Si je me sens tout à fait capable de faire ce déplacement seule, il faut croire que le Dr Penrose n'est pas du même avis. C'est lorsque je prends place dans mon wagon du Taurus Express que je l'aperçois venir vers moi.

Je reste bouche bée face à son audace. Car il est certain qu'il est là pour moi.

— Dr Penrose, mais que faites-vous dans ce train ?

— Vous allez me détester, Agatha, mais je vous ai suivie.

— Mais ce n'est pas possible ! Vos patients, votre famille… Vous ne pouvez pas décider comme ça sur un coup de tête de tout laisser pour me suivre !

— Il faut croire que cela est possible puisque je suis là. Et puis, je dois avouer que j'avais très envie de savoir à quoi pouvait bien ressembler un chantier de fouilles…

— Parce que si je comprends bien, vous avez décidé de me suivre jusqu'à Ur ? Je ne suis pas sûre d'être d'accord, Dr Penrose. Je crois même que je suis furieuse contre vous !

— Vous savez très bien, Agatha, que je ne vous veux que du bien. Je ne me serais pas permis de vous escorter si je n'avais pas été inquiet pour vous. J'aurais voulu vous en parler avant mais vous avez décidé de quitter le Grande-Bretagne sans me prévenir.

— J'avais mes raisons pour ça.

Je ne lui mens pas. Je suis vraiment furieuse et d'autant plus que nous allons être coincés dans ce wagon ensemble pendant un petit moment. Le Taurus Express va bien faire des arrêts à Alep ou encore à Mossoul, mais je me vois mal obliger le Dr Penrose à descendre du train.

Face à son insistance, j'accepte de partager une table avec lui au wagon-restautant mais je n'ouvre pas la bouche sauf pour commander un thé au serveur.

— Vous buvez du thé désormais ?

— Cela ne vous regarde pas, dis-je, vexée.

— Allons, Agatha, vous n'allez pas m'en vouloir comme ça pendant tout le voyage…

— C'est juste… C'est juste que vous n'êtes pas censé exister si vous voulez tout savoir. Vous n'êtes pas au courant mais je suis retournée voir Freud après notre séjour à Athènes. J'ai fait le déplacement jusqu'à Vienne. Et je suis tombée de haut.

— Comment ça ?

— Je n'ai pas envie d'en parler. Alors s'il vous plaît, respectez ce choix.

— Comme il vous plaira, me répond Penrose.

Je sens que ma froideur lui fait de la peine mais je ne me sens pas d'humeur à faire semblant. Si je ne suis jamais revenue sur l'épisode de ma disparition il y a quatre ans, c'est que j'ai mes raisons. Et dans le cas présent, c'est exactement la même chose. Je n'ai pas du tout envie de me justifier sur mon attitude.

TROISIÈME PARTIE

33

Le soleil est déjà haut dans le ciel et la chaleur écrasante quand j'arrive enfin à Ur. Par la fenêtre de ma voiture-taxi, j'aperçois les porteurs de paniers revenir vers le camp. Le Dr Penrose est assis à mes côtés. Je ne pouvais pas lui refuser de partager ma banquette ne serait-ce qu'en souvenir du passé et des moments où il a su me remonter le moral quand j'étais au plus mal. Dans le train, je suis restée très distante avec lui et nous avons très peu échangé. Cependant, quand nous sommes arrivés à Bagdad, j'ai oublié ma rancune et je lui ai raconté dans les détails mon dernier séjour à Ur et mon excitation de côtoyer des archéologues renommés. Car le professeur Woolley, tout comme Max, sont de véritables célébrités. J'ai également raconté à Penrose les raisons de mon départ précipité de Ur et la tristesse que j'ai ressentie en me brouillant avec mon amie Katharine Woolley. Je lui ai parlé des lettres anonymes, de la malédiction et bien sûr du changement de caractère de Kate... Maintenant il sait tout.

— Votre amie avait besoin que l'on fasse attention à elle, me suggère-t-il.

— Je ne sais pas et je ne veux plus y penser. C'est du passé. J'ai décidé d'oublier. Je suis tellement heureuse de retrouver Max.

La perspective de revoir mon époux me fait aussi oublier toutes mes rancœurs à l'encontre de Kate.

— Elle n'était pas dans son état normal, murmuré-je. Je l'ai tout de suite vu en arrivant. Elle était agressive, se disputait avec tout le monde… Cela arrive. Nous, les femmes, avons parfois nos vapeurs comme on dit.

— Peut-être, me répond simplement Penrose.

Notre chauffeur nous dépose dans la cour centrale et je me dirige spontanément vers le réfectoire, pensant y trouver Max. Mais l'endroit est vide. Penrose me suit et je lui dis de m'attendre dans la salle, le temps que je sache comment nous allons nous organiser pour le logement. Je me dirige vers le bureau du professeur Woolley. C'est ce que j'aurais dû faire dès le départ. Max doit être avec lui.

Quand je me retrouve face à l'archéologue, je suis saisie par le changement physique du professeur. C'est comme s'il avait vieilli de dix ans alors que nous nous sommes quittés il y a à peine un an. C'est à présent un petit homme courbé sur sa table de travail, au visage décharné tandis que ses cheveux ont pratiquement disparu de son crâne. Ses mains sont toutes fripées et asséchées. C'est un vrai choc que j'essaie de cacher, mais avec beaucoup de difficultés.

— Cher professeur Woolley, comme je suis contente de vous voir, dis-je d'un ton de voix qui se voudrait plus enjoué.

— Madame ? Excusez-moi, nous nous connaissons ?

Je panique. Se peut-il qu'il ne me reconnaisse pas ?

— Agatha, Agatha Christie ou Mallowan… Je suis une amie de votre femme.

— Ah oui… Mallowan.

— Savez-vous où je peux trouver mon mari ? J'ai hâte de le voir.

— Qui est votre mari ?

— Mallowan. Max Mallowan.

— Max. Oh, il n'est plus là. Il est parti il y a plusieurs mois…

— Oui, je sais tout ça, professeur. Nous sommes partis ensemble. J'avais une entorse et il m'a raccompagnée en Angleterre… Vous ne vous rappelez vraiment de rien ?

— Chère Madame, je suis désolée, je crains de ne pas pouvoir vous aider. Mon assistant Max Mallowan ne travaille plus ici. On vous aura mal renseignée.

Je suis dépitée. Je sens que cela ne sert à rien d'insister. Le professeur Woolley n'est visiblement pas dans son état normal. Inutile de lui parler du câble alarmiste qu'il nous a envoyé. Je suis persuadée qu'il ne se souvient même pas l'avoir écrit. Je repense au fait qu'il précisait qu'il perdait ses cheveux. Je pense bien entendu au thallium dont c'est un symptôme très caractéristique en cas d'empoisonnement. Il est très facile de dissimuler des sels de thallium dans l'alimentation. Se peut-il que quelqu'un en ait fait usage ?

— Professeur, puis-je vous demander si vous avez été malade dernièrement ? Des vomissements par exemple ? Ou des douleurs lombaires ?

— Pourquoi me demandez-vous cela ? Il est vrai que je ne suis pas très en forme ces dernières semaines…

— Et vous perdez vos cheveux ?

— Par poignées. Ils tombent tant et si bien que je n'en ai plus.

Je quitte le professeur totalement bouleversée et retourne vers le réfectoire. Penrose est toujours là à m'attendre. On lui a servi une collation et il me propose de la partager avec lui.

— J'ai interrogé le serveur. Tout le monde est parti sur la tombe royale. Votre mari doit se trouver là-bas. Nous pouvons l'attendre ici. Vers quelle heure rentrent-ils des fouilles habituellement ?

— Vers dix-sept heures. Et il n'est que quinze heures… Le professeur Woolley était dans son bureau. Il ne va pas bien du tout. Pas besoin d'être médecin pour le voir. Il ne m'a même pas reconnue. C'est à ne rien y comprendre. Et puis il a perdu tous ses cheveux… Je… je pensais au thallium.

— Agatha, vous ne changez pas… Toujours à imaginer des histoires abracadabrantes ! Il y a d'autres raisons que le poison pour perdre ses cheveux.

— Vous ne savez pas tout. Leonard Woolley nous a écrit à Max et moi pour nous dire qu'il se sentait en danger. C'est pour cette raison que Max est parti au plus vite le rejoindre. Nous n'étions pas censés revenir à Ur…

Penrose hoche la tête :

— Dans ce cas, c'est différent. Voulez-vous que j'examine le professeur ?

— Je ne pense pas qu'il sera d'accord.

Penrose est désormais debout. Prêt à me suivre :

— Raison de plus. D'autant que ce n'est pas du tout normal qu'il ne vous reconnaisse pas.

— Je vous montre le chemin.

Penrose prend sa mallette avec lui et nous nous dirigeons vers le bureau de Woolley. Malheureusement, quand nous arrivons, celui-ci est vide.

— Où a-t-il bien pu aller ? Le camp n'est pas immense. Je vais vous faire visiter.

Nous revenons vers le réfectoire et j'indique au docteur les différents lieux stratégiques du site : l'entrepôt de stockage, les chambres, le laboratoire de photo… C'est en passant derrière les cuisines que nous découvrons le professeur Woolley allongé à terre. Il a visiblement perdu connaissance. Penrose se précipite vers lui. Le pauvre homme offre une étrange allure, habillé de son short et de ses chaussettes hautes tel un boy-scout, mais avec le visage d'un vieillard chauve. C'est alors que le docteur se retourne vers moi avec un regard désolé. Puis, je le vois descendre délicatement les paupières sur les yeux du pauvre Leonard. J'ai désormais écrit assez de romans policiers pour comprendre la signification de ce geste. Le célèbre professeur d'archéologie Leonard Woolley est mort. Je sens mon cœur se mettre à battre de façon déraisonnée. Mon corps se met à trembler. Je ne me suis jamais sentie à l'aise avec la mort malgré ce que l'on pourrait penser. Je ne peux d'ailleurs pas croire à ce qui se passe. Je tressaille :

— Docteur Penrose, ne me dites pas que cela recommence ?

— Qu'est-ce qui recommence, Agatha ?

— Mon imagination débridée. Vous savez bien.

— Je ne pense pas, Agatha. Cet homme est bel et bien mort. Je peux vous le certifier.

Je prends appui sur le mur du bâtiment car mes jambes se mettent à trembler sans que je puisse les arrêter. J'aurais bien besoin que Max arrive maintenant et je suis d'ailleurs étonnée de ne pas l'avoir encore vu. Et où peuvent bien être Algy, Kate, ou encore le père Legrain ?

Comme si elle m'avait entendue, Kate fait son apparition à ce moment-là dans la cour. Je vois nettement son visage se décomposer quand elle découvre le corps de son mari au sol. Le panier qu'elle porte s'échoue à terre et les tessons de poterie qui étaient à l'intérieur se répandent dans la poussière. Elle court vers Leonard. Ne remarque même pas ma présence, tombe à genoux près de son époux. Le docteur Penrose a juste le temps de se reculer pour l'éviter.

— Len, Len… Que se passe-t-il ? Réveille-toi, Len ! dit-elle en saisissant le visage de son mari.

Dans son agitation, elle le secoue comme si cela allait l'aider à sortir de son sommeil. Toujours soutenue par le mur, j'assiste à cette scène de douleur, le cœur déchiré. Je ne peux que trop bien imaginer ce que Kate est en train de ressentir. J'aurais tellement besoin de Max à mes côtés à ce moment présent… Mais il faut croire qu'il est ailleurs.

Le docteur Penrose en revanche est bel et bien là et s'approche de Kate. Avec douceur, il la prend par les épaules pour l'obliger à se relever.

— Mrs Woolley, je crains que votre mari ne puisse vous répondre.

— Mais qu'est-ce que cela veut dire ?

— Mr Leonard Woolley est mort. Je suis absolument désolé.

— Mais ce n'est pas possible. Leonard ne peut pas être mort.

Le regard de Kate quitte le corps de son mari et nous dévisage désormais tous. Comme si elle cherchait une confirmation à son affirmation. C'est à cet instant qu'elle m'aperçoit.

— Agatha, mais que fais-tu là ? Que s'est-il passé ? Qu'est-ce que tu as fait ?

Elle se retourne ensuite vers le Dr Penrose, tout aussi agitée :

— Et vous, qui êtes-vous d'abord ? Qu'est-ce qui vous permet de dire que mon mari est mort ? Je veux qu'on m'explique ! Je vous ordonne de m'expliquer !

Katharine est visiblement en train de faire une crise de nerf et je ne peux que la comprendre. Je pense que je réagirais de la même manière si je venais à apprendre qu'il est arrivé quelque chose à Max.

— Calmez-vous, Mrs Woolley. Nous venons d'arriver à la mission et nous avons découvert votre mari…

— C'est horrible, s'écrie Kate. Horrible. Qui a bien pu faire ça ?

Je tente d'intervenir auprès de mon amie :

— Il s'agit peut-être d'une crise cardiaque. Je viens de dire au Dr Penrose, un ami auquel tu peux te fier, que j'avais trouvé Leonard extrêmement faible.

Kate redresse la tête et me fixe avec un air étrange :

— Tu étais donc avec lui ?

— Il y a un petit quart d'heure…

— Tu es donc la dernière personne à l'avoir vu vivant…

— Cela se peut… je ne sais pas. J'étais revenue au réfectoire chercher le docteur. Il s'apprêtait à aller examiner ton mari. Leonard ne m'a pas reconnue quand je suis allée dans son bureau. J'ai trouvé ça étrange.

Mon amie se met alors à bafouiller :

— Tu l'as tué… c'est toi qui l'as tué… Lui voler son assistant ne t'a pas suffi… tu veux nous détruire.

Je me tourne, interloquée, vers Penrose qui se rapproche de Kate et la prend doucement par les épaules :

— Je comprends votre choc. Il faudrait que vous vous allongiez. Pouvez-vous m'indiquer où se trouvent vos appartements ? Je suis docteur. Je suis là pour vous aider.

Kate ne semble pas réagir. Elle fixe Penrose avec des yeux prêts à le foudroyer. Puis c'est sur moi qu'elle pose son regard. Après un long silence, elle dit :

— Et elle ! C'est elle qui nous a apporté le malheur ! Elle qui a envoûté le pauvre Max…

Je reste sans voix face à ses divagations. Je n'aurais jamais pensé que Kate me témoignerait autant de haine. Car c'est bien de la haine qui guide ses paroles.

Le Dr Penrose remarque ma confusion et me vient en aide.

— Savez-vous où nous pouvons l'aliter ? Je vais lui faire un piqûre de laudanum. Cela va la calmer. Et il faudrait appeler la police. Je ne sais pas ce qui s'est passé, s'il s'agit d'une mort naturelle ou criminelle, mais il n'y a pas de doute. Cet homme n'est plus vivant.

34

Aucun retour en arrière n'est possible, je ne suis pas dans un roman où je peux m'amuser à faire des flashback. Or, je donnerais tout pour être à nouveau à Londres avec Max, oubliant ce voyage de noces qui devait nous conduire à Athènes et qui, au lieu de cela, me ramène à Ur et sans Max. Car aussi incompréhensible que cela puisse paraître, Max est introuvable sur le camp et tout laisse à penser qu'il n'est jamais arrivé jusqu'ici. J'ai posé la question à Algy et aux Rose, mais aussi à plusieurs ouvriers. Personne ne l'a vu. Autant vous dire que cette découverte est un choc et que je suis morte d'inquiétude. Et s'il n'y avait que ça ! Voilà que je me retrouve en plus mêlée à une enquête policière portant sur le décès brutal de Leonard Woolley, quelques minutes à peine après mon arrivée. Dès lors, je ne sais pas ce qui est le pire à l'heure actuelle : la disparition de Max ou la mort du professeur. Les deux, très certainement.

Je suis attablée avec Algy au réfectoire et il essaie tant bien que mal de me remonter le moral mais franchement, je pense que c'est peine perdue. Même son redoutable sens de l'humour ne pourra pas me dérider cette fois-ci. L'heure est trop grave. Je tourne et retourne la petite cuillère dans ma tasse de thé sans arriver à en boire une seule gorgée.

— Chère Agatha, arrêtez de tourner cette petite cuillère, vous allez me donner le mal de mer ! Votre mari a dû manquer une correspondance quelque part et arrivera au camp d'ici quelques jours. Cela est fréquent ! Croyez-moi…

Algy part dans un éclat de rire pensant, j'imagine, me dérider. Mais c'est tout le contraire qui se passe. Je fonds en larmes.

— Mais j'ai quitté Athènes après lui… Il aurait dû arriver avant moi.

— Max est un grand garçon, Agatha, ne vous inquiétez pas. Je vous le répète. Il ne vous a pas attendu pour savoir se déplacer dans le désert de Syrie. Et vous le savez très bien.

J'essaie de me persuader qu'Algy a raison, mais je ne peux m'empêcher de craindre le pire pour Max. Et puis j'ai mauvaise conscience. Tout ce qui arrive est en partie de ma faute. Le professeur Woolley et encore plus Kate ont très mal pris l'annonce de notre mariage. Je leur volais leur assistant ! Car quand nous sommes rentrés de Ur, Max a accepté un poste au British Museum, un poste sédentaire, pour rester auprès de moi.

Soudain, je pense au pire : les rezzou. Ces attaques obligent parfois à couper les pistes le temps que les échauffourées se calment et que tout rentre dans l'ordre. J'interroge Algy mais il ne semble pas que cela soit à l'ordre du jour. Et j'ai moi-même pu constater en venant que les routes ne sont pas coupées !

— Et sur la piste Nord ? Y a-t-il eu des attaques ? insisté-je auprès d'Algy. Quoi qu'on en dise, il est forcément plus risqué de parcourir un Damas-Bagdad qu'un Londres-Bath. J'ai peut-être eu trop tendance à l'oublier ces derniers temps.

— Des risques, il y en a toujours vous savez, Agatha. Surtout depuis que les Bédouins se sont mis en tête de voler nos luxueuses voitures. Ils sont malins et ont vite compris que les automobiles sont bien plus pratiques et rapides que leurs chevaux pour chasser les gazelles. Mais aussi piller les riches voyageurs occidentaux comme nous ! Nos véhicules modernes sont devenus en quelques saisons de véritables flottes de combat, qui l'eût cru !

— Mais c'est terrible ce que vous dites ! Et si Max avait été pris dans un de ces guet-apens ? S'il se trouvait dans le désert sans moyen de transport, sans nourriture, sans eau…

— Certes, cela peut arriver mais je n'y crois pas… Nous en aurions entendu parler. Et n'ayez crainte, quand les compagnies de liaison ne voient pas revenir leurs chauffeurs, elles envoient des patrouilles de reconnaissance.

Je garde le silence. Algy m'a miné le moral. De toute façon, depuis que je suis à Ur, tout va mal. Il y a eu la mort de Leonard d'abord, et maintenant je découvre que Max n'est jamais parvenu à destination et que la police va bientôt arriver sur le camp. Avouez que toutes ces nouvelles qui se sont enchaînées en moins de 24 heures n'augurent rien de bon pour nous tous.

Le Dr Penrose nous rejoint et me trouve dans cet état. Depuis hier, il ne se ménage pas. Il est resté un bon moment auprès de Kate et il s'est occupé de mettre le corps de Leonard Woolley en lieu sûr jusqu'à l'arrivée de la police, qui a mis moins de trois heures pour arriver de Bagdad. J'ose espérer qu'il aura de bonnes nouvelles à nous annoncer, mais ce n'est pas le cas.

— Mrs Woolley dort toujours. La police n'a pas pu l'interroger et elle aimerait vous rencontrer en attendant. Je leur ai dit que j'allais vous prévenir. Je pense que vous ne voyez aucun inconvénient à les rencontrer, Agatha ?

— Tant que ce n'est pas l'inspecteur Craddock, je n'ai aucun problème à collaborer avec la police, dis-je, certes de façon un peu ironique.

Mais j'ai déjà eu à faire aux interrogatoires de Craddock et j'en garde un très mauvais souvenir.

— Rassurez-vous, Agatha. Aucun risque de tomber sur Craddock. Nous sommes bien trop loin d'Athènes. Ici, l'autorité est représentée par la police irakienne. Ils se sont installés dans l'ancien bureau de votre époux. J'imagine que vous savez où il se trouve.

Le ton employé par Penrose m'interroge.

— Bien sûr que je sais où se trouve le bureau de Max, dis-je, tandis que cette simple évocation de mon mari me fait à nouveau monter les larmes aux yeux.

— Je vois que vous n'êtes pas bien, Agatha.

Algy hoche de la tête en signe d'acquiescement.

— Bien sûr que je ne suis pas bien… dis-je. Mon mari a disparu.

— Vous pouvez profiter de la présence de la police pour l'informer. Votre époux avait vingt-quatre heures d'avance sur nous, c'est bien ça ?

— Trois jours. Il devrait être déjà là, murmuré-je avec tristesse.

Mon thé est définitivement froid. Je n'y ai pas touché. Je me lève et m'apprête à rejoindre la police irakienne. Autant ne pas les faire attendre. Penrose reste avec Algy. En quittant le réfectoire, je fais un petit signe de la tête à Alix Rose. Nous n'avons pas encore eu le temps d'échanger sérieusement avec tous ces derniers rebondissements ; j'ai cependant bien l'intention de lui demander ce qu'elle sait sur le premier mari de Katharine et les causes de sa mort. C'est elle qui m'a orientée sur cette piste. Il y a certainement une raison à ça.

Je traverse la cour pour rejoindre le bureau de Max. Depuis l'annonce de la mort de Leonard, toutes les activités de fouilles ont été interrompues et il règne un silence étrange alors qu'habituellement, cet endroit fourmille d'ouvriers. Les paniers, les tamis, les outils de travail sont rangés sous les tentes. Les piocheurs, bêcheurs et autres porteurs de paniers ont regagné leurs villages. Tout à coup, un dessin peint à la main sur un des murs en pisé attire mon attention. Il n'était pas là la dernière fois que je suis venue, j'en suis certaine. Je reconnais sous les traits grossiers de pinceau le visage du dieu Nanna : un profil d'homme surmonté d'un turban sur lequel est couché un croissant de lune. Qui a pu réaliser cette peinture et dois-je y voir un rapport avec les lettres anonymes de Kate ?

Des frissons me saisissent tandis que je me demande si l'assassin de Leonard n'a pas de façon très cynique signé son crime avec ce dessin qui fait référence au dieu de la Lune. Mais c'est évidemment totalement absurde. Il n'y a pas de malédiction. Dans les romans policiers et encore plus dans la vraie vie, c'est un procédé qui est à éviter à tout prix. Le surnaturel n'existe pas ! Même s'il est clair que quelqu'un essaie de nous faire croire le contraire. Dès lors, la question importante désormais est de savoir qui. Sachant que mes soupçons se portent sur Katharine bien que je ne l'imagine pas une seconde tuer son mari dans l'état où elle se trouve actuellement. Mais si je me trompais ? Si elle jouait la comédie ? J'ai déjà pu constater qu'elle savait très bien le faire.

Alors que j'approche du bureau de Max, je me demande si je dois ou non signaler ces lettres anonymes à la police irakienne. Il me semble que tout cela risque d'être bien compliqué à expliquer. Et, pour être franche, lorsque je suis face aux autorités, j'ai tendance à perdre tous mes moyens. C'est un peu comme avec les journalistes. Le courant passe très difficilement. Le sachant, je fais mon possible pour les éviter et c'est pourquoi je respecte autant la loi et ne commets jamais d'effraction. Pourtant, aujourd'hui, je ne peux pas y couper : je fais partie des témoins d'une enquête en cours et peut-être même des suspects s'il s'avère que Leonard n'est pas décédé de mort naturelle. Quelle ironie du sort pour la romancière que je suis, c'est totalement absurde. Un peu comme si le détective d'une intrigue policière se révélait être le coupable de l'histoire. Cela s'inscrit contre toute logique et est même interdit par mes confrères du Detection Club. Les fameuses règles de déontologie ! « Le détective ne doit pas commettre le crime lui-même » a décrété Ronald Knox, l'auteur de romans policiers à qui nous devons ces dix commandements que Chesterton veille à faire appliquer par les membres du Detection Club. Le décalogue de Knox.

35

Quand j'arrive devant le bureau de Max, j'ai l'espace de quelques secondes le fol espoir que mon mari se trouve à l'intérieur. Il va ouvrir la porte et me prendre dans ses bras. Tout va enfin rentrer dans l'ordre. Mais cela n'est malheureusement pas le cas. Derrière la table de travail de mon cher époux se trouve un petit homme au visage rond et pâle tout à fait étrange. Ni beau ni vilain. Indéfinissable, me dis-je : l'inspecteur Narracott. Des lunettes rondes encadrent ses petits yeux plissés. Des boucles de cheveux châtains clairs lui mordent le front et contrastent avec son air sérieux. Indéfinissable, vous dis-je ! Ce qui est sûr en tout cas, c'est qu'il n'y a rien d'oriental chez cet homme-là ! Et pour cause, l'inspecteur m'explique qu'il est un sujet de Sa Majesté et que c'est à ce titre qu'il a été chargé par le directeur de la police irakienne de se rendre à Ur pour constater le décès du professeur Leonard Woolley.

— Ce site de fouilles est une concession accordée par l'Irak aux Britanniques, c'est le droit du Commonwealth qui s'y applique, continue le fonctionnaire de police avec une voix aimable, tout en m'invitant à m'asseoir.

Cette politesse me met en confiance.

— Donc, si je comprends bien, ce camp au milieu du désert est un peu comme un petit bout de l'empire britannique dont vous êtes le gardien, dis-je pour lui paraître aimable.

— On peut voir les choses comme ça… Mais cela n'a rien d'officiel. Ce sont nos petits arrangements. Le gouvernement irakien place ses anciens officiers chérifiens à des postes stratégiques de la police. En échange, nous demandons à ce que les sujets de Sa Gracieuse Majesté bénéficient d'une forme de protectorat judiciaire… Et c'est une bonne chose dans le cas de Leonard Woolley, qui n'était pas n'importe qui… Sa notoriété, aussi bien en Irak qu'en Angleterre, nécessite que l'affaire soit conduite avec doigté. Il ne faudrait pas créer un incident diplomatique…

— Leonard Woolley était en effet un grand archéologue et sa disparition est une vraie perte pour sa profession.

— C'est pourquoi nous devons nous garder de tirer des conclusions trop vite sur les circonstances de son décès.

Il s'écoule alors plusieurs minutes de silence pendant lesquelles j'essaie de rassembler mes pensées car je suis décontenancée. Me retrouver dans le bureau de Max me perturbe plus que je ne l'aurais pensé. Je redécouvre maintenant cette pièce de travail avec un nouvel œil, avec les yeux d'une femme mariée à un homme qui a travaillé ici pendant des mois et des mois, des années même avant de me connaître et de me jurer fidélité pour le meilleur comme pour le pire. Des détails minuscules qui ne m'avaient pas frappée jusqu'à présent prennent désormais une tout autre signification. Comme ce dessous de table en cuir patiné par les nombreux courriers et rapports d'archéologie que mon mari a dû écrire assis sur cette chaise où se trouve à présent l'inspecteur Narracott. Il y a aussi cette peinture au mur représentant un harem peuplé de femmes aux formes voluptueuses. Un choix inattendu de la part de Max, je trouve, maintenant que je le connais mieux.

— Vous m'entendez, Mrs Christie ? J'ai l'impression que vous êtes ailleurs ?

Je sursaute :

— C'est juste que…

— Oui, je vous écoute.

— Vous êtes installé au bureau de mon époux, dis-je doucement. Cela me fait bizarre. Mon mari aurait dû se trouver à votre place or il n'est toujours pas là. Je suis très inquiète.

L'inspecteur Narracott attrape alors un dossier qui se trouve sur la table :

— Je suis au courant, Mrs Christie, et vous allez m'expliquer tout ça. J'ai reçu ce rapport de liaison à votre sujet de la part de mes homologues grecs. Il est arrivé il y a trois jours à mon bureau. Il y est question de votre mari et de Leonard Woolley.

— Ah, c'est une bonne chose alors. L'inspecteur Craddock a fait son travail. C'est moi qui l'ai averti à Athènes de mes craintes au sujet de Max… et du pauvre Leonard Woolley.

Narracott se redresse sur sa chaise.

— Vous pensez que la disparition de votre mari a un rapport avec la mort de Leonard Woolley ?

— Difficile à dire tant que nous ne connaissons pas la cause du décès du professeur mais mon mari allait le retrouver.

— Vous pressentiez donc que le professeur Woolley était en danger.

— Un câble du professeur nous attendait à l'hôtel de Grande-Bretagne. Il demandait à Max de venir l'aider. Il se sentait en effet menacé.

— Selon vous, qui était le plus susceptible de lui en vouloir dans son entourage ?

— Aucune idée et j'ai bien peur malheureusement que Max et moi ayons échoué à le protéger. Max est introuvable et moi, je suis arrivée trop tard.

— Tout dépend comment on voit les choses.

— Je ne comprends pas.

— C'est pourtant simple. Nous ne savons pas exactement quand vous êtes arrivée, Mrs Christie. La seule chose dont nous sommes sûrs, c'est que l'on a retrouvé le professeur Leonard Woolley mort à vos pieds. Par ailleurs, si l'on en croit les premiers témoignages que j'ai pu recueillir, il semble aussi que vous êtes la dernière personne à l'avoir vu vivant.

Je m'enfonce dans ma chaise, stupéfaite.

— J'espère que vous ne pensez pas une seconde que je puisse avoir un quelconque lien avec le décès du professeur. J'ai d'ailleurs un témoin. J'ai voyagé depuis Athènes en compagnie du Dr Penrose.

— Mais vous n'étiez pas avec lui quand vous êtes allée dans le bureau de Mr Woolley ?

— Non, en effet. J'étais seule.

L'inspecteur Narracott claque sa langue dans sa bouche à plusieurs reprises et je n'aime pas du tout ça. Il attrape le rapport de Craddock, parcourt les documents qui s'y trouvent. Son mutisme soudain me fait redouter le pire. Et j'ai raison. Il commence à lire à voix haute :

« *Agatha Christie, profession : romancière. Situation familiale : célibataire, divorcée, un enfant. Antécédent : impliquée dans deux meurtres ayant eu lieu en mer Noire en août 1926. Affaires classées sans suite et ayant donné lieu à une expertise médicale sur la présumée…* »

L'inspecteur relève les yeux de ses feuilles et me fixe avec un regard suspicieux.

— Vous ne m'avez pas dit que vous aviez déjà eu à faire avec la police.

— Vous ne m'avez pas posé la question.

— Maintenant je le fais.

— C'est de l'histoire ancienne et il est inutile d'évoquer tout cela ici… Ce qui se passe dans ce camp n'a aucun rapport avec ce qui s'est passé il y a quatre ans.

— Ça, c'est à moi d'en décider…

Je reste sans voix.

Narracott continue désormais sa lecture. Je commence à regretter de m'être confiée à l'inspecteur Craddock à Athènes. J'aurais dû être plus prudente, me méfier de son apparition inattendue au Grande-Bretagne, mais tout semblait si vrai.

Et d'ailleurs ce dossier que Narracott tient entre ses mains est bien réel.

« … *Mrs Christie a tenu à faire une déposition à la police le 31 octobre 1930. Elle souhaitait signaler son inquiétude au sujet du professeur Leonard Woolley, mais aussi de Mr Max Mallowan, son mari, selon elle en danger…* »

J'interromps Narracott :

— Et j'avais raison ! Leonard est mort et Max a disparu, dis-je d'une voix lasse.

— En effet, on ne peut nier que vous aviez vu juste. À moins que…

— À moins que quoi ? Que vous me pensiez responsable de la mort de Leonard est déjà totalement absurde, mais que vous le supposiez aussi pour mon mari, c'est ridicule ! Vous devriez plutôt interroger Katharine Woolley. C'est elle qui est derrière tout ça. Elle a envoyé un câble à mon mari dans lequel elle lui demandait de la rejoindre au plus vite à Ur. C'était une question de vie ou de mort, a-t-elle précisé dans ce message. Max a eu peur. Il est très attaché, était très attaché, au professeur. Il est parti pour Ur sur le champ.

Mais Narracott ne m'écoute plus. Il a les yeux plongés dans le rapport de Craddock. Il relève enfin la tête vers moi :

— Quelles étaient les relations entre Mrs Woolley et votre époux ? Se peut-il qu'ils aient été plus intimes que vous ne le pensez ?

— Pourquoi me demandez-vous ça ?

— À cause de ce passage : « *Aucune trace de mariage entre Mrs Agatha Christie et le dénommé Max Mallowan n'a été trouvée... Aucun enregistrement sur cette union d'après les premières recherches effectuées par l'inspecteur Craddock auprès des services de registres publics anglais. Mr Mallowan serait à notre connaissance toujours célibataire.* »

Il marque une pause :

— Que dites-vous de ça, Mrs Christie ?

— Mrs Mallowan, s'il vous plaît, merci de respecter mon nom de femme mariée, dis-je sèchement.

Je suis furieuse. Je veux bien croire que ma cérémonie de mariage a été très discrète, mais de là à penser que j'ai tout imaginé !

— Soyons sérieux. Je vous assure que Mr Mallowan et moi sommes bel et bien mariés ! Voyez d'ailleurs mon alliance !

J'articule ce dernier mot avec une rage que j'ai du mal à maîtriser.

— Tout le monde peut s'acheter une alliance, Mrs... Mallowan si vous préférez que je vous appelle ainsi. Mais revenons à ce câble de Katharine Woolley adressé à votre mari. Vous ne m'avez pas répondu sur leur relation.

— Mon mari, Max Mallowan est – était – l'assistant du professeur Woolley à Ur depuis cinq saisons. Il connaissait donc parfaitement Mrs Woolley, qui par ailleurs participait aussi aux fouilles en sa qualité de dessinatrice. Mais si vous voulez comprendre quelque chose à toute cette histoire, mieux vaut que je reprenne tout depuis le début...

— Allez-y, Mrs Mallowan. J'ai tout mon temps...

Je suis tentée de lui répondre que moi je ne l'ai pas. J'ai mon mari à retrouver et la mort de Leonard ne doit pas faire passer sa disparition au second plan. Il faut avancer au plus vite avant qu'il ne se produise un second drame. Je décide d'être factuelle. Je dresse la liste des événements les plus marquants de ces derniers mois à l'attention de l'inspecteur. Le caractère exécrable de Kate et ses nerfs fragilisés arrivent en première position car c'est le point de départ de mon séjour. Je mentionne ses disputes avec Anne Reilly, la méfiance d'Alix Rose.

Il y a ensuite les lettres anonymes qu'elle a écrites et cette histoire de malédiction liée au dieu de la Lune. Je raconte alors à Narracott ce que j'ai appris sur le premier mari de Kate et l'ambiguïté de sa mort. Enfin, je lui rappelle l'existence du câble de Kate à l'attention de Max pour lui demander de la rejoindre à Ur, en invoquant une question de vie ou de mort! Je ne parle pas des relations dégradées que mon amie entretenait avec son mari. J'ai déjà assez à dire sans être obligée de dévoiler sa vie privée. Je passe aussi sous silence le fait que je la soupçonne d'avoir tenté de m'empoisonner par l'intermédiaire d'un marchand de décoction croisé sur le quai de la gare à Split. Mais ce que je craignais se confirme: Narracott pense que je déteste Kate.

— Et bien on ne peut pas dire que vous teniez Mrs Woolley en grande estime, s'exclame l'inspecteur quand j'ai terminé.

Les apparences sont en effet contre moi. Mais ce n'est quand même pas de ma faute si cette femme est au centre de toutes les catastrophes qui sont arrivées dans la mission ces derniers mois. Même les vols puisqu'elle était la seule avec Leonard à posséder une clef de la réserve.

J'essaie cependant de détromper Narracott :

— Ne dites pas ça, inspecteur, ce n'est pas vrai. J'ai beaucoup d'admiration pour Katharine Woolley. C'est une femme extraordinaire. Elle fait un travail formidable à Ur. Beaucoup des découvertes réalisées sur le chantier n'auraient pas été possibles sans elle.

— Mais alors pourquoi tant de défiance à son égard ?

— Ce n'est pas de la défiance. Je vous ai juste raconté ce qu'il s'est passé en essayant d'être la plus objective possible. Et, malheureusement, cela se retourne maintenant contre moi car vous pensez que j'exagère. Croyez bien pourtant que je suis la première désolée de tous ces événements.

Narracott ne fait pas grand cas de mes regrets. Il reprend :

— Alors si je comprends bien ces lettres anonymes écrites par Katharine Woolley annonçaient déjà la mort du professeur Leonard Woolley ? Que pouvez-vous me dire au sujet de cette malédiction du dieu de la Lune à laquelle elle faisait référence ?

— Je ne peux que vous répéter ce que m'a expliqué mon mari. Ce dieu s'appelle Nanna. Il navigue sur une barque et sa lumière est censée éloigner tous ceux qui se livrent à des actes mauvais… Changer de place les sépultures royales était semble-t-il considéré comme un acte mauvais.

Je repense tout à coup à cette représentation du dieu de la Lune sur le mur de la cour. Ce dessin n'était pas là lors de mon dernier séjour… Faut-il y voir un signe annonciateur ? La signature de l'assassin ? Je me reprends. Il faut que j'arrête de me croire dans un de mes romans. Woolley est mort d'épuisement.

C'est une conclusion beaucoup plus réaliste. Narracott revient à la charge :

— Vous croyez que c'est ce qui a tué Mr Woolley ? Cette… malédiction.

— Bien sûr que non, inspecteur, ce dieu de la Lune n'existe pas. C'est une légende.

— Comme la malédiction de Toutânkhamon ?

— Oui, en effet. Il semble que cela soit très à la mode en ce moment. Les gens aiment se faire peur… Mais il n'y a rien de sérieux derrière tout ça.

— Le professeur Woolley est pourtant mort, appuie Narracott. Et nous ne savons toujours pas s'il s'agit d'une mort naturelle ou d'un meurtre… À votre connaissance avait-il des problèmes de santé ?

— La seule chose que je sais c'est qu'il était très fatigué. Il travaillait beaucoup trop et il avait de nombreux soucis. L'atmosphère sur le site de fouilles était très morose. Il y avait souvent des disputes. Et puis de nombreux vols avaient eu lieu. Des objets de grande valeur avaient été dérobés, soupiré-je en m'entendant réciter cette liste à laquelle je pourrais ajouter les problèmes de couple du professeur et de sa femme (ce que je ne fais pas).

— Pensez-vous, Mrs Mallowan, que la disparition de ces objets pourraient nous mener à enquêter sur un trafic d'antiquités ? Le coupable de ces vols pourrait avoir été tenté de supprimer le professeur ?

— Je ne suis pas convaincue par cette piste et je vous rappelle que pour le moment, rien ne dit que le professeur a été assassiné.

— Mais rien ne dit le contraire.

Je commence à penser fortement que je perds mon temps avec cet inspecteur. Ses questions et ses déductions nous font faire du surplace. J'ai beau lui donner des indices pour orienter ses recherches, il continue de m'interroger sans passer à l'action alors que le temps presse. On sait que dans le cas d'une disparition, ce sont les premières vingt-quatre heures qui comptent si l'on veut retrouver la personne… vivante.

— Inspecteur, je vous ai dit tout ce que je savais et maintenant cela me rassurerait si vous pouviez lancer des recherches pour retrouver mon mari. Je suis très inquiète, je vous l'ai dit. Et vous devez absolument interroger Katharine Woolley. C'est elle, la clef de toute cette histoire. Il faut lui demander pourquoi elle a attiré Max dans ce piège.

L'inspecteur Narracott fait une drôle de grimace :

— Un piège, Mrs Mallowan ? Quel piège ?

— Cet ultimatum qu'elle a lancé à mon mari, voyons. Une question de vie ou de mort… vous vous rappelez…

Narracott toussote.

— Oui, oui, bien sûr…

Tout à coup, je suis prise d'une énorme lassitude qui se double d'un grand sentiment de solitude. Cet homme qui me fait face ne réalise pas du tout l'urgence de la situation.

36

Quand l'inspecteur Narracott estime notre discussion terminée, je me retrouve à l'air libre et je réalise vraiment que ma vie vient de basculer en à peine quelques heures. J'ai l'impression d'être dans un mauvais rêve. J'étais censée savourer ma lune de miel, pas me retrouver sur une scène de crime interrogée par un inspecteur de police. Je sens une grosse bouffée d'angoisse monter en moi. À l'extérieur, il règne un calme aussi étrange qu'inquiétant. Où ont-ils bien pu tous passer ? J'aperçois près de l'entrepôt de stockage deux ouvriers qui nettoient des tamis. Ils m'apprennent que tout le monde est parti se recueillir au pied de la ziggourat pour rendre un dernier hommage au professeur Woolley. Je m'apprête à m'y rendre quand j'aperçois Penrose sortir du réfectoire et venir à ma rencontre.

— Je vous attendais à l'abri du soleil et de cette chaleur étouffante. Cet inspecteur devait avoir beaucoup de questions à vous poser… Cela fait plus d'une heure qu'il vous retient. Je commençais à trouver le temps long.

— Malheureusement il n'a aucune piste pour le moment. Il en sait même beaucoup moins que nous… Pour être sincère, je l'ai trouvé un peu… léger.

— Léger ?

— Il trouve que j'accable Katharine Woolley. Elle a quand même écrit ces lettres anonymes qui annoncent la mort de celui qui bougera la sépulture de la reine-prêtresse. Et c'est exactement ce qu'avait fait Leonard.

— Peut-être n'est-ce pas aussi simple que ça.

— Que voulez-vous dire ?

— J'ai eu le temps de réfléchir à cette histoire de lettres anonymes en vous attendant. Imaginez qu'elle ait juste recopié ces messages et que les originaux étaient écrits par quelqu'un d'autre ?

— Mais dans quel but ? Pourquoi me mentir?

— Parce qu'elle ne voulait pas que vous sachiez d'où venaient ces lettres anonymes, ni qui les recevaient. Alors elle les a recopiées et vous a fait croire qu'elle les recevait avec cette histoire d'enveloppes vides de chez Smythson qui, entre nous, ne tenait pas la route… Plus j'y pense et plus je me dis qu'il est impossible qu'un maître-chanteur utilise une telle référence de papier.

Je grimace à l'énoncé de ces hypothèses.

— Vous vous prenez pour le Dr Watson, mon cher Penrose ? Et je vois que vous vous rappelez parfaitement les détails de notre dernière discussion. Si j'étais moi-même une sorte de Sherlock Holmes au féminin, j'avoue que vos suppositions pourraient tout à fait être plausibles… Pourtant je ne sais pas pourquoi, je n'y crois pas. Savez-vous que j'ai contacté Smythson pour savoir s'ils étaient vendus jusqu'ici ? Eh bien oui, on peut trouver du papier à lettres Smythson au Grand Hôtel de Bagdad ! Il n'est donc pas aussi rare que nous le pensions. Quoi qu'il en soit, je suis d'accord avec vous. Il y a autre chose derrière ces lettres et Kate les a recopiées sur son papier à lettres personnel, c'est une certitude puisque c'est son écriture. Ce qu'il nous faut savoir, c'est pourquoi. À part cacher le nom du véritable destinataire de ces missives, je ne vois pas d'autres explications. Or, il y a de grandes chances que ce destinataire était son mari... Et c'est d'ailleurs pourquoi elle ne voulait pas que je lui demande de me traduire leur contenu. Mais bien sûr, il n'y a qu'elle qui pourrait nous confirmer toutes ces hypothèses. Et c'est ce que j'ai dit à Narracott. Mais il ne semble pas pressé d'aller l'interroger.

Penrose serre les lèvres, embêté :

— C'est de ma faute. J'ai interdit que Mrs Woolley reçoive de la visite. Elle est très éprouvée...

— Vous savez que c'est une très bonne comédienne... Mais bon, suivez-moi... Nous allons à la ziggourat. Tout le monde est là-bas pour rendre hommage au professeur.

Nous en restons là de notre discussion puis le silence s'impose quand nous arrivons au pied du temple religieux. Tous les membres de la mission sont présents. Alix et John-Christopher Rose, Algy, le père Legrain qui soutient Katharine qui affiche un teint livide et semble sur le point de s'évanouir à tout moment.

Je me tourne vers Penrose :

— Vous étiez au courant qu'elle avait quitté sa chambre ?

— Non. Je n'aurais pas pensé qu'elle en ait la force.

— Je vous l'ai dit : c'est une très bonne actrice.

Le sheikh Hamoudi et son fils Yadi sont également présents ainsi qu'une petite douzaine d'ouvriers. Je reconnais Sidi parmi eux. Les autres ont dû retourner dans leur village. Je ne peux m'empêcher de me dire tristement qu'il ne manque que Max. Le père Legrain est le seul à prendre la parole pour retracer brièvement le parcours de Leonard Woolley et demander une minute de recueillement.

Quand cet hommage improvisé se termine, nous regagnons le camp. Kate me lance un regard noir au moment où nous nous croisons et que je m'apprête à lui dire combien je m'associe à sa douleur. Elle détourne le visage pour m'éviter. Je n'insiste pas. Penrose, en revanche, semble avoir l'heur de lui plaire puisqu'elle lui demande de l'accompagner jusqu'à sa chambre avec un ton de voix qui me semble exagérément geignant. À ce moment-là, je sais qu'elle joue la comédie et je dois reconnaître qu'elle imite très bien les veuves éplorées.

— Allez-y, docteur. Visiblement elle apprécie plus votre compagnie que la mienne. C'est une femme très possessive… surtout avec les hommes. Méfiez-vous.

Je m'éloigne d'eux pour ne pas exacerber l'animosité de notre hôtesse à mon égard et j'observe le pauvre docteur soutenir désormais Kate par le bras.

Quand nous sommes de retour dans la cour, l'inspecteur Narracott est toujours là et se dirige vers mon amie. Je serais curieuse de savoir ce qu'il lui veut. Prendre rendez-vous avec elle ou juste lui présenter à son tour ses condoléances ? Leur échange ne dure pas plus de cinq minutes. Je me renseignerai auprès de Penrose dès qu'elle l'aura libéré.

Je demande à Sidi de préparer deux chambres pour la nuit. L'une pour Penrose et l'autre pour moi. Je ne veux pas retourner à Bagdad ce soir. Je veux rester sur le camp au cas où Max arriverait. Sidi m'installe dans une chambre et me fournit du linge. J'en profite pour l'interroger sur les événements de ces derniers jours mais il me confirme, tout comme l'a fait Algy auparavant, qu'aucun voyageur n'a fait halte au camp. Par ailleurs, il n'a pas entendu parler d'attaque de voiture dans les environs, essaie-t-il de me rassurer. Je dois être patiente. Mais comme vous devez le savoir, la patience n'est pas mon fort. Je déteste me sentir impuissante, réduite à l'attente. Cela me met de très mauvaise humeur. En réalité, je fulmine. À l'heure qu'il est, je devrais être à Athènes, dans ma suite à l'hôtel de Grande-Bretagne avec mon mari à profiter de notre bonheur. Au lieu de ça, je suis dans cette pièce austère et poussiéreuse, allongée sur un lit qui ressemble davantage à une paillasse qu'à un douillet matelas. Je ferme les yeux et m'autorise une petite sieste en attendant l'heure du dîner. Je n'ai de toute façon rien d'autre à faire. La mort de Leonard Woolley a mis totalement à l'arrêt les activités de fouilles.

Plusieurs heures passent et j'entends frapper à ma porte. C'est le Dr Penrose.

— Mrs Woolley dort enfin. Je me suis dit que j'allais passer voir comment vous alliez. Je suis désolé de vous avoir laisser tomber comme ça mais le devoir médical passe avant tout.

Votre amie avait besoin de calmants. J'ai pu discuter un peu avec elle. Et essayé de l'adoucir à votre sujet. Mais en vain.

— Je vous en suis très reconnaissante. Je ne comprends pas pourquoi elle me voue une telle haine.

— Elle dit que vous l'avez trahie... Je vais vous poser une question gênante, Agatha, mais pensez-vous que Katharine Woolley ait pu avoir une liaison avec votre mari? Bien sûr avant votre rencontre...

— Max ne m'en a jamais parlé.

— Il ne vous en a peut-être pas encore parlé. À mon avis, il y a eu quelque chose entre eux deux.

— Qu'est-ce qui vous fait dire ça? Vous ne la connaissez que depuis à peine deux heures. Je sais que vous êtes un spécialiste de l'âme humaine, mais quand même!

— Je ne suis pas qu'un psychiatre, Agatha, me glisse Penrose avec un sourire gêné. Je suis aussi un homme... et à ce titre, je voulais vous dire...

Je pressens ce que Penrose veut me dire. J'ai très bien compris que l'annonce de mon mariage ne l'a pas vraiment ravi. Mais je n'ai aucune envie d'aborder ce sujet avec lui maintenant. S'il est vrai qu'il y a quatre ans il aurait pu se passer quelque chose entre nous, c'est aujourd'hui impossible. Le Dr Penrose doit le comprendre de lui-même car je n'ai pas l'intention de rentrer dans ce genre de discussion avec lui. Surtout dans les circonstances actuelles. Je reviens au sujet qui m'intéresse vraiment:

— Qu'est-ce qui vous fait dire que mon mari et Kate ont eu une relation... amoureuse?

— C'est elle qui l'affirme.

— Elle vous révèle un adultère à vous, sans même vous connaître ! Je n'y crois pas une seconde. Cette femme est décidément très perverse. Je commence à comprendre pourquoi tout le monde la déteste.

— Cela ne s'est pas passé comme ça. Elle délirait contre vous après ma piqûre de laudanum. Elle réclamait Max auprès d'elle…

— Mais c'est horrible ce que vous me dites là !

— C'est surtout terrible pour son mari qui vient de mourir.

— Je ne crois pas qu'ils s'aimaient pour vous dire la vérité. Ils faisaient chambre à part. Kate ne s'en cachait pas.

— Vous ne m'aviez pas dit ça.

— Je ne vous ai pas tout dit, docteur, dis-je sèchement.

À la vérité, je suis bouleversée par ce que vient de m'apprendre Penrose. Max et Kate ! Je n'aurais pas cru qu'il y ait eu quelque chose entre eux deux. Je prends sur moi pour ne pas que Penrose devine mon émotion. Mais il n'en a apparemment pas fini avec ses révélations :

— Agatha, je dois vous prévenir qu'il n'y a pas que ça. Je me demande si Max Mallowan, votre époux, n'est pas arrivé à Ur sans que personne ne le sache.

— Qu'est-ce que vous me dites là ?

— Il y a dans la chambre de Katharine Woolley une mallette en cuir de couleur moutarde avec les initiales MW sur le côté. Est-ce à votre mari ?

— Il s'agit en effet de son cartable. Il voyage toujours avec et il n'était pas dans notre chambre du Grande-Bretagne quand je suis partie. Il faut immédiatement prévenir l'inspecteur ! Je l'ai d'ailleurs vu échanger avec Kate. Que se sont-ils dits ? Va-t-il enfin l'interroger ?

— Oh, cela ne va pas vous plaire, une nouvelle fois.

— Comment ça ?

— Elle affirme que vous mentez au sujet de votre mariage avec Max…

— Mais c'est impossible. Ou alors cette femme m'en veut terriblement.

37

Vous imaginez bien qu'avec les élucubrations de Kate au sujet de mon couple, je suis désormais dans tous mes états. Quand je me mets à créer ce genre d'intrigues amoureuses entre une maîtresse jalouse, un homme marié et une épouse trompée, je ne me pose pas de questions existentielles. Mais là, le rôle de l'épouse vient de m'être attribué.

Le Dr Penrose m'a convaincue avec beaucoup de mal de patienter pour parler à Narracott. Il pense qu'il faut attendre le réveil de Kate pour lui demander des explications au sujet du cartable de Max puis organiser une confrontation. J'ai accepté, mais je n'attendrai pas plus d'une heure. Ensuite, j'irai trouver l'inspecteur.

C'est ce qui explique pourquoi je fais à présent les quatre cents pas dans ma chambre. Il m'est impossible de me calmer. J'attrape mon journal et griffonne nerveusement plusieurs lignes ponctuées de nombreux points d'interrogation qui résument le désarroi dans lequel je me trouve. Max et Kate ? C'est ridicule mais il est vrai que je ne connais Max que depuis six mois… Et si Kate avait supprimé Max par jalousie ? Max et Leonard, son mari qu'elle n'aimait plus ? Max, Leonard et Bertram, tous ces hommes avec lesquels elle a eu une histoire ? Et si elle s'avérait être une tueuse en série ? Je n'en peux plus ! Tant pis pour ma promesse ! Je décide d'aller la trouver dans sa chambre pour obtenir des explications. Je ne peux pas rester dans cette horrible incertitude.

Je frappe à la porte de Kate mais je n'obtiens pas de réponse. Je décide de rentrer et je trouve mon amie allongée en train de dormir. Son visage est calme, apaisé. Elle donne même l'impression de sourire. L'effet du calmant du Dr Penrose, très certainement.

Je m'avance dans la pièce et je vois la mallette de Max. Mon cœur se serre. Je suis prise par une envie subite d'inspecter les tiroirs de sa table pour y trouver peut-être d'autres indices sur mon mari. Je me refrène et puis je me lance. La présence du cartable de Max dans la chambre de Kate est beaucoup trop suspecte. Je tire l'un des tiroirs et j'y trouve les lettres anonymes que Kate m'avait montrées. Mais plus étonnant, j'en trouve d'autres. Cette fois-ci, pas de papeterie de chez Smythson mais une qualité de papier beaucoup plus populaire. En revanche, le message est identique et, désormais, rédigé avec des symboles découpés dans un livre qui se trouve aussi dans le tiroir ainsi qu'un bâtonnet de colle. L'ouvrage appartient au père Legrain comme l'indique l'ex-libris sur la page de garde. Je repense tout à coup à ce soir du mois de mars où le religieux s'était plaint de la disparition d'une étude de textes araméens écrits en signes cunéiformes… Tout cela est vraiment très troublant et indique une préméditation de la part de Kate ! Je ne dois plus tarder. Je saisis les lettres, le livre et le cartable de mon mari. J'ai bien l'intention de remettre toutes ces pièces à conviction à Narracott. Il ne pourra pas cette fois-ci épargner Kate. Elle va devoir s'expliquer et je suis impatiente de savoir comment elle va pouvoir justifier la présence de ces objets qui l'accusent.

Je sors de la chambre et me dirige d'un pas décidé vers le bureau de Max en espérant que l'inspecteur s'y trouve toujours. C'est le cas. Quand j'entre dans la pièce, il est face à Alix Rose. Il fronce les sourcils en me voyant. Je ne lui laisse pas le temps de parler :

— C'est urgent, inspecteur. Sinon je ne me serais pas permise d'entrer sans frapper, dis-je avec le plus d'autorité possible.

— S'il vous plaît, épargnez-moi la question de vie ou de mort… Faites vite ! Vous voyez bien que je suis en train d'interroger Mrs Rose.

— Je vous le promets et vous allez être surpris. Max…

Narracott m'interrompt subitement :

— Si c'est encore pour me parler de votre mari, je comprends que vous soyez inquiète mais le problème, c'est qu'ici personne ne peut témoigner que Max Mallowan est votre époux. Vous comprendrez aussi que je doive prendre vos déclarations avec précaution. D'autant que cela rejoint les conclusions de l'inspecteur Craddock.

— C'est tout à fait ridicule. Ne croyez pas ça une seconde. Nous nous sommes mariés en Écosse, à Édimbourg. C'est peut-être pour cette raison que l'inspecteur n'a rien trouvé. Il n'aura fait que consulter les registres de mariage anglais. Et ici, il n'y a que Leonard et Katharine qui étaient au courant. Il faut croire qu'ils ont préféré garder cette nouvelle pour eux plutôt que de la partager avec les autres membres de la mission…

— Katharine Woolley a démenti. Elle dit que vous n'êtes pas la femme de Max Mallowan.

— … Et Leonard n'est plus là pour dire le contraire, dis-je avec une certaine lassitude.

Et que puis-je ajouter d'autre ? Que Katharine Woolley me déteste parce qu'elle est jalouse de mon mariage avec Max ? Narracott ne comprendrait pas. Quant à m'expliquer sur les affirmations de Craddock, c'est inutile. Narracott me prendrait pour une folle à lier si je lui disais ce que je pense vraiment de cet inspecteur grec et du passif que nous avons ensemble. Je tente quand même de me justifier pour ce qui concerne Kate. Je ne peux pas rester sans rien faire face aux manigances de celle que je pensais mon amie.

— Laissez-moi vous expliquer. Je crois que cette femme, Katharine Woolley, est perturbée : je n'ai pas voulu la charger davantage tout à l'heure mais puisqu'elle ment pour me nuire… Donc sachez que je suis persuadée qu'elle a essayé de m'empoisonner quand j'étais à Split. Et désormais je pense qu'elle a empoisonné son mari Leonard avec du thallium. Et peut-être aussi Max !

— Du thallium ! Vous m'en direz tant. Mon collègue Craddock prévenait dans son rapport que vous aviez une imagination débordante et qu'il fallait s'en méfier. Je confirme.

C'en est trop ! J'en ai marre que l'on ne me prenne pas au sérieux alors que mon mari est introuvable.

— Craddock me déteste. Il ferait tout pour me faire passer pour folle.

— Katharine Woolley vous veut du mal, l'inspecteur Craddock aussi… Vous ne seriez pas un peu paranoïaque par hasard ?

Je soupire. Je sens monter en moi une immense vague de découragement. Je suis à deux doigts de renoncer à m'expliquer quand Alix Rose intervient pour me soutenir.

— Inspecteur, dit-elle, Katharine Woolley est une femme mauvaise et jalouse. Machiavélique. Je peux personnellement en témoigner. Vous devriez écouter ce que Madame a à vous dire.

Narracott se tourne à nouveau vers moi :

— Continuez alors… Livrez-moi le fond de votre pensée…

— Le fond de ma pensée, inspecteur, c'est que Katharine Woolley a prémédité le meurtre de son mari Leonard. Elle a écrit ces lettres anonymes afin que l'on croit à une malédiction… Comme en témoignent ces courriers et ce livre que j'ai trouvé cachés au fond du tiroir de sa table de travail dans sa chambre. Mais aussi le cartable de mon mari qui, lui, était bien en évidence. Dès lors, inspecteur, le fond de ma pensée, c'est que l'homme avec lequel je viens de me marier est en danger et que vous feriez bien d'interroger rapidement Mrs Woolley si vous voulez éviter un troisième empoisonnement ! Car, et vous pourrez le vérifier avec Mrs Rose, son premier mari est mort par empoisonnement dans d'étranges circonstances.

En disant cela, je pose le livre du père Legrain, les lettres anonymes et la mallette de Max sur le bureau de l'inspecteur.

— J'ai vérifié. Toutes les affaires de Max sont à l'intérieur. Ses papiers, son portefeuille. Tout est là, sauf mon mari !

Narracott se redresse sur sa chaise. Il feuillette rapidement le livre et ses pages découpées, puis ouvre le cartable de Max. Enfin, il relève la tête vers moi et me fixe de façon suspicieuse :

— Eh bien, dites-moi. Vous prenez de sacrées libertés en vous introduisant dans la chambre de Mrs Woolley et en dérobant ces pièces. Vous vous croyez dans la police ?

Je ne me laisse pas impressionner. Je l'interromps :

— Mon mari a disparu, inspecteur ! Quand allez-vous le comprendre ? Et il se pourrait que Katharine Woolley soit une meurtrière… Regardez ces lettres anonymes ! Vous avez ici deux versions. Celles qu'elle m'a montrées et celles que le pauvre professeur a dû recevoir…

L'inspecteur saisit les pages. Je me tourne vers Alix Rose.

— Dites-lui, vous, ce qui est arrivé à son premier mari. C'est vous qui m'avez mise sur cette piste. Vous aviez donc une idée derrière la tête !

L'inspecteur Narracott nous fixe du regard tour à tour. Il attend. Alix Rose semble hésiter à prendre la parole.

— Ne soyez pas timide, Mrs Rose, racontez-nous puisque vous savez quelque chose, bougonne Narracott.

— Si c'est ce que vous voulez… De toute façon, si vous faites des recherches vous le découvrirez facilement. C'était dans tous les journaux à l'époque. Le premier mari de Katharine Woolley est mort en Égypte, au pied d'une des pyramides de la nécropole de Gizeh… par empoisonnement. La police a conclu à un suicide.

L'inspecteur Narracott se frotte la tête comme si cela allait l'aider à enregistrer cette nouvelle information. Ses boucles châtain clair s'agitent comme des petites guirlandes. Je n'y tiens plus. Enfin, il reprend :

— Cette histoire n'est en effet pas banale mais cela ne fait pas pour autant de Mrs Woolley une meurtrière. Comment avez-vous été mise au courant de ce… suicide, Mrs Rose ?

— Le hasard. J'étais sur place. Le premier mari de Mrs Woolley était ingénieur et s'intéressait à l'égyptologie comme mon époux. Ils se sont rencontrés à Louxor et ont tout de suite sympathisé. C'était en 1920… au plutôt en 1919 car John-Christopher venait d'être recruté par le département des antiquités du Penn Museum. Nous étions en congé dans la Vallée des Rois… Pas très original pour un archéologue ! C'était l'été. Août plus exactement. Il faisait extrêmement chaud.

— Venez-en au fait s'il vous plaît, Mrs Rose. Inutile de me livrer le bulletin météorologique de l'époque.

Alix Rose ne prête pas attention à la remarque de Narracott et continue son récit.

— Le lieutenant-colonel Keeling s'était marié quelques mois plus tôt et était en voyage de noces avec sa femme… Nous étions descendus dans le même hôtel. Le duo qu'ils formaient était étrange… surtout elle. Elle semblait vouloir éviter de se retrouver seule avec son mari. Chaque soir, ils étaient en compagnie d'autres couples. Au bar, au dîner… Pour de jeunes époux, c'était un peu déroutant. Habituellement on a envie d'être seuls au monde quand on est amoureux. J'en avais fait la remarque à John-Christopher…

— Les faits s'il vous plaît, Mrs Rose. Je me moque de savoir comment se comportent les jeunes mariés.

Je ne suis pas d'accord et je ne me gêne pas pour le dire à l'inspecteur :

— Vous devriez pourtant, inspecteur, vous intéresser à ce genre d'information. Cela permet de voir si un amour est sincère ou non, m'empressé-je de répliquer.

Je pense alors à mon propre voyage de noces qui aurait dû être merveilleux sans l'intervention de Kate qui a tout fait pour le gâcher. Max et moi avions prévu de passer toute notre semaine à Athènes, exclusivement tous les deux.

Narracott ignore purement et simplement ma remarque.

— Vous aviez donc rencontré Katharine Woolley à l'époque… qui d'ailleurs ne devait pas s'appeler Mrs Woolley…

— C'est surtout avec son mari que nous avions échangé. Et en effet, elle portait le nom de son mari. Elle était Mrs Katharine Keeling. Cela a d'ailleurs été une surprise quand nous l'avons retrouvée ici, en Irak, sous sa nouvelle identité. Nous n'en avons jamais parlé. Elle ne nous a pas reconnus, il nous semblait inutile de lui rappeler cette période sombre de sa vie qui ne doit pas lui évoquer de bons souvenirs. Et puis, je ne suis même pas sûre qu'elle nous ait remarqués à Louxor.

C'était il y a dix ans… et John-Christopher a beaucoup grossi depuis, répond sobrement Alix.

Elle marque une courte pause puis reprend son récit :

— Plus tard, quand mon mari et moi avons appris le suicide du lieutenant-colonel, c'était en septembre 1919, nous avons été peinés pour le pauvre homme mais aussi très surpris. Il ne donnait pas du tout l'impression d'être las de la vie. Vous comprenez, il venait juste de se marier. Ce n'était pas logique…

Je suis d'accord avec elle. Un homme ne choisit généralement pas ce moment de sa vie pour mettre fin à ses jours. Narracott intervient une fois de plus mais, étonnement, il me demande mon avis :

— Mrs Christie, dit-il en se tournant vers moi. Que dites-vous de tout cela ?

Je pourrais lui répondre que je suis très surprise de cette coïncidence. Les Rose qui croisent le chemin de Kate une dizaine d'années plus tôt sans que personne jusqu'ici ne l'ait su. Même pas Katharine. C'est très étrange, je trouve. Je me garde d'exprimer mon sentiment cependant. Je me contente d'une question plus banale :

— Je me demandais… Y-a-t-il eu une autopsie ?

— Je ne sais pas. Nous n'étions plus à Louxor quand le décès s'est produit, me répond Alix Rose.

— Vous n'avez donc aucune idée de ce qui aurait pu expliquer son geste ?

— À cette époque, non. Mais plus tard, il s'est passé quelque chose d'étrange qui pourrait avoir un rapport… Mais je ne sais pas si je peux vous en parler.

— Mrs Rose, bien sûr que vous devez nous en parler ! M'en parler.

— C'est que… ces informations sont couvertes par le secret médical. Cela ne serait peut-être pas légal que je les divulgue.

— Mrs Rose, dois-je vous rappeler que je représente la loi ? Je suis la loi !

— Bien sûr… mais cela n'a peut-être rien à voir. Cependant, cela s'est passé juste avant le suicide du lieutenant-colonel…

— Raison de plus pour tout me dire. Maintenant je vous écoute.

— J'ai… j'ai lu la correspondance du professeur Woolley avec le médecin de sa femme. Je sais ce que vous allez me dire, je n'en suis pas fière mais ces lettres ont été mises par erreur dans mon courrier quand nous sommes arrivés à Ur. La première saison. Il y a cinq ans. Ce que j'ai lu m'a tellement étonné que…

— Que vous avez continué votre lecture.

— Oui, susurre-t-elle en effectuant le signe de croix.

— Et que racontait cette fameuse lettre ?

— Le médecin de Katharine Woolley expliquait au professeur que la demande qu'il lui faisait était la même que celle que lui avait faite le premier mari de sa femme dix ans auparavant. Lui aussi s'était plaint des sautes d'humeur de sa femme, de son caractère explosif. Il voulait en savoir plus.

— Et où est ce courrier désormais ?

— Je l'ai bien sûr remis tout de suite dans les affaires du professeur. Je pense qu'il ne s'est jamais douté de rien.

— Tout cela n'est pas très légal, comme vous vous en doutez. Ces événements se sont passés il y a plusieurs années. Pourquoi subitement en reparler et inciter « Mrs Mallowan Christie » à faire des recherches sur le premier mari de Mrs Woolley ? Je vais être obligé de vous ajouter à ma liste de suspects… Il y a trop de coïncidences troublantes.

Face au ton menaçant de Narracott, Alix Rose perd tous ses moyens. Elle se signe le buste avec encore plus de vigueur que d'habitude.

— Katharine Woolley était devenue invivable. Tout le monde ici pourra en témoigner. Elle s'en prenait à tout le monde. J'ai tout de suite pensé que ses nerfs avaient à nouveau lâché…

— À nouveau ?

— Son médecin faisait allusion à des problèmes nerveux dans le courrier…

— … Cela veut dire qu'elle avait déjà eu un problème nerveux il y a dix ans.

— Comme je viens de vous le dire. Mais elle n'était pas que malade des nerfs… Elle avait une autre maladie…

Alix Rose semble hésiter à continuer. Le regard sombre de l'inspecteur lui signifie cependant qu'elle doit parler.

— Cela parlait d'une malformation. Je n'ai pas tout compris, je ne suis pas médecin, mais cela concernait son… intimité… Vous voyez ce que je veux dire ?

— Non, je ne vois pas du tout ce que vous voulez dire. Il va falloir vous montrer plus claire, Mrs Rose, éructe désormais Narracott qui s'est levé de sa chaise mais n'est guère plus impressionnant, vu sa taille qui ne doit pas dépasser 1 mètre 65.

38

On entend au loin un chien aboyer. Un regard furtif jeté par la fenêtre me fait prendre conscience que le soleil brille désormais au zénith. Mon estomac aussi me signale qu'il est midi passé. Il n'arrête pas de glousser. J'ai faim ! Mais j'ai bien l'impression que Narracott n'en a pas terminé avec ses questions. Je dois patienter encore une bonne demi-heure pour qu'il promette enfin d'interroger Katharine dans la journée au sujet du cartable de Max trouvé dans sa chambre.

Mais encore faut-il attendre qu'elle reprenne ses esprits, prévient le Dr Penrose. Le sommeil a bon dos, ai-je envie de lui rétorquer. Je ne suis pas aussi patiente que lui. Je ne sais pas ce qu'il lui a prescrit mais depuis huit heures, c'est-à-dire depuis son apparition fugitive au pied de la ziggourat, Katharine Woolley n'a pas quitté sa chambre et son lit. C'est le silence total. Je la soupçonnerais presque de faire exprès de dormir pour ne pas répondre aux questions de la police.

Évidemment, Penrose n'y croit pas quand je lui soumets cette hypothèse. Je lui rappelle que Kate est une excellente comédienne. Penrose persiste :

— Elle a subi un choc. Je pense que ses nerfs étaient déjà fragiles depuis longtemps. La mort de son époux a été la goutte d'eau…

— … qui a fait déborder le vase.

— Exactement. Imaginez un peu, c'est le deuxième mari qu'elle enterre. Aucune femme n'aimerait être à sa place.

— Vous êtes trop indulgent, docteur ! On a trouvé le cartable de Max dans sa chambre. Et ce que nous venons d'apprendre sur son problème de malformation…

— Cette malformation, comme vous dites, ne fait pas d'elle un monstre. Bien au contraire. Et appelez cette anomalie congénitale par son nom s'il vous plaît, Agatha. Enfin, ne faites pas cette offense à votre amie de lui en vouloir. Elle n'y peut rien. Elle est née comme ça. De toute façon, je ne vois pas pourquoi je m'inquiète. Vous serez obligée de patienter car Katharine Woolley est incapable à l'heure actuelle d'aligner deux mots. Elle ne pourra rien vous dire. Si je ne lui administre pas de calmant, elle se met à trembler et pleurer. Je suppose qu'elle fait ce que nous appelons en psychiatrie une crise de démence.

— Vous supposez ou vous êtes sûr ? Ce n'est pas la même chose.

— Décidément, vous avez du mal à comprendre, Agatha. Cette femme est malade des nerfs et tant que je ne l'aurai pas autorisé, la police ne l'interrogera pas.

Je n'insiste pas. Je sens que Penrose fait passer ses obligations de médecin avant notre amitié, le serment d'Hippocrate avant mon mariage avec Max ! Remarquez, le connaissant, j'aurais dû m'y attendre.

J'imagine désormais que vous êtes impatients de savoir ce qu'Alix Rose a bien pu révéler à l'inspecteur Narracott. Quitte à passer outre le secret médical. Eh bien chers lecteurs, ce que nous avons appris, c'est que Katharine Woolley était atteinte d'une malformation utérine congénitale. Autrement appelée hermaphrodisme, mot qui permet de définir un être vivant étant à la fois mâle et femelle. Si vous ne voyez pas exactement à quoi cela correspond, je vous laisse aller chercher dans des ouvrages médicaux car ce phénomène est si étrange que je peine moi-même à l'expliquer. Alix Rose a eu du mal aussi à nous en parler. Il a fallu que l'inspecteur passe en revue toutes les parties du corps humain pour arriver à lui faire dire que cette anomalie était située à l'entrejambe de Katharine Woolley. Et nous avons ensuite eu droit à un petit cours d'anatomie de la part du Dr Penrose. Ce qui n'était pas inutile, je dois le reconnaître, pour mieux comprendre de quels maux souffre Kate.

Vous comprenez maintenant pourquoi ces informations étaient si confidentielles. Mais nous connaissons donc désormais la terrible révélation qui avait ébranlé le lieutenant-colonel Bertram Keeling il y a dix ans. Le représentant de l'armée britannique avait reçu le choc de sa vie en découvrant qu'il n'avait épousé ni un homme ni une femme. Il semble qu'il ait alors choisi la mort plutôt que d'affronter ce qui, à ses yeux, représentait une honte insurmontable pour un gradé de son rang.

— Quoi qu'il en soit, Dr Penrose, on peut dire que votre présence sur ce camp est providentielle. Kate ne pouvait pas espérer mieux : un médecin qui la protège de tout interrogatoire alors que l'étau se resserre autour d'elle et que nous sommes à deux doigts de découvrir la vérité. Un vrai *deus ex machina*.

— Que voulez-vous dire ?

— Vous savez, ces hasards qui font bien les choses et que je déteste utiliser dans mes romans parce que justement, il est impossible d'y croire ! Croyez-moi Dr Penrose, il est temps que Katharine Woolley s'exprime sur la présence des affaires de mon mari dans sa chambre ! Imaginez qu'elle retienne Max prisonnier quelque part ! Elle a bien été capable de menacer son mari avec des lettres anonymes. Et depuis il est mort.

— Vous avez trop d'imagination, Agatha.

— Je le sais et c'est une bonne chose car c'est grâce à cela que je peux envisager toutes les éventualités.

— Le pire, vous voulez dire. Envisager le pire. Vous devriez vraiment vous détendre.

— Et si elle l'a endormi avec un sédatif ou, pire, empoisonné ? Il est peut-être en train d'agoniser à l'heure qu'il est…

— Je suppose que vous avez déjà inspecté tout le camp ?

— Oui. Mais Max pourrait très bien être dans une tombe, seul dans le noir… Il y a tellement de lieux horribles où elle aurait pu cacher son corps !

— Arrêtez de vous affoler, Agatha. Je n'ai jamais vu Max, mais j'imagine que c'est un gaillard et qu'il pèse dans les 70 kilos ?

— 68. Il a un peu votre carrure.

— Alors voyons, Agatha. Vous imaginez Mrs Woolley me mettre à terre et pousser mon corps dans un de ses « grands puits de la mort » où les Mésopotamiens venaient se sacrifier…

Je réfléchis. Se sacrifier en se servant du poison. Je connais cette légende. On me l'a racontée maintes fois quand j'étais encore la bienvenue à Ur : ces hommes et ces femmes de haut rang qui venaient volontairement se sacrifier en s'empoisonnant auprès de leur souverain dans ces chambres au centre desquelles trônait le tombeau du défunt adoré. Les petites coupes retrouvées près de leurs corps ont témoigné du fait qu'ils absorbaient un poison au moment de se faire emmurer vivants…

Je frissonne à l'idée que Kate ait voulu reproduire ce rite sacrificiel avec Max. J'en émets quand même la possibilité :

— Mrs Woolley aurait pu empoisonner Max pour imiter ces pratiques et continuer ainsi à nous faire croire qu'une malédiction planait sur la mission après avoir supprimé Leonard.

— Mais enfin Agatha, c'est « Meurtres à répétition en Mésopotamie » que vous êtes en train de nous écrire là ! Comment voulez-vous que Katharine Woolley du haut de sa cinquantaine de kilos ait réussi un tel exploit ?

— Elle a pu endormir Max sur place puis le ligoter… J'ai décidé de faire le tour des tombes dès demain matin.

Vous pouvez m'accompagner si vous le souhaitez. Mais de toute façon, j'irai.

— Je ne pense pas que cela soit une bonne idée, Agatha. Nous ne sommes pas dans un de vos livres, c'est vous qui passez votre temps à me le répéter d'habitude. Qu'est-ce qui vous prend ? Je ne vous reconnais plus, Agatha. Allons plutôt déjeuner. Avoir le ventre plein vous aidera peut-être à y voir plus clair.

— Vous ne me prenez pas au sérieux mais vous devriez, docteur. Je vous assure.

Je me retire dans ma chambre après notre rapide lunch au réfectoire. J'ai besoin d'être seule et de réfléchir à tout ce que je viens d'apprendre. Je suis secouée. Et il y a de quoi vous ne croyez pas ?

À l'heure du dîner, je retrouve le Dr Penrose au réfectoire. J'ai l'impression de passer ma vie dans cette salle. Le père Legrain, Algy et les Rose sont déjà attablés ; je prends place à côté d'Alix. Nous ne nous sommes pas recroisées depuis ce matin dans le bureau de Max. Je repense forcément à nos échanges avec l'inspecteur Narracott. Son témoignage nous oblige tous à reconsidérer notre point de vue sur Kate. Elle m'apparaît désormais comme une femme beaucoup plus complexe que je ne le pensais.

Mrs Rose ne me décroche pas un mot quand je me retrouve face à elle. Aurait-elle le sentiment d'en avoir trop dit à Narracott ? Je n'insiste pas. Je me tourne vers le père Legrain toujours aussi taciturne. J'ébauche un semblant de début de conversation :

— Père Legrain, avez-vous eu des visiteurs la semaine dernière au camp ? Max n'est toujours pas arrivé. Ce n'est pas normal.

— Oui. J'ai appris pour Mr Mallowan. Je dois dire que c'est troublant.

— Au moins vous êtes franc. Mais vous ne me remontez pas le moral !

— Qu'est-ce que vous pensiez ? Que le désert ressemblait à Kew Gardens ?

— Épargnez-moi ce genre de remarques s'il vous plaît, mon père. Comme vous le savez sûrement, Max et moi sommes désormais mariés. Je suis très inquiète.

— Une voiture-taxi a déposé il y a trois jours un étranger sur le chantier. Il faisait déjà nuit. C'était un homme. Il s'est dirigé vers la ziggourat.

— Pourquoi n'en parlez-vous que maintenant ?

— Ce ne sont pas mes affaires ! J'ai pensé que c'était un ouvrier. Beaucoup d'entre eux partent dans leur village en fin de journée pour revenir près du chantier à la nuit tombée car ils commencent très tôt le matin. Il n'est pas rare de les croiser.

— Mais un ouvrier ne prend pas le taxi !

— Vous avez certainement raison.

— Donc cela aurait pu être Max ! Vous y avez pensé ? demandé-je, tout à coup très excitée.

— Calmez-vous, Mrs Christie. Je connais Max, ce n'était pas lui.

— Comment pouvez-vous être si sûr, il faisait noir, vous l'avez dit. Tout correspondrait au niveau des dates !

— L'homme était arabe. Il portait un qamis noir et sa chéchia était rouge. Ce sont les couleurs des bédouins de l'Est.

Mon espoir s'abat d'un coup.

Le Dr Penrose, qui a assisté à notre discussion, pose sa main sur la mienne.

— Ne soyez pas déçue, Agatha, nous allons trouver votre mari. Narracott a lancé un avis de recherche dans Bagdad.

— Vraiment ? Il ne me l'a pas dit.

— Il n'a pas voulu vous alarmer mais il prend désormais très au sérieux la disparition de Max. Et c'est grâce à vous. Même si ce n'était pas réglementaire, vous avez bien fait de fouiller dans la chambre de Kate. Narracott a trouvé l'histoire de la mallette très bizarre. C'est ce qui l'a décidé.

— Ce n'est pas à Bagdad qu'il faut chercher mon mari, c'est ici. Le père Legrain a vu un homme qui aurait pu être Max.

— Je vous le répète, Mrs Christie… reprend Legrain.

— Mrs Mallowan, s'il vous plaît ! rectifié-je immédiatement.

— Bien, Mrs Mallowan. Je vous répète que cet homme était… un homme.

— Je suis persuadée que c'était Max. Et Katharine l'a vu. Ça aussi j'en suis persuadée. C'est une certitude. Je veux lui parler, Dr Penrose, je dois parler à Kate, réveillez-la !

— Maintenant ? Comme ça, à cette heure de la soirée !

— Oui, docteur, maintenant ! Elle a eu toute la journée pour dormir. Et même plus ! J'ai un mauvais pressentiment. Max a besoin de moi. Max est en danger. Je ne pourrai pas fermer l'œil de la nuit si je ne peux pas parler à Kate.

Le Dr Penrose accède à ma demande à contrecœur et nous nous dirigeons vers la chambre de Kate. En traversant la cour, je montre à Penrose l'étrange dessin sur le mur.

— Cela symbolise le dieu de la Lune. Cette marque n'était pas là la dernière fois que j'étais sur le camp. Je me demande si ce n'est pas la signature de l'assassin.

— Que voulez-vous dire ?

— Cette peinture représente le dieu de la Lune qui menaçait Leonard dans les lettres anonymes. Et le pauvre professeur s'est écroulé juste en dessous.

— N'oubliez pas qu'il peut aussi s'agir d'un arrêt cardiaque, me reprend Penrose. Vous m'avez dit que le professeur était très fatigué. Attendons les conclusions de la police pour nous prononcer.

— Leonard était très affaibli et il était préoccupé, le câble qu'il avait envoyé à mon mari en témoignait. Je suis persuadée que Kate est la coupable.

— Agatha, ne soyez pas aussi impatiente. D'ici ce soir, nous aurons parlé à Kate. Je vous le promets.

Je peste de tout ce temps que nous perdons alors que Max est en danger. Je soupire ma lassitude bien fortement :

— Quand je pense que c'est moi qui ai aidé Katharine Woolley sans le savoir. J'ai vraiment été stupide !

— Expliquez-vous, me reprend le Dr Penrose.

— Je crois que j'ai tout compris. Katharine Woolley a assassiné son mari Leonard Woolley et a testé sur moi son plan machiavélique. Pour commencer, elle a rédigé elle-même les messages anonymes. Elle a pensé à l'écriture cunéiforme ! Logique si l'on considère qu'elle veut nous faire croire qu'un soi-disant disciple du dieu de la Lune est l'auteur de ces avertissements. Elle n'est pas une spécialiste. Kate est autodidacte. Elle n'a pas de formation d'épigraphe. Elle a appris les signes à force de manier des tablettes et de « soutirer » des traductions aux spécialistes, Max, le père Legrain. Leonard… Il faut aussi qu'elle vérifie que ses messages sont compréhensibles. Elle ne peut les faire relire à son entourage sans éveiller les soupçons sur elle. C'est moi qu'elle choisit ! Mon métier de romancière est un parfait prétexte pour rechercher les services de Max ou encore du père Legrain pour déchiffrer ces textes. C'est Max, mon époux, qui écope de la mission ! Pauvre Max. Voilà où cela l'a mené de m'aider. Cela l'a mis en danger. Et dire qu'il m'avait fait la remarque que c'était très mal écrit… Kate s'est bien servie de moi ! Une fois assurée que son texte était lisible, elle pouvait l'envoyer à son destinataire et le menacer de mort. Ce papier à lettres ridicule de chez Smythson ne lui servait que de feuilles de brouillon pour composer ses messages avant de procéder à des découpages dans le livre dérobé au père Legrain. Ça, additionné d'une dose de poison administrée chaque jour en très peu de grammes, et vous obtenez un crime parfait.

— Je trouve que vous y allez un peu fort, Agatha. Excusez-moi de vous le dire mais nous ne sommes pas dans un de vos romans. Dans la vraie vie, cela ne se passe pas comme ça. Vous pensez vraiment que Katharine Woolley a provoqué l'arrêt cardiaque de son mari avec une malédiction et un poison qu'elle lui administrait chaque soir ?

— Je veux la voir. Maintenant !

39

Comme il fallait s'y attendre, personne ne répond quand nous frappons à la porte de Kate. Penrose prend l'initiative de pénétrer dans la chambre plongée dans l'obscurité. Mon amie, si je peux encore l'appeler ainsi, est allongée dans son lit et elle dort semble-t-il profondément. Le Dr Penrose allume une des lampes de chevet. Je me rapproche de Kate et lui pose doucement la main sur l'épaule. Contre toute attente, elle le perçoit immédiatement car ses yeux s'ouvrent brusquement et elle me fixe avec dureté.

— Que fais-tu là? me lance-t-elle d'une voix qui semble sortir d'outre-tombe.

Kate soulève alors le bras et tente de me repousser. Je suis à la fois surprise et effrayée. Je ne m'attendais pas du tout à ce qu'elle s'éveille aussi rapidement. Ni à recevoir un tel accueil! Je me tourne vers le docteur. Je ne sais pas comment réagir.

— Calmez-vous, Mrs Woolley. Nous sommes vos amis, Agatha et moi-même. Nous sommes venus vérifier que tout allait bien. Nous ne souhaitions pas vous faire peur.

Katharine se retourne vers moi. Elle a l'air effrayée.

— C'est elle. Elle qui me fait peur, se plaint Kate tout en continuant de me dévisager.

La situation devient très embarrassante. Je décide d'intervenir immédiatement. Ne pas me laisser impressionner. Je ne sais pas dans quelle mesure elle ne joue pas la comédie. Cela semble être sa grande spécialité. Et puis je n'ai rien à me reprocher !

— Kate, j'ai besoin d'explications. Nous avons retrouvé le cartable de Max dans ta chambre. Pourquoi ?

— Max ! Max ! Je ne sais pas qui est Max, se met-elle à crier. Max ! Max ! Je ne connais pas de Max !

— Max Mallowan, l'assistant de ton mari… Mon mari.

Kate se met alors à rire d'une façon épouvantable. Comme si elle était possédée. Elle me fait vraiment peur. L'espace d'un instant, je pense à la femme de Rochester dans *Jane Eyre*. Penrose pense peut-être que ce genre de situation n'arrive que dans les romans, mais j'ai la preuve sous les yeux que ce n'est pas le cas. Penrose fouille alors dans sa sacoche et en sort une seringue.

— Elle souffre beaucoup. Je me dois de l'aider. On ne peut pas la laisser délirer comme ça. Vous ne devez pas lui en vouloir. Ce n'est pas vraiment elle qui parle.

— Mais Max ?

— Laissez-moi faire. Je vais lui administrer un profond relaxant. Si elle se sent en confiance, elle parlera. Mais cette femme a besoin de soins. Il ne faut pas en douter. Son état psychique est très fragilisé. Le décès de son mari semble avoir déclenché un mal qui la rongeait depuis déjà un bon moment. Des années même.

— Sigmund Freud nous serait d'une telle aide dans un instant pareil, dis-je, connaissant la facilité du vieux professeur viennois à soigner les âmes tourmentées.

Depuis que je l'ai rencontré, j'ai consulté pas mal de ses écrits. C'est très inspirant pour quelqu'un comme moi qui aime sonder les comportements humains pour construire ses intrigues.

— Malheureusement, il est bien trop malade désormais pour accepter de nouveaux patients, soupire Penrose.

Le docteur saisit alors avec délicatesse le bras de Kate pour une injection. Elle est toujours très agitée et il doit lui parler à plusieurs reprises pour qu'elle accepte de se calmer. Pendant tout ce temps, je me tiens à l'écart car j'ai bien compris que ma seule vue la met dans un état d'excitation totalement disproportionné. Enfin, l'aiguille pénètre dans une des veines de son bras et le silence revient dans la chambre.

— Voilà, Mrs Woolley. Cela va aller beaucoup mieux maintenant. Vous allez vous sentir plus calme…

— Que m'avez-vous fait ? gémit Kate d'une voix très faible.

— Je vous aide à vous détendre, Mrs Woolley, à vous sentir mieux. Vous avez subi un choc… Mr Woolley, votre mari…

— Mon mari est mort, je sais. La malédiction s'est abattue sur lui…

Le Dr Penrose fronce les sourcils. Il se tourne vers moi et me glisse très discrètement à l'oreille :

— Laissez-moi parler, Agatha, je vais essayer de gagner sa confiance.

Puis, il revient vers Kate et lui saisit la main, pour la rassurer et qu'elle se sente davantage en sécurité, j'imagine. Je reste en retrait et observe la scène.

— Quelle malédiction a tué votre mari, Mrs Woolley? Celle du dieu Nanna?

— Non! bien sûr que non! s'énerve-t-elle désormais. Ça, c'est pour le folklore!

— Calmez-vous, Mrs Woolley, je cherche juste à vous aider, la reprend Penrose d'une voix douce. Quelle est donc cette malédiction?

— C'est de la malédiction qui me touche dont je vous parle. Tous les hommes qui veulent me faire du mal meurent. C'est comme ça. On ne peut rien y faire.

— Mr Woolley voulait vous faire du mal?

— Vous savez bien! Vous aussi vous pourriez me faire du mal. Vous êtes un homme!

— Je suis docteur, Mrs Woolley, et je suis là pour vous aider. Et non, je ne sais pas. Expliquez-moi comment Mr Woolley vous a-t-il fait du mal?

— Ah! Il n'a pas pu! Ça ne marche pas avec moi! Mais il aurait bien voulu. Je l'avais pourtant prévenu. Il ne faut pas me toucher. Je lui avais dit, je l'avais prévenu… Mais non, il a fallu qu'il me touche…

— Il vous a touchée et alors la malédiction s'est abattue sur lui?

— Il a perdu ses cheveux, tous ces cheveux, tous ces jolis petits cheveux noirs…

J'assiste à la scène, stupéfaite. Penrose aussi est très tendu mais il le cache parfaitement. Je suis la seule à pouvoir voir ses mains qu'il tient repliées derrière son dos et qui tremblent. Et de toute façon, Kate n'est pas en mesure de remarquer quoi que ce soit. Elle a véritablement l'air d'une folle, assise dans son lit et remuant comme ces têtes de clown au bout d'une tige qui se cachent dans des boîtes. Je me rapproche silencieusement de Penrose et je lui glisse à l'oreille :

— Elle n'a plus toute sa tête, c'est certain. Elle me fait peur… Max, demandez-lui pour Max.

— Et Mr Mallowan ? lui demande alors Penrose. Lui aussi a voulu vous toucher et la malédiction s'est abattue sur lui ?

— Max ! Max dort.

— Où est Max, Mrs Woolley ?

— Il dort. Il n'a pas été gentil avec moi. Il m'a menti.

Penrose se retourne vers moi et son regard semble résumer toute son impuissance pour en savoir plus. Je décide de prendre les choses en main. Je ne peux plus attendre. Je crains pour la vie de Max. Il me vient une idée totalement improbable mais qui pourrait avoir une chance de faire de l'effet. Et la situation n'est-elle pas totalement improbable ? Je me lance. J'attrape une étoffe de soie bleue qui se trouve sur une des chaises et l'enroule autour de mon visage pour ne laisser dépasser que mes yeux. Je coiffe ensuite mes épaules d'un large châle noir qui se trouve également là. C'est ainsi que je me présente à mon amie en espérant que son état de confusion l'empêche de me reconnaître. Car je devine que si elle me voit, elle refusera de me parler.

Je me présente à elle dans cet accoutrement de Shéhérazade de fêtes foraines.

— Katharine Woolley… J'ai un message pour vous de la part de Max. Max veut vous voir. Il veut que vous veniez maintenant. Il se sent seul, trop seul. Il m'a envoyée pour venir vous chercher. Il s'excuse pour tout… Il vous aime…

Kate me fixe étrangement. Hébétée.

— Max ? Max veut me voir ? Mais il avait refusé hier…

— Il a changé d'avis. Maintenant il veut vous voir… Vous devez y aller…

— Au temple ?

Je me tourne vers Penrose : désormais, nous savons. Max est au temple… Mais quel temple ?

— Oui, au temple. Il vous attend. Il est seul, il a peur, il a froid.

— S'il fait noir dans le temple, c'est que Nanna n'est pas encore monté sur sa barque. Mais il va bientôt venir et Max n'aura plus peur… Il verra la lumière. La lumière blanche qui l'emmènera très loin.

Je ne l'écoute même plus. J'ai ôté mon déguisement de pacotille sans attendre d'en savoir plus. Je sais maintenant où est Max. Il est dans le temple de Nanna ou du moins ce qu'il en reste. Tout en haut de la ziggourat.

40

Une fois dehors, bien que la lune soit pleine et éclaire l'obscurité d'une belle lumière, je réalise qu'il m'est impossible de rejoindre la ziggourat seule et sans aide. Le Dr Penrose est toujours auprès de Kate et ne peut décemment pas la laisser sans surveillance après ce qu'elle vient de nous révéler. Je ne vois qu'Algy pour m'aider. Je n'ai pas confiance en John-Christopher Rose et le père Legrain refusera de se lever en pleine nuit pour m'accompagner. Inutile de perdre du temps pour lui demander. Je frappe à la porte de la chambre d'Algy qui, par chance, ne dort pas mais sirote ce qui ressemble à un alcool fort vue l'odeur acide qui plane dans la pièce. Il n'est pas seul. John-Christopher Rose est avec lui. Leur état d'ébriété semble quelque peu avancé. C'est peut-être une bonne chose au final, me dis-je. Ils seront plus faciles à convaincre et nous ne serons pas trop de trois si Max est blessé et qu'il faut le porter.

— Gentlemen, j'ai besoin de vous, dis-je d'une voix ferme. Je soupçonne mon mari d'être retenu prisonnier en haut de la ziggourat.

— Max ! Par quel miracle se retrouverait-il là-haut ?

— Cela serait trop long à vous expliquer. Mais j'ai besoin de vous pour m'accompagner.

— Maintenant ? En pleine nuit !

— Oui, je vous le demande au nom de votre amitié pour Max. Il est peut-être en grand danger à l'heure qu'il est. Blessé même. Il est retenu là-bas contre son gré depuis plusieurs jours. Sans eau ni nourriture.

Bien sûr, j'extrapole un peu mais je dois les convaincre de l'urgence d'intervenir.

— Mais… mais c'est une histoire à dormir debout que vous… vous nous racontez là, Mrs Christie, bredouille John-Christopher Rose qui ne semble vraiment pas frais.

— Mrs Mallowan, s'il vous plaît. Je vous rappelle que Max et moi sommes désormais mariés.

— Oui, excusez-moi, Mrs Mallowan, me répond Rose tout penaud.

— Mais que diable ferait Max là-haut, en pleine nuit ! reprend Algy avec cette bonne humeur qui ne paraît jamais le quitter. Je sais qu'il aime les vieilles… les vieilles pierres mais de là à aller dormir à la ziggourat !

La désinvolture d'Algy m'exaspère et je trouve son sens de l'humour cette fois-ci très douteux. J'espère qu'il ne fait pas référence à ma différence d'âge avec Max. Je décide cependant de ne rien dire, il y a plus urgent que de protéger mon ego.

— La mort de Leonard Woolley ne vous a pas suffi ? Vous voulez aussi que son assistant disparaisse ? dis-je d'une voix tranchante.

Les deux hommes se regardent. Algy attrape sa veste et John-Christopher Rose l'imite.

— Nous vous suivons, Mrs Christie ! Oh pardon... Mrs Mallowan.

Je ne relève pas à nouveau. Tout ce que je veux, c'est que ces deux hommes se mettent en route.

Je suis la seule à avoir l'esprit clair et donc conscience qu'il nous faut un minimum d'équipement. J'en informe mes deux compagnons d'expédition :

— Le clair de lune va nous aider à atteindre le sommet de la ziggourat mais peut-être avons-nous intérêt à nous munir de torches pour y voir clair dans le temple. Qu'en pensez-vous, Mr Rose ?

— Nous nous équiperons au stock de lampes et de casques. C'est en effet plus prudent, répond Algy à la place de Rose, qui est en train de se battre avec les manches de sa veste. Il nous faut aussi de bonnes chaussures car cela va grimper ! ajoute-t-il en regardant mes sandales totalement inadaptées pour une telle excursion.

Une fois au stock, munis de ces accessoires et mes pieds équipés de chaussures montantes, nous empruntons une des voitures du camp et roulons en silence vers la ziggourat. Ce qui était au VIe siècle avant Jésus-Christ un temple aux fondations solides dédié au dieu Nanna est désormais semblable à un château de sable qui se serait écroulé sous le poids du temps. Au fil des siècles, toutes les briques de boue scellées entre elles par du bitume se sont fragilisées et se sont transformées en une masse de cailloux irréguliers que nous nous apprêtons à gravir en pleine nuit. On ne peut plus distinguer les différents étages, ou plus exactement terrasses, qui formaient cet imposant bâtiment de plus de 60 mètres de longueur et 40 mètres de largeur. À 20 mètres de hauteur, un temple dédié à Nanna surplombait le tout. J'apprends de la bouche d'Algy qu'il n'existe plus mais je pressens que c'est là que Max se trouve. Y accéder n'est pas infaisable. En hauteur, cela équivaut à monter l'escalier d'un immeuble de six étages. Mais le problème, c'est que les marches de cet escalier s'étendent sur une trentaine de mètres. Au bout d'une bonne demi-heure, mes mains sont en feu car j'ai dû me retenir plusieurs fois à des pierres pour éviter de chuter. Je réalise que cette escalade aurait été impossible en plein jour en raison de la chaleur. C'est finalement une bénédiction qu'il fasse nuit. Mr Rose et Algy ne semblent pas souffrir de tous ces efforts. Ils se repassent une fiole que je soupçonne être remplie d'alcool et échangent comme si de rien n'était. Je demande à partager leur remontant. Moi aussi, j'ai besoin de force ! Enfin, alors que le sommet nous apparaît, je distingue une forme allongée au sol et je sais que c'est Max. J'en ai l'intuition ! Pourtant, au fur et à mesure que nous approchons, mon espoir disparaît. La silhouette est bien celle d'un homme, il n'y a pas de doute là-dessus, mais elle ne correspond pas à celle de mon époux. Il porte en effet une longue robe noire semblable aux qamis des indigènes. Ses cheveux sont recouverts d'un large turban rouge.

— C'est l'homme qui est arrivé au camp il y a quelques jours. Je le reconnais à sa chéchia, glisse Rose.

Allongé au sol, le visage face contre terre, il est totalement immobile. Nous nous hâtons de le rejoindre. Même si ce n'est pas Max, il est évident que cet inconnu a besoin d'aide et qu'il n'est pas normal qu'il se trouve là en pleine nuit.

— Vous pensez qu'il est mort ? dis-je à voix basse.

— Mort de soif, peut-être. Je me demande depuis combien de temps il se trouve là, avance Algy qui est devenu sérieux tout à coup.

Rose aussi affiche désormais un visage grave.

— C'est bien l'homme qui est arrivé au camp. Il n'y a aucun doute là-dessus, pose-t-il.

C'est au moment où il s'agenouille près du corps et dégage son visage collé contre terre que les traits de Max apparaissent. Je sens ma tête tourner, mon cœur s'emballer… Mon mari est là devant moi, sans connaissance et dans une tenue totalement improbable. Je suis de nature plutôt résistante mais l'effort que je viens d'accomplir pour gravir jusqu'au sommet de la ziggourat et la découverte de Max m'ôtent toutes mes forces. Un rideau noir tombe devant mes yeux. Je me sens perdre connaissance. Je perds connaissance.

41

Quand je reprends mes esprits, je suis dans une automobile et j'apprends que nous sommes en route pour Bagdad. Je me retourne, le camp de Ur n'est plus qu'un minuscule point au milieu d'une mer de sable. Le soleil n'est pas encore levé. Je ne le sais pas encore mais c'est la dernière fois que j'emprunte cette route. Le Dr Penrose est à mes côtés dans le véhicule. Il m'explique que je n'ai pas perdu connaissance longtemps.

— Tout va bien, Agatha. Vous êtes en sécurité. Votre bagage a été chargé.

— Et Max ?

— Max aussi. Il va bien. Il a déjà pu nous expliquer ce qu'il s'est passé. Il est dans l'autre voiture avec Narracott qui a encore des questions à lui poser.

— Mais où allons-nous ?

— À Bagdad. Vous, au Zia Hotel. Votre mari au Royal Hospital. Nous devons être sûrs qu'il va bien. Il va passer des examens complémentaires.

— Et Kate ?

— Elle est aussi en route pour l'hôpital.

Je me relève d'un bond.

— Mais elle ne peut pas être au même endroit que Max… Elle a voulu le tuer…

— Calmez-vous, Agatha. Tout va bien. Ils ne seront pas dans le même service. Et Mrs Woolley est sous la garde d'un policier. Mais elle a besoin de soins. Ses nerfs semblent avoir définitivement lâché quand elle a su que votre mari avait été retrouvé vivant. Vous pourrez en tout cas remercier messieurs Whitburn et Rose. Vous vous êtes évanouie quand vous avez vu votre mari. C'est eux qui vous ont ramenée au camp et ont prévenu les autorités. Enfin, et cela va certainement vous rassurer, une enquête a été ouverte pour enlèvement et séquestration.

Ce flot d'informations me rassure mais ne m'apporte pas de réponses sur les circonstances dans lesquelles Max a pu se retrouver en haut de la ziggourat. Je doute que Kate ait eu la force de tirer le corps de mon mari sur autant de mètres. C'est totalement ridicule et de toute façon impossible. Penrose semble deviner le cheminement de ma pensée.

— Vous vous demandez comment votre mari a pu se retrouver ainsi vêtu et sans connaissance dans ce temple ? Et bien c'est un drôle de concours de circonstances qui, je dois dire, a joué en faveur de Mrs Woolley mais pas en celle de Mr Mallowan. Dans un premier temps, sachez que votre époux a été attaqué en quittant Damas par un groupe de pillards qui lui ont volé toutes ses affaires. Cela arrive malheureusement souvent. C'est ainsi que des bédouins lui ont prêté des vêtements. Quand il est arrivé à Ur, il n'a pas eu le temps de passer d'autres vêtements qu'il aurait pu emprunter à Mr Rose ou Mr Whitburn car Kate l'a persuadé de la rejoindre en haut de la ziggourat pour lui montrer, prétendait-elle, une découverte de Leonard Woolley. Cette découverte, disait-elle, était si extraordinaire que des voleurs ne tarderaient pas à s'en emparer.

— Mais elle aurait pu demander à Rose ou Algy d'y aller ?

— C'est ce que lui a dit votre mari. Mais elle a rétorqué qu'elle n'avait pas confiance. Elle suspectait un des membres du camp de voler dans l'entrepôt depuis des mois. Elle ne voulait parler à personne de cette « extraordinaire découverte ». Quant à Leonard, il était déjà très gravement malade. Il ne pouvait plus ni parler ni se déplacer aussi loin… le thallium avait déjà commencé son travail, car l'autopsie a confirmé sa présence dans son organisme, comme vous l'aviez pressenti. C'est donc bien le poison qui lui a ôté définitivement la vie deux jours plus tard, le jour de votre arrivée au camp. Mais revenons à Max. Kate le supplie donc de l'urgence de grimper en haut du temple pour récupérer ce fameux vestige. Votre mari… votre mari semble très aimable et galant… il accepte de la suivre à peine arrivé. Il ne prend pas le temps de se changer. Ensuite, nous pensons qu'elle lui a fait boire un puissant somnifère car votre époux ne se souvient plus de rien et Mrs Woolley refuse de s'exprimer. Pour tout vous dire, elle refuse de parler depuis que l'inspecteur Narracott l'a interrogée sur l'origine des lettres anonymes dans sa chambre ainsi qu'au sujet de la mallette de votre mari. Et je ne pense pas qu'elle pourra s'exprimer avant longtemps. Après ses crises de démence, elle est tombée dans un mutisme qui relève désormais de la psychiatrie. C'est pourquoi, en attendant la fin de l'enquête, et en accord avec l'inspecteur, nous avons décidé de la faire interner au Royal Hospital plutôt que de la placer en cellule. Ce qui ne ferait qu'aggraver son état.

Je reste sans voix à l'annonce de toutes ces nouvelles, mais je suis enfin soulagée. Max va bien et c'est le principal. Nous allons pouvoir reprendre le cours normal de notre vie, de notre voyage de noces. Quant à Kate, j'avoue que je suis partagée entre la tristesse et le dégoût. Comment une femme aussi brillante a-t-elle pu imaginer une pareille machination et accomplir des actes aussi terribles ?

Le Dr Penrose semble le deviner :

— Vous songez à Kate ?

— Oui, dis-je doucement. On ne peut pas la laisser tomber comme ça. C'est une femme si intelligente, si douée. Elle adorait ce qu'elle faisait avec Leonard. Je ne comprends pas ce qui a pu la conduire à ces actes terribles.

— Je suis de votre avis. Ce n'est pas une femme mauvaise. Ce sont ses pulsions qui l'ont fait chavirer. Elles étaient en elle depuis longtemps. Depuis toujours même. Leonard a dû faire quelque chose qui a tout déclenché à nouveau. Leur couple n'allait pas bien, ai-je cru comprendre.

— Il voulait qu'elle se conduise comme une véritable épouse, dis-je à voix basse.

— Qu'entendez-vous par là ?

— Vous savez bien, Dr Penrose… qu'elle accomplisse ses devoirs conjugaux… mais elle refusait qu'il la touche… Vous

vous souvenez. C'est ce qu'elle disait dans son délire. Tous les hommes qui la touchent meurent… Son premier mari et désormais Leonard.

— Oui et tout le problème vient de là. Maintenant que nous connaissons son problème de malformation, tout s'explique. Nous savons pourquoi elle ne supportait pas que Leonard la touche. Elle voulait lui cacher cette anomalie congénitale comme elle l'avait fait avec son premier mari. Elle a dû beaucoup souffrir pour que cela la conduise au meurtre.

— Et c'est ce qui explique qu'elle faisait chambre à part avec son mari et que c'était une clause qu'elle avait exigée dans son contrat de mariage. Imaginez comme cela devait être important pour elle pour qu'elle le fasse retranscrire noir sur blanc dans un document officiel. Que pouvons-nous faire pour l'aider ? Si elle est accusée de deux meurtres et d'une tentative d'enlèvement, elle risque la peine de mort.

Le Dr Penrose hoche la tête d'un air grave :

— Il faudra prouver la psychose. Car c'est bien une psychose qui l'a fait agir ainsi. Ou quelque chose qui y ressemble. Mais il va falloir le prouver et cela ne va pas être facile.

Je le regarde à mon tour avec des yeux étonnés :

— Il me semble pourtant qu'il est très facile de prouver que Kate n'avait plus toute sa tête…

— Sauf qu'elle prétend le contraire ! Elle refuse de se considérer comme malade, comme elle refuse d'aborder le problème de sa malformation. Ce sujet est si tabou pour elle qu'elle réussit à le faire disparaître. Il n'existe pas !

— Cela est possible ?

— Avec l'inconscient tout est possible, chère Agatha. Vous êtes bien placée pour le savoir.

— Ah, si Freud était là… soupiré-je. Il nous dirait quoi faire !

— Je vous l'ai dit, il est beaucoup trop malade. Mais je sais qui pourrait nous aider.

42

L'Express du midi – 31 janvier 1931
Sur les routes d'Orient : Que s'est-il vraiment passé sur le site d'archéologie de Ur en Irak ?
Par Caroline Leblanc, envoyée spéciale à Bagdad.

La semaine dernière, on apprenait le décès brutal du grand professeur d'archéologie anglais Leonard Woolley. Cette fois-ci, c'est son assistant, Max Mallowan, qui a été retrouvé inconscient au sommet de l'un des temples du site de Ur. Le mystère règne quant aux circonstances liées à ces deux événements dignes d'un roman policier. Or, justement, il s'avère que l'archéologue Max Mallowan est depuis moins de six mois marié avec la célèbre romancière anglaise Agatha Christie, présente à Ur au moment des deux drames. Votre envoyée spéciale, Caroline Leblanc, s'est rendue sur place pour recueillir le témoignage de celle que l'on commence à surnommer à Londres la reine du crime en raison du succès de ses romans…

Je replie le journal que vient de me tendre la jeune Caroline Leblanc. Il est daté de plus de dix jours. Juste avant son départ de France, j'imagine. Je la regarde avec des yeux qui sont censés traduire ma désapprobation. Mais je ne l'impressionne pas du tout.

— Alors, Mrs Christie, ou plutôt devrais-je dire Mrs Mallowan, que pensez-vous de cette affaire, vous, la spécialiste des énigmes policières ? Avez-vous des pistes à livrer aux lecteurs de *L'Express du midi* ? Katharine Woolley est-elle vraiment la principale suspecte ?

Caroline Leblanc est arrivée depuis vingt-quatre heures à Bagdad et elle me suit partout et insiste lourdement pour que je lui accorde une interview. Elle a pu négocier auprès de son rédacteur en chef un nouveau reportage en Irak « désormais pour la rubrique faits divers », tient-elle à préciser. Or, même si je suis ravie de constater qu'elle est en pleine forme, je ne vois pas ce que je peux lui dire au sujet de Katharine qui ne soit confidentiel.

Katharine va très mal et Penrose et moi tentons de la protéger de la presse comme de la police. Je répète à Caroline que je ne veux pas m'exprimer dans cette affaire qui est en cours, mais elle n'en tient absolument pas compte. Elle veut envoyer à son rédacteur en chef aujourd'hui même par câble son premier sujet.

Elle me propose un petit jeu qui consiste à l'écouter en silence. Je la laisse parler :

— Je vous lis mon article et vous me faites signe de la tête si j'écris une bêtise ! Vous hochez de la tête de bas en haut si c'est exact, de gauche à droite si cela est faux… Cela vous va comme ça, Mrs Christie ?

— Mrs Mallowan.

— Oh, laissez-moi vous appeler Mrs Christie ! C'est beaucoup plus excitant ! J'ai l'impression d'avoir Hercule Poirot en face de moi pour m'aider ! Donc nous sommes d'accord ! Vous remuez la tête ! Comme ça vous ne trahissez personne !

Cette petite journaliste française n'a pas changé. Elle ne lâche jamais quand elle a une idée en tête. En plus de ça, elle est futée. Elle a réussi à s'installer dans le même hôtel que moi en négociant le prix de sa chambre. Pour ça, elle a promis de dire le plus grand bien de l'établissement dans les colonnes de son journal. Et alors qu'elle continue à voix haute la lecture de son projet d'article, je ne peux que constater qu'elle tient ses engagements.

— « *… celle que l'on commence à surnommer à Londres la reine du crime en raison du succès de ses romans nous reçoit dans l'une des merveilleuses chambres du Zia Hotel, idéalement placé dans Bagdad. C'est ici que tout touriste devrait descendre pour se plonger dans l'ambiance de l'Orient mais en restant à l'abri des tumultes de la ville. Bagdad ne semble en effet jamais se calmer entre ses vendeurs ambulants qui crient sans discontinuer et les klaxons des voitures qui vous assourdissent. Au milieu de ce vacarme, le Zia Hotel est une oasis de paix et de silence…* »

Bien que je refuse de m'exprimer sur le contenu de son article, je ne peux m'empêcher de remarquer :

— Vous ne trouvez pas que vous y allez un peu fort, Caroline ? Votre article va finir par ressembler à une annonce publicitaire !

— J'ai hérité d'une suite royale ! Il faut bien que je me montre à la hauteur. Et puis vous ne voulez rien me dire au sujet de Katharine Woolley et ses motivations criminelles… Il faut bien que je meuble pour remplir les pages de mon journal. Mon rédacteur en chef ne m'a pas envoyée ici en vacances, vous savez ! Il veut des faits et si ce n'est pas vous qui m'aidez, il faudra que je trouve quelqu'un d'autre.

— Je vous l'ai dit, Caroline. Je ne sais rien.

— Je ne vous crois pas, Mrs Christie. Vous êtes bien trop intelligente pour ça. Et d'ailleurs, pourquoi êtes-vous revenue à Ur alors que vous étiez en plein voyage de noces à Athènes ? Voilà déjà une première partie de l'énigme que je dois résoudre. Sauf si vous me dites pourquoi ?

— Vous êtes décidément trop curieuse, Caroline. Aujourd'hui, je n'ai pas le temps de vous parler. Je dois aller à l'hôpital voir Katharine. Je retarde ce moment depuis notre arrivée mais j'ai décidé de me faire violence. Elle a besoin qu'on l'aide, pas qu'on la juge.

— Je vous trouve bien clémente. Elle a quand même essayé de supprimer votre mari.

— Elle a des circonstances atténuantes.

Caroline Leblanc fronce ses larges sourcils et me regarde tout à coup droit dans les yeux.

— Vous, vous savez quelque chose que je ne sais pas ! Alors je répète ma question : pourquoi êtes-vous revenue à Ur alors que vous étiez en plein voyage de noces à Athènes ?

— Je n'ai pas le temps, Caroline. Je suis désolée.

— Je vous accompagne. Vous me raconterez en chemin. Vous ne m'avez pas tout dit. Vous vous êtes trahie. Vous ne pouvez plus reculer.

— Comment ça je me suis trahie ?

— Vous voulez l'aider. C'est une criminelle mais vous voulez l'aider. Cela veut dire que vous lui trouvez des circonstances atténuantes. Mais lesquelles ?

Je ne dis plus rien. Je passe une veste et me coiffe d'un chapeau à large revers pour me protéger du soleil. Caroline Leblanc m'imite et ne me laisse pas le choix de sa compagnie. Dehors, les bruits de la ville nous surprennent et je dois bien convenir que la description du Zia Hotel, « oasis de paix et de silence », est tout à fait bien trouvée. Dans les rues, la poussière est partout et se soulève dès qu'une automobile passe. Je me protège le visage avec mon foulard. Caroline Leblanc remonte son col de veste. Nous nous faufilons à travers la foule, à la recherche d'un taxi qui pourra nous conduire au Royal Hospital qui se trouve de l'autre côté des berges du Tigre. Nous traversons le marché aux oiseaux et les cris des volatiles conjugués aux annonces des vendeurs rendent vaine toute discussion.

— Je crains qu'ils nous soient impossible d'échanger en extérieur. Je ne m'entends même pas parler, crié-je à Caroline avec un large sourire.

— Je sais que ça vous arrange mais je ne vous lâcherai pas, Mrs Christie, je suis patiente vous savez ! J'ai tout mon temps…

J'admire les colombes qui, ici, sont presque considérées comme des animaux sacrés, puis nous quittons le marché aux oiseaux et passons maintenant devant une magnifique mosquée dont le minaret et le dôme se dessinent dans le ciel. Quel splendeur que l'art islamique, me dis-je pour moi-même. Nous continuons finalement notre route à pied, laissant passer les taxis, découvrant, Caroline comme moi, vraiment pour la première fois la ville des califes. Jusqu'à présent, je n'avais fait que traverser la cité en autocar pour me rendre à Ur. Nous passons devant un groupe de jeunes gens brandissant des pancartes écrites en arabe et que nous ne pouvons pas comprendre. Je suggère à la journaliste que ce sont des revendications politiques et elle me le confirme :

— Les jeunes Irakiens sont pressés de quitter le système de protectorat que leur impose votre pays. Ils réclament l'indépendance.

— C'est donc ça. J'avoue que je ne suis pas très au fait de ces troubles politiques.

— Vous savez quand même que les Britanniques tirent les manettes de tout ce qui se passe ici ?

— Oui, oui, bien sûr.

Les rives du Tigre nous apparaissent et nous décidons de traverser le pont toujours à pied, l'hôpital se trouve juste de l'autre côté. Là, sur les docks, des bateaux chargés de melons d'eau attendent qu'on les achète. Quand nous arrivons devant l'hôpital, je suis épuisée et en sueur. J'ai même peur de défaillir. Je dois bien reconnaître que je n'ai plus l'énergie d'une jeune fille. Cela m'apprendra à vouloir faire l'intéressante. Je m'assois sur un banc pour reprendre mon souffle. Mes pieds me brûlent. Une fois d'aplomb, je me fais indiquer par l'accueil le numéro de chambre de Katharine. Je demande à Caroline Leblanc de m'attendre dans le hall. Je veux être seule.

C'est avec beaucoup d'émotion que je rentre dans la chambre de Katharine. Paraissant toute petite au milieu de son lit, elle a les yeux fermés et elle semble profondément endormie. Je prends une chaise et la rapproche. Je m'assois et je reste là silencieuse à la regarder quand enfin je me décide à parler. Je sais que mon amie ne peut pas m'entendre mais je ressens le besoin de me justifier au sujet de mon mariage avec Max.

Quand je ferme la porte de la chambre de Katharine, j'ai les yeux rougis. À mon retour dans le hall de l'hôpital, Caroline le remarque immédiatement.

— Cela a été éprouvant, j'imagine, dit-elle en me prenant par le bras. Nous allons rentrer en taxi. Maintenant, vous allez tout me dire. Pourquoi êtes-vous dans cet état ? Que devrais-je savoir que je ne sais pas ?

— Je ne peux pas vous le dire, Caroline. Croyez bien que je suis désolée. C'est une information confidentielle. Aux yeux de la justice comme de la médecine.

— Katharine Woolley est malade ?

— Tout ce que je peux vous dire, c'est que l'avocat de Katharine va plaider la folie, ce qui sera confirmé par le Dr Penrose qui est appelé à témoigner dans cette affaire.

— Tout comme vous.

— Tout comme moi.

Un taxi s'arrête et nous nous y engouffrons. La radio diffuse une musique orientale qui résonne dans l'automobile. Tout à coup, une vague de tristesse me traverse. Comment en sommes-nous arrivés là ? Katharine, Max et moi… Le professeur Woolley… Pourquoi tout ce gâchis ?

— Katharine Woolley est affectée depuis sa naissance d'une malformation congénitale utérine, dis-je d'une voix sourde à ma voisine de voiture.

Caroline Leblanc se retourne d'un bond vers moi et me regarde les yeux écarquillés. Je continue :

— D'un point de vue anatomique, cela signifie qu'elle n'est dotée ni d'un appareil reproducteur féminin ni d'un appareil reproducteur masculin.

— C'est ce que le corps médical appelait l'hermaphrodisme au XIXe siècle ? m'interroge Caroline Leblanc.

— C'est exactement ça, dis-je avec un soupir, soulagée de ne pas avoir à en dire plus sur le sujet.

Après ça, Caroline Leblanc garde le silence. Elle semble réfléchir. Puis elle s'exclame :

— C'est donc pour ça que ses relations avec les hommes étaient si compliquées. Car j'imagine que toute sexualité lui était interdite.

— Je pense qu'elle a vécu un enfer dans sa vie de femme. Seule avec son terrible secret qu'elle ne pouvait partager avec personne.

— Et c'est elle qui vous l'a dit ?

— Non. Depuis que l'on a retrouvé Max, elle refuse de parler. Elle est en état de sidération selon le Dr Penrose.

Les mots que je viens de prononcer résonne en moi pendant quelques secondes. Depuis que l'on a retrouvé Max, elle refuse de parler. Depuis que l'on a retrouvé Max… mais ne serait-ce pas plutôt depuis que Katharine sait que son secret est connu ? C'est cette révélation qui l'a plongée dans le mutisme. Le fait que nous sachions. Preuve du pouvoir dévastateur de cette tare physique sur son psychisme.

43

Trois jours ont passé depuis que nous sommes à Bagdad et Katharine Woolley est toujours plongée dans un mutisme très inquiétant. Elle est accusée d'enlèvement, séquestration et tentative d'homicide volontaire. Cela s'ajoute aux soupçons qui pèsent sur elle concernant le décès par empoisonnement de son premier mari. En ce qui concerne Leonard Woolley, de grosses suspicions pèsent sur elle. Même si pour le moment il n'a pas été prouvé que c'est elle qui a servi du thallium au professeur. Cependant, avouez que cela fait déjà beaucoup pour une femme aussi fragile que Kate. Par ailleurs, si nous étions en Angleterre, nous pourrions envisager une défense digne de ce nom, trouver un avocat pour la défendre, mais ici à Bagdad, c'est la peine de mort qui l'attend sans aucun doute et c'est ce qui inquiète le docteur Penrose alors que nous nous retrouvons pour prendre le thé au bar du Zia Hotel.

— Cette femme n'est pas une meurtrière. Cette femme est malade, me dit-il, soucieux.

— Kate est quand même accusée de deux meurtres et d'un enlèvement…

— Rappelez-vous, Agatha, lorsque vous étiez accusée de meurtre, il y a quatre ans. Que se serait-il passé si vous n'aviez pas pu vous défendre ? me questionne Penrose.

Je soupire. Je sais qu'il a raison. Kate n'est pas une criminelle ordinaire. Il y a une explication derrière ses actes. Mais en gardant le silence, malgré nos tentatives pour lui faire recouvrer la parole, elle ne nous aide pas. Il semble que c'est désormais à nous d'amener la preuve qu'il existe des circonstances atténuantes si nous ne voulons pas que la Cour des peines de Bagdad ordonne la pendaison. D'autant plus que la justice est particulièrement sévère ces derniers mois en raison des revendications d'indépendance d'une partie de la population, m'apprend le Dr Penrose qui est si morose qu'il ne touche même pas aux sucreries qui accompagnent notre thé. Le site de fouilles de Ur n'est en effet pas le seul à avoir subi des turbulences. Dans le reste de l'Irak aussi, on ressent des secousses. La colère gronde dans les villes.

— Mais l'affaire qui nous intéresse n'a aucun rapport avec l'indépendance de l'Irak ?

— Certes. Mais les relations entre le gouvernement irakien et les fonctionnaires britanniques sont de plus en plus tendues. L'Irak veut montrer qu'il est prophète en son pays… D'ailleurs, Narracott a été dessaisi du dossier.

— Comment ça ?

— J'imagine que quelqu'un de haut placé a dû trouver qu'un tribunal irakien rendrait une sentence plus juste qu'un juge anglais…

— Si je ne me trompe pas, ce n'est pas bon signe pour Kate ?

— Vous ne vous trompez pas. Le climat politique actuel est très instable et donc celui de la justice l'est tout autant. Cela ne joue pas en faveur de votre amie. Je dirais même qu'il serait prudent de quitter rapidement ce pays. C'est la police de Fayçal qui va reprendre le dossier. Même si c'est un bon roi, il a été installé là par les Anglais et les Irakiens en ont marre d'être sous la tutelle des *british* qui se mêlent de tout.

— Vous croyez vraiment ?

— Vous verrez que, dans peu de temps, les fonctionnaires britanniques seront chassés. Il y a eu des manifestations dans la rue ces derniers jours…

— J'ai vu des hommes avec des pancartes en allant à l'hôpital… Mais Kate peut-elle quitter l'Irak sans être inquiétée ?

— Je pourrais avancer des raisons médicales pour justifier son transfert.

— Et où irait-elle ?

— En Grèce, à Athènes, me répond Penrose sans aucune hésitation.

Il semble avoir réfléchi à ce plan bien avant notre conversation. Il poursuit :

— Il y a une personne actuellement là-bas qui pourrait l'aider à aller mieux et à s'expliquer pour se défendre.

— Et qui est cette providentielle personne ? demandé-je, très étonnée.

— Il s'agit d'une femme brillante, Marie Bonaparte. C'est une fidèle disciple de Freud. Elle a œuvré à la création de la Société psychanalytique de Paris, il y a quatre ans de cela. Elle a aussi créé une revue dédiée à la psychanalyse. Elle traduit actuellement en français l'œuvre de Freud.

— Eh bien, dites-moi, quelles références en effet ! C'est une vraie passionnée de psychanalyse.

— Plus que vous ne le pensez. Cette femme est brillante, je vous l'ai dit. Et Freud est du même avis que moi. Je pense qu'elle pourrait nous être d'une aide précieuse car elle s'intéresse de très près aux problématiques de la sexualité féminine.

— Et qu'est-ce qui l'amène à Athènes ?

— Marie Bonaparte est aussi accessoirement princesse de Grèce. D'où sa visite actuelle.

— Alors partons au plus vite ! Max et moi avions de toute façon l'intention de retourner au Grande-Bretagne. Toutes nos affaires sont là-bas.

— Partez devant tous les deux et laissez-moi régler les détails du transfert de Mrs Woolley. Je vais demander à l'inspecteur Craddock d'appuyer ma demande et assurer à la police irakienne qu'il ne s'agit pas d'une évasion.

J'acquiesce au projet du Dr Penrose. J'ai moi-même hâte de quitter Bagdad et cette ambiance angoissante qui ne fait que croître à l'idée que Katharine Woolley pourrait être pendue.

44

Notre chambre au Grande-Bretagne est telle que je l'ai laissée en partant il y a deux semaines. Bien sûr, le lit a été refait et un chiffon passé sur les meubles et le miroir de la salle de bain. Je retrouve avec plaisir mes affaires. Je ne peux plus supporter cette robe que je porte depuis quinze jours ! Je risque même de m'en séparer.

Maintenant c'est un sujet très délicat que je vais devoir aborder dans les pages qui suivent mais il le faut pour une bonne compréhension de ce récit. Mais aussi parce qu'il y va de la vie de Katharine Woolley. Je repousse ce moment depuis plusieurs chapitres, mais à présent nous y sommes et je dois parler avec vous de sa sexualité.

Aucun de mes romans n'aborde ce genre de sujet, et pour cause, je trouve cela très déplacé, mais cette fois-ci, je ne peux pas faire autrement. De plus, je ne suis pas dans un de mes romans, je suis dans la vraie vie. Et dans cette vraie vie, mon amie Kate a besoin d'aide.

C'est grâce au témoignage d'Alix Rose que le Dr Penrose a pu confirmer une intuition qu'il avait depuis plusieurs jours, m'explique-t-il maintenant que nous sommes installés au bar de cet hôtel merveilleux qu'est le Grande-Bretagne. L'intuition de Penrose est née quand je lui ai parlé de la terreur de Kate à l'idée d'être touchée par son mari. Par ailleurs, il avait bien noté qu'ils ne faisaient pas chambre commune.

— Ce deuxième point était si important qu'il faisait partie d'une clause de leur mariage, comme vous me l'avez appris, Agatha.

Penrose a tout à fait raison : « Tu savais très bien ce que tu faisais en m'épousant. Tu l'avais accepté dans notre contrat », avais-je entendu dire Kate ce soir où le couple se disputait dans la chambre au mur fin comme du papier à cigarette, comme on dit. Sauf que là, ce n'était pas une figure de style. On entendait en effet tout.

— J'ai pensé au départ que votre amie avait une phobie des hommes, ce qui est le cas de certaines femmes et souvent une importante source de souffrance, m'explique désormais Penrose. J'imagine que vous êtes au courant des théories de Freud sur la question.

— Vaguement. Je ne me suis jamais vraiment intéressée à cette thématique… dis-je en mentant un peu.

En réalité, ces histoires de sexualité me mettent tellement mal à l'aise que je préfère souvent esquiver le sujet.

— C'est bien dommage. C'est un terrain d'étude passionnant. Mais il est vrai encore particulièrement tabou. Mais bon. Pour ce qui concerne Katharine Woolley, il s'agit encore d'autre chose, comme nous l'avons appris. Sa peur des hommes est due à son anomalie physique, qu'elle a toujours cachée.

— Mais où voulez-vous en venir exactement, Dr Penrose ?

— J'enquête, ma chère Agatha, j'enquête comme le font vos personnages. Car tant que Katharine Woolley restera dans son mutisme, nous ne pourrons pas savoir ce qu'il s'est passé avec Leonard Woolley comme avec votre mari. Or la clef de cette énigme se trouve dans la sexualité de Katharine Woolley. C'est pourquoi je vous propose que nous rencontrions au plus vite Marie Bonaparte qui pourra nous aider à mieux comprendre le comportement de votre amie. Car, comme vous le savez, je suis psychiatre et donc beaucoup plus familier avec les méandres de l'esprit que ceux du corps. Marie Bonaparte connaît les deux versants. L'aspect psychique comme l'aspect physique. C'est une spécialiste de l'anatomie génitale. Du clitoris en l'occurrence.

— Je vous fais confiance, docteur. Mais je ne crois pas que cela soit très correct que nous ayons ce genre de discussion ensemble.

Le Dr Penrose part dans un grand éclat de rire qui me laisse sans voix. Ce que je viens de dire n'a rien de comique.

— Vous êtes surprenante, Agatha. Vous tuez à tour de bras dans vos livres. Vous étranglez, vous empoisonnez, vous poignardez et tout cela sans aucune gêne. Mais que l'on en vienne à parler de sexe et vous vous effarouchez… Vous savez, nous sommes en 1930, plus à l'ère victorienne ! Les études sur la sexualité sont reconnues par les plus grands spécialistes, Freud en premier, comme fondamentales du cycle de la vie car ce sont ces questions qui définissent notre rapport au monde, au plaisir et au désir…

— Je vous crois sur parole, docteur, mais je ne souhaite pas en savoir plus…

Je me sens rougir comme une jeune vierge et cela m'énerve d'autant plus. J'ai 45 ans, pas 18 ans ! Je tripote nerveusement l'anse de ma tasse de thé. Mais trop tard pour chercher à cacher mon malaise. Penrose n'est pas dupe. Max nous rejoint à point nommé pour que nous changions de conversation ! Mon mari a désormais recouvré une santé parfaite et revient d'une visite à un grand collectionneur d'art grec qui a pour ambition d'ouvrir un grand musée d'histoire à Athènes. Il est encore tout excité de cette récente discussion. Je le retrouve bien là.

— Mr Penrose ! Agatha ! M'autorisez-vous à me joindre à vous… et je vous en prie… Ne vous interrompez pas pour moi… De quoi parliez-vous ?

Ni Penrose ni moi-même n'osons répondre.

45

Nous avons rendez-vous avec Marie Bonaparte au bar du Grande-Bretagne où nous avons réservé une table un peu à l'écart avec trois confortables fauteuils. Penrose m'apprend en effet que le palais de Tatoï qui appartenait à la famille de son mari, Georges de Grèce, leur a été confisqué. Depuis, la princesse dort sur un yacht amarré au Pirée quand elle vient à Athènes. Je me dis qu'il y a plus triste sort. Elle nous a proposé de la rejoindre sur son bateau mais j'ai bien sûr refusé. Ce maudit mal de mer… Marie Bonaparte a donc accepté de se déplacer jusqu'à nous.

Quand elle pousse la porte battante du bar, notre invitée affiche un air décidé en se dirigeant vers nous. Habillée tout en noir, seul un long collier de perles vient apporter un peu de fantaisie à sa silhouette. Physiquement, c'est une femme plutôt grande et élégante avec des cheveux bruns ondulés et coupés au carré.

Qui eut cru qu'une princesse s'exprimait comme une chiffonnière ! Car c'est bien ce que je découvre alors que Marie Bonaparte s'effondre dans un fauteuil après nous avoir salués. Elle accompagne son geste d'une grand souffle :

— Je suis littéralement épuisée ! On dort très mal sur ce yacht et ma dernière opération ne s'est pas bien passée du tout. Cela m'a énormément fatiguée. Quel enfer faut-il subir pour arriver un jour à avoir du plaisir ! J'espère, Mrs Mallowan, que vous n'avez pas de problèmes de ce côté-là ! Moi, on a beau me déplacer le clitoris, rien ne se passe ! Toujours cette satanée frigidité !

Je crois m'étouffer. Je ne connais cette femme que depuis quelques minutes et elle me fait partager son intimité avec un manque de pudeur que je n'oserais même pas imaginer avec mon propre mari. Penrose vient à ma rescousse.

— Oui, chère princesse, je suis au courant de vos souffrances. Notre ami commun, le professeur Freud, m'a parlé de votre combat. Je vous remercie d'autant plus d'avoir accepté notre invitation dans une période aussi compliquée pour vous.

— Je suis en effet venue ici pour me rétablir. L'air de la Grèce et son climat, il n'y a pas mieux pour retrouver de l'appétit pour l'amour. Mais oublions mes orgasmes ! Parlez-moi plutôt de cette femme ! Vous avez attisé mon intérêt comme vous pouvez vous en douter. Être entre deux sexes ! J'ai moi-même souvent ce sentiment d'avoir un cerveau d'homme dans un corps de femme…

— Disons que dans le cas de Katharine Woolley, qui est donc la dame en question, c'est différent car elle n'a ni un sexe de femme ni un sexe d'homme… et cela la perturbe profondément, comme vous pouvez vous en douter.

J'écoute silencieusement le Dr Penrose s'exprimer sur le cas qui nous préoccupe. La simplicité de ses explications, son naturel à les exprimer me laissent sans voix. Comment fait-il ? Pour ce qui me concerne, je me sens aussi tendue que la corde d'un arc prêt à décocher sa flèche et cela se voit comme en témoigne la réflexion de notre princesse psychanalyste.

— Mrs Mallowan, je vois que toutes ces questions de pénis et de vagin vous perturbent. Il ne faut pas ! Au risque de passer à côté de votre vie…

— Disons que je suis plus à l'aise avec les histoires de meurtres, dis-je en essayant de faire de l'esprit.

— C'est pourtant, quand on y réfléchit bien, une véritable énigme à résoudre que l'histoire qui régit notre sexualité. Mon cher ami Freud émet beaucoup de pistes mais pour l'heure, il n'a pas réussi à résoudre le grand mystère de la jouissance des femmes… C'est lui-même qui me l'a avoué. Que veut la femme ? C'est la question à laquelle il ne sait toujours pas répondre malgré ses nombreuses années d'observation de la psyché féminine. Quant à moi, je m'intéresse aussi à l'anatomie de la femme. Mais avant de vous en dire plus, c'est à vous de me renseigner davantage sur cette mystérieuse patiente.

Penrose se tourne vers moi :

— Agatha, Katharine Woolley est votre amie. Je vous laisse nous la présenter, m'invite-t-il.

Je réfléchis quelques secondes pour savoir par où commencer. Cette princesse a le chic pour me faire perdre mes moyens.

Je me sens telle une vieille fille ignorante confrontée à un monde qui change assurément beaucoup trop vite pour moi. Suis-je donc à ce point démodée pour ce qui concerne les questions de l'amour ? Pour un peu, je me fais l'effet d'être Jane Marple qui affiche quand même trente ans de plus que moi ! J'essaie de me donner confiance et pour cela je m'appuie sur ce que je sais faire : construire des intrigues pour romans à énigme. Sauf qu'ici, le détective qui mène l'enquête a tout d'une psychanalyste. Mais qu'importe, s'il faut ça pour permettre à Kate de ne pas finir sa vie en prison.

— Chère princesse, alors si vous le voulez bien, je vais vous parler de Kate comme si elle était un de mes personnages de roman. Je crois que cela sera beaucoup plus facile pour moi… Voyez-vous, actuellement, elle n'est plus capable de s'exprimer, aucun son ne sort de sa bouche et c'est ce qui rend très difficile de comprendre ce qui a pu se passer ces dernières semaines sur le site de Ur où elle menait des fouilles archéologiques avec son défunt mari, Leonard Woolley.

— Le mutisme est un mécanisme d'auto-défense classique. Même si je n'adhère pas à toutes ces théories autour de la médecine psychosomatique, il faut bien reconnaître que certains événements traumatiques nous coupent le bec ! Mais continuez ! Qu'est-il arrivé à votre bonne femme ?

Une fois de plus, je suis déroutée par le langage de cette princesse, mais je me retiens de m'en formaliser ouvertement.

— Il semblerait donc que Katharine Woolley ait un problème d'ordre physiologique qui soit à l'origine de tout ce qui s'est passé. Or personne ne le savait jusqu'à il y a peu et cela a éclairé d'un tout nouveau jour plusieurs épisodes de sa vie. En premier lieu, le suicide de son premier mari qui serait lié à la découverte de cette anomalie physique… Mais aussi le fait que Kate ne voulait pas que son second mari, Leonard Woolley donc, l'approche. Ils faisaient chambres à part. Là aussi à cause de son… anomalie physique.

— Mais arrêtez de tourner autour du pot, Mrs Mallowan, dites les choses telles qu'elles sont, sinon nous n'allons pas nous en sortir.

Je soupçonne Marie Bonaparte de faire exprès de me déstabiliser mais une fois de plus, je prends sur moi en me disant que je dois bien ça à Kate si je veux l'aider.

— Excusez-moi, chère princesse…

— Tut tut tut, appelez-moi Marie… Pas de chichi entre nous.

Je prends une profonde inspiration et me lance pour expliquer ce qui, à la vérité, me semble inexplicable :

— Eh bien vous le savez… le Dr Penrose vient d'en parler… à savoir que Katharine Woolley présente la particularité de n'être ni un homme ni une femme…

— Ce n'est pas tout à fait ça si vous me permettez… Cela se cantonne au niveau de son sexe. À part ça, dans sa tête, elle est bien une femme, il me semble.

— Oui… mais je vous avoue que cela me laisse très perplexe. Je n'avais jusqu'ici jamais entendu parler de ce genre de problème médical…

— Et c'est bien pour ça que des femmes comme Katharine Woolley, mais aussi des hommes, tombent dans des souffrances horribles qui peuvent les conduire…

— Jusqu'au crime ? demandé-je. C'est bien ce que vous alliez dire ?

— En effet. Jusqu'au crime ou au suicide. Ce qui en soi peut être considéré comme un crime contre soi-même, soupire Marie Bonaparte. C'est une douleur et une honte terribles de ne pas se sentir constitué comme les autres. Et je sais de quoi je parle… Il existe pour autant des solutions dans le cas de votre amie mais étant donné qu'elle gardait cela secret, il y a peu de chance qu'un médecin lui ait parlé d'alternative comme la vaginoplastie…

Je la regarde avec de grands yeux qui témoignent de mon ignorance. Elle complète :

— Il s'agit de vagins artificiels pour que ces femmes qui en sont privées puissent avoir des rapports sexuels normaux, sans souffrance… Sinon c'est une vraie torture. Certains ouvrages médicaux regroupent des témoignages effrayants des douleurs intenables subies par ces femmes en cas de pénétration.

— C'est pourquoi Katharine Woolley se refusait avec une telle obstination à son mari, intervient Penrose. Et c'est pour cette raison qu'elle avait demandé à ce qu'une clause apparaisse dans son contrat de mariage précisant qu'elle ne voulait aucun échange d'ordre intime avec son mari.

Marie Bonaparte balaye l'espace de la main comme si elle voulait en chasser un objet invisible à l'œil.

— La pauvre femme aurait dû comprendre que cela n'est pas vivable. C'est une source potentielle de troubles nerveux. Cela a été prouvé.

— Et cela pourrait-il être considéré comme une circonstance atténuante si l'on en venait à juger Kate pour le meurtre de son mari ? demandé-je, voyant peut-être là un moyen de réduire la peine qu'encourt mon amie.

Dieu sait si je respecte la justice et que je considère que tout criminel doit payer pour ce qu'il a fait. Mais il existe parfois des situations qui peuvent si ce n'est excuser un crime, tout du moins permettre de mieux le comprendre. Et j'ai l'intime conviction que Kate est dans ce cas-là.

Notre princesse reprend le cours de ses explications :

— Il existe en effet très certainement des éléments qui pourraient vous servir à étayer une défense. Je pense à cette thèse de doctorat d'une jeune Roumaine qui a montré que l'absence de vagin comme d'utérus pouvait pousser au suicide. On sait aussi que chez certaines femmes, cette anomalie crée des douleurs tellement intolérables qu'elles préfèrent s'engager dans les ordres. Vous pouvez aussi chercher du côté de ce docteur espagnol du nom de Gregorio Marañón qui a publié un ouvrage relatif à l'intersexualité. Ou l'hermaphrodisme, si vous préférez ce terme plus ancien. J'ai eu la chance de pouvoir consulter la traduction de l'ouvrage de Gregorio Marañón et il pourrait vous intéresser… *L'évolution de la sexualité et les états intersexuels,* c'est son titre.

— Il faudra très certainement procéder à un examen médical si nous avançons sur ce terrain. Le jury voudra être sûr que Mrs Woolley ne dispose pas de vagin, glisse le Dr Penrose.

Je ne relève pas car je sais qu'il a raison, mais je trouve cette idée particulièrement terrible. Et comment demander à Kate de subir cette épreuve humiliante ? Acceptera-t-elle de se prêter à un tel examen ? Il le faudra bien si elle ne veut pas finir sa vie en prison. Marie Bonaparte continue de nous citer des références de livres, des noms de praticiens qui se sont spécialisés sur le sujet. J'apprends ensuite, toujours grâce à notre princesse savante, que l'absence de vagin peut être une cause de divorce devant un juge et que celui-ci peut même en décider l'obligation pour prévenir des pratiques sexuelles jugées déviantes chez un mari… Je me sens à nouveau très gênée.

— Bien entendu, ce genre de décision est là pour satisfaire l'époux… Personne ne se soucie de ce que ressent Madame, vous vous en doutez. La révolution sexuelle et celle du plaisir féminin restent encore à faire ! conclut Marie Bonaparte au terme de nos échanges qui ont duré plus de quatre heures et m'ont totalement épuisée et, je devrais même dire, bouleversée.

Je réalise aussi que la sexualité des femmes est un monde qui m'est totalement étranger.

Reste que désormais Penrose et moi avons les moyens d'organiser la défense de Kate à défaut de réussir à la faire parler à nouveau. Nous décidons avec le docteur d'aller la voir le lendemain à l'hôpital d'Athènes où elle a été transférée. Nous devons trouver un moyen de lui expliquer notre plan d'attaque pour la défendre car la police ne va pas en rester là. Si Leonard Woolley est bel et bien mort et ne pourra plus parler, Craddock a demandé à rencontrer Max pour l'interroger. Connaissant l'inspecteur, je crains le pire.

Nous remercions vivement notre princesse. Je ne suis pas prête d'oublier cette rencontre.

46

Blanche, brûlante et bouillonnante, la ville d'Athènes est telle que dans mes souvenirs, ceux liés à cet été où j'y passai plusieurs semaines. Bien sûr, le Grande-Bretagne où je séjourne aujourd'hui n'a rien à voir avec ce lugubre hôtel face au commissariat de police où Penrose et moi avions été installés la première fois. Et puis, surtout, je suis désormais une femme mariée et heureuse. Comme quoi la vie nous réserve parfois de drôles de surprises ! Qui aurait-cru il y a quatre ans que je me sentirais d'humeur aussi romantique alors que je pensais ma vie amoureuse brisée ? Max est, à l'heure qu'il est, en plein interrogatoire avec l'inspecteur Craddock. J'ai hâte de le retrouver pour qu'il me raconte ses échanges avec la police. Je n'ai aucune inquiétude. Max est le plus diplomatique des hommes que j'ai connus. Et puis, il est une victime, pas un coupable. Craddock ne pourra rien lui reprocher, juste l'interroger sur les événements étranges de ces dernières semaines à Ur. En attendant de nous retrouver ce soir, j'ai proposé au Dr Penrose que nous rendions visite à Katharine. Il a accepté.

— Vous vous souvenez de notre premier séjour ici ? demandé-je au docteur alors que nous nous dirigeons vers l'établissement médical.

— Bien sûr que je me souviens de notre rencontre. Vous et le professeur Freud… Mais cette fois-ci, nous allons devoir faire sans lui et espérer que votre amie Kate se sortira aussi bien que vous du cauchemar qu'elle est en train de vivre.

— Je l'espère car c'est pire qu'un cauchemar. Elle a quand même empoisonné son mari et tenté de le faire avec le mien.

— Ce sont des suppositions, Agatha. Nous n'avons aucune preuve tant qu'elle n'a pas avoué.

— Peut-être, mais tout l'accuse. Ces lettres anonymes qu'elle a elle-même écrites, la mallette de Max dans sa chambre… et nous avons même trouvé un mobile grâce à votre drôle de princesse.

— Vraiment ?

— Cela me semble évident docteur. La peur des hommes…

Une étrange grimace se dessine sur le visage de Penrose, semblant dire qu'il ne partage pas mon point de vue. Mais nous arrivons devant la porte de la chambre de Kate et nous en restons là de notre conversation. Dans la pièce, Katharine Woolley est allongée dans son lit, les yeux grands ouverts, mais aucune expression n'apparaît sur son visage quand elle nous voit entrer. Elle est toujours majestueuse et intimidante mais quelque chose est différent. Elle est très calme par rapport aux dernières fois où je l'ai vue, presque apeurée. Toute son assurance semble s'être évanouie. Lui a-t-on administré un calmant ? Je me rapproche d'elle et prends sa main dans la mienne. Elle ne s'y oppose pas. Elle me regarde avec des yeux tristes mais ne prononce toujours pas un mot. Je lui demande doucement :

— Comment vas-tu Kate ? Est-ce que tu me comprends ? M'entends ?

Kate me fait un signe positif de la tête.

— Kate, il semble que les événements récents t'ont plongée dans un mutisme traumatique. Ce n'est que passager, rassure-toi, mais c'est embêtant car nous aurions bien besoin de savoir exactement ce qui s'est passé…

Kate tourne le visage vers le Dr Penrose. Celui-ci se rapproche :

— Votre amie Agatha aimerait vous aider mais votre silence ne nous permet pas de vous défendre face aux accusations de la police.

Katharine Woolley hausse les épaules, ce que j'interprète comme une forme de résignation de sa part.

— Kate, que s'est-il passé avec Max ? Pourquoi nous as-tu caché qu'il était bien arrivé à Ur ? Pourquoi l'avons-nous retrouvé au sommet de la ziggourat à tel point drogué qu'il en avait perdu connaissance et ne se rappelle de rien ? Et Leonard ? Je ne peux pas croire que tu aies tenté de l'empoisonner. Mais pourtant tout t'accuse… Kate, comment puis-je t'aider si tu ne me parles pas ?

Elle tourne à nouveau son visage vers le mien et plonge son regard dans mes yeux. Je vois des larmes glisser sur ses joues. Cela me bouleverse.

— Kate, parle, je t'en prie.

C'est alors qu'elle lève une main puis une autre pour mimer l'action d'écrire. Je comprends bien entendu immédiatement son intention. Comment n'y ai-je pas pensé plus tôt ! Je fouille dans mon sac pour en sortir un carnet et un stylo. Elle saisit ce matériel et se met à écrire avant de me tendre mon cahier.

« *Aide-moi Agatha* »

Je suis encore plus bouleversée. Il me faut quelques minutes pour reprendre mes esprits.

— Kate, je vais t'aider. Je vais te sortir de là. Mais pour ça, tu dois écrire sur ces pages exactement ce qu'il s'est passé. Et par là je veux dire ce qu'il s'est passé avec ton mari, mon mari, mais aussi ton premier époux. Car oui, la police pourrait aussi enquêter sur son décès. Enfin, Kate, je sais que cela ne va pas être facile mais tu dois aussi nous parler de ton trouble physiologique. Nous sommes au courant, le docteur et moi, et il n'est plus temps de faire preuve de pudeur. Tu dois comprendre que la situation dans laquelle tu te trouves peut te conduire à la prison à vie. Voire pire.

Après ce long discours, j'espère m'être bien fait comprendre de mon amie. C'est le cas mais elle me tend à nouveau mon carnet, me signifiant par là son refus de se confesser.

— Tu dois te défendre, Kate !

Je lui pose le carnet et le stylo sur les genoux et invite le Dr Penrose à me suivre.

— Je reviendrai demain matin, Kate, et je t'engage d'ici là à tout nous raconter si tu ne veux pas finir pendue au bout d'une corde !

Bon, d'accord, j'exagère un peu mais je ne vois que la peur pour la décider. Avant de refermer la porte derrière nous, j'ajoute pour finir de la convaincre :

— Tout ce que tu écriras restera entre nous deux, je te le jure sur la tête de ma fille Rosalind. Mais au moins, je saurai comment t'aider et te constituer une défense.

Dans le couloir de l'hôpital, Penrose s'exprime pour la première fois.

— Vous croyez qu'elle va accepter ?

— Je n'en ai aucune idée. C'est une femme très têtue. En temps normal, il est presque impossible de la faire changer d'avis.

— Espérons que cette fois-ci, elle fera une exception.

Nous quittons l'hôpital et, à ma grande surprise, j'aperçois Caroline Leblanc se diriger vers nous. Je l'avais complètement oubliée ces derniers jours, toute occupée à mes retrouvailles avec Max, mais aussi notre arrivée à Athènes. Et je ne vous ai pas dit : nous avons voyagé en avion ! J'adore l'avion et vous imaginez ma joie quand le Dr Penrose a suggéré que Max et moi empruntions la compagnie Air Union pour rejoindre au plus vite Athènes. Pas de problème de mal de mer avec ce genre de transport ! Max n'était pas vraiment pour, mais le docteur l'a rassuré : « Ce sont des trimoteurs Farman de type F 30 qui ont fait leurs preuves. Les pilotes justifient tous d'au moins 6 000 heures de vol ! », a-t-il vanté d'un air très assuré. Et il est en effet très renseigné en tant qu'amateur d'aviation. C'est ainsi qu'il nous a appris que jusqu'à il y a deux ans, cette ligne de l'Air Union qui effectue le trajet Marseille-Saigon, avec une escale à Bagdad, était réservée au courrier postal. Mais aujourd'hui, elle s'ouvre au voyage de tourisme et peut accueillir jusqu'à huit passagers pour chaque trajet. J'ai passé mon vol le nez collé au hublot, à rêvasser. Cet espace clos a fait bouillonner mon imagination. La cabine d'un avion est un endroit tout trouvé pour planter un décor de meurtre énigmatique et écrire un huis clos. Si je devais imaginer une telle intrigue, le meurtrier aurait intérêt à être très rusé. Car cela suppose pour lui d'assassiner devant tous les autres passagers ! « Meurtre dans les nuages »… Cela ferait un très bon titre. Ou pourquoi pas « La Mort dans les nuages ». Il faut que je note ces idées dans mon journal pour y penser le moment voulu. En attendant, je suis persuadée que notre jeune journaliste a dû emprunter un de ces vols en aéroplane pour nous rejoindre aussi vite. Je lui pose la question :

— Caroline Leblanc ! Vous à Athènes ! Vous avez pris l'avion, n'est-ce pas ?

— Exactement. Tout comme vous. Mais le vol suivant, en compagnie du Dr Penrose et de sa patiente. Vous ne croyez quand même pas que vous alliez me semer à Bagdad ! Mon rédacteur en chef est passionné par ce qui se passe ici. Il m'a autorisé à rester une semaine de plus ! Il veut que j'enquête ! Vous voyez ce que je veux dire, Mrs Christie !

Je commence à connaître cette jeune fille et je sais qu'elle ne renoncera pas facilement.

— Vous êtes descendue au Grande-Bretagne ? m'enquiers-je.

— Oh non ! *L'Express du midi* n'avait plus les moyens après mon billet d'avion. Je suis dans un hôtel miteux mais qui a l'avantage d'être juste en face du commissariat de police. De cette façon, je peux suivre toutes les allées et venues de l'inspecteur en charge de l'enquête. Un drôle de personnage, d'ailleurs.

— L'inspecteur Craddock, dis-je sans préciser que je le connais très bien, lui tout comme l'établissement où elle est descendue.

Elle serait capable de me demander des détails. Cependant, je trouve cette coïncidence plutôt extraordinaire.

— Et qu'avez-vous appris d'intéressant depuis votre arrivée ? tenté-je.

Je lui pose la question par acquit de conscience. On ne sait jamais. Caroline Leblanc détient peut-être des informations qui pourraient m'aider à sortir Kate de ce cauchemar. Je suis bien inspirée.

— Eh bien figurez-vous que j'ai appris une chose étonnante. Le père Legrain aussi était en Égypte quand le premier mari de Katharine Woolley s'est suicidé… Le père Legrain, Les Roses… Difficile de croire au hasard.

— Il ne manquerai plus qu'Algy…

— Je suis justement en train de vérifier. J'attends une confirmation de mon journal.

— Tout ça est très intéressant en effet, dis-je, songeuse.

Qu'est-ce que cela signifie ? Est-ce que tous ces gens se connaissaient à l'époque ou est-ce le hasard qui les a réunis ?

— Peut-être faudrait-il en parler à l'inspecteur Craddock ? ajouté-je après ces rapides réflexions.

— J'ai bien essayé mais il m'a renvoyée dans mes plates-bandes comme on dit en France. Ce policier ne m'a pas l'air très coopératif…

— Ça !

— Mrs Christie, vous qui écrivez des romans policiers, qu'est-ce que cela vous inspire ? Imaginons que vous vous retrouviez face à une telle intrigue ?

— Et bien… Disons que je me dis que lorsque le premier mari de Kate est décédé, personne n'a été inquiété puisque la police a conclu immédiatement a un suicide. Ce qui, en soit, est très étrange car n'oublions pas que ce pauvre homme était en voyage de noces. Mais si cela avait été un assassinat ? Cela signifierait que le coupable n'aurait jamais été démasqué, ou peut-être les coupables… Cela arrive plus souvent qu'on ne le pense. Certains meurtres ne sont jamais élucidés tout simplement parce que l'on n'a jamais soupçonné qu'il s'agissait de meurtres ! Mais si l'on part de l'hypothèse que le premier époux de Kate a été assassiné, alors tout change. On ne voit plus du tout les choses de la même façon. Tout est une question de point de vue en réalité.

En expliquant cela à la jeune journaliste, je repense à mes nombreuses conversations avec le professeur Freud. En psychanalyse aussi, tout est dans la façon de regarder les choses m'avait-il démontré, citant en exemple l'homme presque nu habillé d'un pagne qui pouvait tour à tour être pris pour un fou ou un admirateur de Gandhi.

La découverte de la journaliste me rend bavarde :

— Ma chère Caroline, ce que vous venez de me dire me pousse à croire que le premier époux de Kate pourrait bel et bien avoir été assassiné et non pas par sa femme comme nous le pensons depuis le début. Car c'est une erreur de nous être focalisés sur cette hypothèse dès le départ. Cela nous a privés d'examiner d'autres pistes. Le fait que le second époux de Kate ait aussi perdu la vie et que tous les indices nous poussent à croire qu'elle est la coupable est justement peut-être ce qui doit nous permettre de trouver le nom du meurtrier du premier époux comme du second. Dit comme ça, cela semble un peu compliqué mais l'important est que, moi, je me sois comprise ! Le décès de Leonard doit en effet être l'occasion de réétudier cet ancien dossier concernant la mort du lieutenant-colonel Keeling. Je vous remercie beaucoup, ma chère Caroline. Vous venez de faire avancer l'enquête de façon époustouflante ! Merci encore.

— Comment ça ? Je n'ai rien compris à ce que vous me racontiez.

— Bientôt. Bientôt vous comprendrez. Mais en attendant, je dois trouver le mobile. Nous avons totalement fait erreur avec le Dr Penrose en pensant que Kate avait tué ses deux époux en raison de ses troubles physiologiques. Mais il n'y a pas de temps à perdre. Caroline, je dois vous laisser désormais.

Je suis décidée à prouver l'innocence de Katharine. Je dois retourner tout de suite à l'hôpital, la rassurer. Ensuite, j'irai raconter au Dr Penrose de quoi il retourne. Et Max… pauvre Max… il va penser que je l'abandonne à force de ne pas être à ses côtés après ce qu'il vient d'endurer. Il faut absolument que cette enquête se termine au plus vite pour que je puisse reprendre le cours normal de ma lune de miel avec mon mari parfait !

Je hèle un taxi et lui demande de me conduire à l'hôpital. Une fois dans la chambre de Kate, je constate que celle-ci n'a rien écrit sur le cahier que je lui ai laissé. Ce n'est pas plus mal. Je n'en ai plus besoin et cela l'aurait fait souffrir inutilement. Je range mon carnet dans mon sac.

— Ma chère Kate, je crois que j'ai trouvé comment t'innocenter.

47

L'Express du midi

Sur les routes de l'Orient: La célèbre romancière Agatha Christie au cœur d'une intrigue bien réelle.

De notre envoyée spéciale Caroline Leblanc à Athènes.

Qui a empoisonné le célèbre archéologue Leonard Woolley? Pourquoi a-t-on cherché à faire passer sa femme, Katharine Woolley, pour folle? Le premier mari de celle-ci, le lieutenant-colonel Bertram Keeling, s'est-il vraiment suicidé? Enfin, qui a assommé Max Mallowan, l'assistant de Leonard Woolley et nouveau mari d'Agatha Christie? Autant de questions que la célèbre romancière anglaise a réussi à résoudre en moins de temps qu'il n'en a fallu à l'auteur de ces lignes pour écrire son article. Tel son personnage Hercule Poirot, la créatrice du détective privé belge a pu par déduction remonter le fil d'une enquête sur laquelle butait la police irakienne, tout comme la police grecque. De cette manière, elle a innocenté son amie Katharine Woolley, la malheureuse épouse de deux hommes décédés à plus de dix années d'intervalle. C'était en effet une machination particulièrement perverse qu'avaient organisée les trois auteurs de cette histoire glaçante qui a failli conduire la veuve du professeur Leonard Woolley au bout d'une corde et dont l'état psychiatrique s'est beaucoup détérioré en raison des événements. Les responsables, John-Christopher Rose et sa femme Alix Rose, ainsi que le père Legrain, ont été incarcérés. Tous trois étaient espions au moment des faits qui remontent à dix ans pour le premier dossier. À l'époque, la mort du lieutenant-colonel Bertram Keeling avait été classée dans la catégorie suicide. L'homicide est prouvé maintenant. Tout comme celui de Leonard Woolley. Reste la grande question que vous comme moi, lecteurs, nous posons : quel était le mobile derrière ces deux meurtres ? Eh bien, nous le savons désormais. Il s'agissait d'une sombre intrigue d'espionnage opposant les intérêts français et britanniques à ceux des Allemands et des Turcs… Les recherches menées par Max Mallowan à la demande de Mrs Christie, et avec l'aide de l'inspecteur Craddock de la police grecque, ont montré que la majorité des protagonistes de cette histoire, l'archéologue Leonard Woolley inclus, ont été des espions durant la guerre.

Je redonne à Caroline les feuillets de son article que je relis pour la deuxième fois. Elle m'a demandé de le valider avant de l'envoyer à son rédacteur en chef. J'apprécie son geste. Je lui signale en effet quelques confusions. Mais laissez-moi vous raconter cette histoire telle que je l'ai relatée à Caroline Leblanc afin qu'elle écrive dans son journal un reportage rétablissant la vérité… Car la grande nouvelle, c'est que Kate est innocente! Elle n'a cherché à empoisonner personne. Mais c'est pourtant bien ce que l'on a essayé de lui faire croire... pour rendre folle la malheureuse et l'empêcher de se défendre. Et cela a bien failli marcher!

Le point de départ de cette histoire, c'est en effet elle, Katharine Woolley, et sa malformation congénitale qui va déclencher une suite d'événements menant à l'arrestation des « trois escrocs ». Katharine qui avait caché son terrible secret à Leonard Woolley, qui le découvrait désormais dans le courrier que le premier médecin de sa femme lui avait envoyé. C'était à sa demande qu'il avait reçu cette information (qu'avait interceptée sciemment Alix Rose). Il voulait connaître les antécédents de santé de sa femme dont le comportement... hystérique... l'inquiétait de plus en plus. Si Leonard Woolley est mort, c'est qu'il était devenu un témoin beaucoup trop gênant, ramenant à la surface le passé et un soi-disant suicide vieux de onze ans. La personnalité explosive de Katharine Woolley était en effet parfaite pour lui faire endosser le meurtre de son mari.

À aucun moment, en effet, il n'aura été ici question d'archéologie et de rivalités entre collectionneurs d'antiquités désireux de se voler des vestiges, ou encore d'une malédiction lancée par le dieu de la Lune ce qui, pour ce dernier point, ne m'étonne pas. Je n'y ai jamais cru car il existe toujours une explication logique à tout, même aux événements qui vous paraissent surnaturels.

Donc, tout a commencé à partir du moment où Leonard Woolley a cherché à en savoir plus sur le premier mari de sa femme : le lieutenant-colonel Bertram Keeling. Au départ, ses recherches sont destinées à l'éclairer sur le comportement étrange de son épouse qui refuse tout contact physique avec lui. Ou, pour être parfaitement claire : tout rapport sexuel. C'est ainsi que l'époux délaissé et frustré découvre que le premier mari, le lieutenant-colonel Bertram Keeling, a été confronté au même problème que lui et s'est donné la mort le 20 septembre 1919 de façon assez théâtrale comme nous l'avons déjà dit. Ces informations sont tout à fait sérieuses puisqu'elles proviennent du médecin qui suit sa femme à l'époque de son premier mariage.

Un autre point présente de l'intérêt à ce moment-là. C'est le déclencheur. Alix Rose, on l'a dit, intercepte le courrier du médecin. Cela n'était peut-être pas intentionnel au départ. Qui sait ? Il se peut en effet que ce courrier soit arrivé par hasard dans celui des Rose. En tout cas, Alix Rose va faire une sacrée découverte en tombant dessus. Leonard Woolley est totalement décontenancé par ces informations. Il est bien sûr choqué par cette découverte et se demande quel est le véritable sexe de la personne qu'il a épousée. N'ayant jamais pu avoir de rapports sexuels avec Katharine Woolley, il s'imagine le pire. Il pense s'être uni à un monstre. Le refus de sa femme d'aborder le sujet avec lui ne fait que renforcer ses doutes et ses tourments. Pendant ce temps-là, la pauvre Kate se montre de plus en plus nerveuse car non seulement son mari la harcèle pour connaître la vérité mais, en plus, elle reçoit des lettres anonymes au sujet d'une étrange malédiction – j'y reviendrai plus longuement d'ici peu. Par ailleurs, les vols des antiquités se multiplient et Leonard Woolley, déjà épuisé par ses inquiétudes pour son couple, perd le sommeil à essayer de découvrir qui est le pillard. Il s'affaiblit un peu plus chaque jour. Puis, ses cheveux tombent, il perd du poids… Leonard Woolley s'en inquiète, lui qui jusqu'ici était en pleine forme. Il s'en confie à son assistante, Anne Reilly, avec laquelle il entretient une liaison depuis trois ans à force d'être rejeté par sa femme. Anne Reilly soupçonne Kate de vouloir nuire au professeur et évoque même l'empoisonnement. Elle va témoigner en ce sens quand elle sera interrogée par l'inspecteur Narracott. Kate est odieuse, Leonard un fantôme… À partir de là, les choses vont empirer et se précipiter.

Maintenant, troisième point et la clef qui ouvre le porte au mobile de toute cette affaire. Pour ça, il faut faire un bond en arrière et se propulser au début de la guerre. À cette époque, Leonard Woolley n'est pas encore l'archéologue renommé que l'on connaît. Il fait partie de la British Naval Intelligence et est basé à Port Saïd, en Égypte, avec Thomas Edward Lawrence dont vous avez forcément déjà entendu parler. Là, il forme des espions pour recueillir des informations sur la menace que représente alors l'empire ottoman pour les Britanniques. C'est lors d'une de ses missions qu'il est fait prisonnier dans un camp turc. En détention, l'un de ses geôliers se vante en racontant une étrange histoire, celle de trois espions occidentaux qui travaillent pour l'armée turque et fournissent des renseignements concernant le trafic à travers le canal de Suez. Le gardien bavard loue leur loyauté au sultanat. En guise de preuve, il raconte que sur le point d'être démasqués, ils n'ont pas hésité à empoisonner un très haut-gradé britannique en déguisant le crime en un suicide un brin théâtral, déposant le corps du faux suicidé au pied d'une des pyramides de Gizeh.

À la fin de la guerre, Leonard est libéré et oublie cette histoire. Désormais, c'est l'archéologie qui occupe tout son temps. Pourtant, quand il apprend les circonstances du décès du premier mari de sa femme, il ne peut s'empêcher de noter la ressemblance avec l'histoire qu'on lui a racontée en prison. Il approfondit ses recherches, apprend avec stupéfaction que John-Christopher et Alix Rose résidaient au Caire à la même époque que Keeling, ce que d'ailleurs Alix Rose va nous confirmer plus tard, sans crainte de se trahir, puisque Woolley étant mort, il n'y a aucune raison que nous fassions le rapprochement.

Donc, reprenons, Leonard est désormais persuadé que les Rose, ce couple d'Américains qu'il côtoie sans se méfier depuis plusieurs saisons, ont été autrefois des espions à la solde de l'armée turque. Il est encore plus déstabilisé quand il apprend que le père Legrain se trouvait lui aussi à cette époque au Caire... Tout correspond maintenant parfaitement avec le témoignage du gardien de prison qui avait évoqué la présence de trois espions. Après ça, on peut imaginer que le pauvre professeur va chercher à s'expliquer avec les Rose et le religieux. Il va menacer de les dénoncer au gouvernement et ceux-ci vont répéter le même scénario qui leur avait tant réussi avec Keeling.

Katharine Woolley entre en jeu à ce moment-là pour jouer le rôle de la coupable idéale. Elle est instable psychologiquement. Tout le monde peut en témoigner. Elle entre dans des fureurs monstres et se transforme en agneau quelques secondes plus tard. Elle a deux maris morts mystérieusement à dix ans d'intervalle, cela éveille forcément les soupçons. Alix Rose le sait et fait en sorte que je m'intéresse à Keeling. Parallèlement, le père Legrain envoie à Kate des lettres anonymes afin de la déstabiliser et de la rendre encore plus odieuse à chacun. Il invente cette histoire de malédiction du dieu de la Lune pour qu'une fois Kate accusée d'être le corbeau, la police pense qu'elle a tout inventé pour se couvrir et masquer sa responsabilité dans le crime de son mari. Il va jusqu'à envelopper un sceau d'une étoffe tachée de sang, reproduisant un rite pour favoriser la fertilité vieux de plusieurs millénaires. Grâce à tous ces détournements, Penrose et moi faisons fausse route en pensant que Leonard est le destinataire de ces lettres anonymes. Ce pauvre Max, sans le faire exprès, nous conforte dans cette idée en nous parlant du mythe d'Abraham. Nous faisons aussi fausse route en croyant que Kate était à l'origine des courriers anonymes… Elles les avaient bel et bien recopiés mais ce n'était pas elle qui en était à l'origine. Le père Legrain avait pris le temps de découper ces signes cunéiformes dans son livre. Le but visé était simple : l'effrayer ! Enfin, notre troisième scélérat, John-Christopher Rose, était chargé pendant ce temps-là de procéder aux vols des pièces précieuses. Pour ça, il empruntait la clef de Woolley qui, tellement dépassé par ce qui se passait, ne s'en rendait même pas compte. L'objectif de Rose était de créer des tensions au sein de la mission. Tout le monde se mettait à soupçonner tout le monde. Et si en plus on pouvait faire porter la faute sur l'humeur exécrable de Kate, cela arrangeait encore plus nos anciens espions. C'était d'ailleurs très bien vu. Quand je suis arrivée à Ur, j'ai tout de suite perçu cette gêne, ce malaise qui planait sur le site de fouilles alors que l'harmonie y régnait un an auparavant. Alix Rose ne s'était d'ailleurs pas gênée par me faire comprendre que l'atmosphère était intenable.

Voilà, vous savez tout. Tout ça est une bien triste histoire et montre combien il est important, dans une enquête, de trouver le mobile d'un crime pour ensuite en remonter le fil. Alors tout s'éclaire, tout se remet en place et l'on connaît le nom du coupable.

ÉPILOGUE

48

Greenway. 9 novembre 1945. L'annonce du décès de Katharine Woolley ce matin dans *The Times* m'a ébranlée. Cela m'a même coupé l'appétit, moi qui ne peut pas en temps normal me passer de mon petit déjeuner. Je ne me sers qu'un thé noir et je décide d'aller me recoucher. En chemin vers ma chambre, je change d'idée et je fais un détour par ma bibliothèque qui est à nouveau accessible. Les officiers de la Marine américaine qui occupaient ma maison jusqu'à il y a peu avaient laissé une fresque horrible sur l'un des murs de la pièce que je me suis empressée de faire disparaître. Maintenant que tout est redevenu comme avant, je peux réinvestir les lieux et y travailler à nouveau à mes prochains romans. Mais ce matin c'est l'exemplaire de *Meurtre en Mésopotamie* que je suis venue chercher ici avant de replonger dans mon lit. Car penser à Katharine Woolley, c'est forcément penser à *Meurtre en Mésopotamie*. Je possède plusieurs exemplaires de ce roman et dans plusieurs langues. Le titre a rencontré beaucoup de succès auprès des lecteurs ! C'est son format de poche paru chez Fontana Books que je trouve en premier. Je fais rapidement défiler les pages entre mes doigts et je le prends avec moi.

Une fois dans ma chambre, je me remémore son intrigue, ses protagonistes. C'est comme si je l'avais écrit hier. Mon voyage en Irak, le site de fouilles de Ur, Katharine Woolley, tout est là, dans les pages de ce livre, mais sous le prisme déformé de la fiction. Kate est ainsi devenue Louise, une femme blonde au caractère explosif… Je n'ai pas été très tendre avec elle dans mon roman. Je l'ai décrite comme un monstre. Mais aussi une femme très malheureuse. Katharine Woolley ne m'en a pas trop voulu, paraît-il. Il semble même qu'elle était assez fière d'être l'héroïne d'un de mes livres. Cela m'a été rapporté par des amis communs. Car Kate et moi avons coupé tout lien à la fin de ce séjour à Athènes, il y a quinze ans. Je ne peux pas lui en vouloir de sa décision. Elle était très perturbée à l'époque. Il faut savoir que c'est une femme qui a dû se battre toute sa vie pour se faire respecter. Même pour exercer sa passion pour l'archéologie, elle a dû faire des pieds et des mains pour être acceptée. Mais son plus gros combat a été d'assumer un terrible secret qu'elle ne pouvait partager avec personne sous peine de se faire rejeter. C'est d'ailleurs en quelque sorte ce secret qui est à l'origine de notre éloignement.

Meurtre en Mésopotamie raconte tout cela mais le message est codé. La majorité des lecteurs n'y voit que l'histoire du directeur d'un site de fouilles qui commet deux meurtres. Mais si l'on a les clefs pour lire entre les lignes, on y reconnaît

Katharine donc, mais aussi son mari Leonard Woolley, sous les traits du professeur Leidner tout comme Max et l'auteur de ces lignes.

The Times précise dans sa nécrologie que Katharine Woolley a demandé à ce que l'on brûle tous ses papiers personnels à sa mort. Tout, jusqu'aux albums photos, ses dessins de fouilles, si nombreux pourtant et témoins de sa passion pour les antiquités. Cette femme n'a voulu laisser aucune trace. Elle a souhaité partir en emportant son secret avec elle. À présent, de Katharine Woolley, nous ne devons conserver que l'image d'une femme qui aura beaucoup apporté au monde de l'archéologie. C'est en tout cas de cette façon que je souhaite penser à elle et lui rendre hommage.

Glossaire des personnages

Dermot Craddock – *Un meurtre sera commis le…*, *Le Train de16 h 50* (1957), *Le Miroir se brisa* (1962)…

Docteur Penrose – *La Dernière énigme* (1976)

Rufus Van Aldin – *Le Train Bleu* (1928)

Inspecteur Narracott – *Cinq heures vingt-cinq* (1931), *Personal Call* (1954)

Note de l'autrice

Ce récit est une fiction inspirée de faits réels. Les personnages de Leonard et Katharine Woolley ont connu des destins extraordinaires qui ont été le point de départ de ce roman mais j'ai pris quelques libertés à leur propos pour les besoins de l'intrigue. Les lecteurs intéressés par leurs trajectoires pourront en découvrir davantage en consultant les nombreuses ressources qui existent sur les saisons de fouilles à Ur orchestrées par Leonard Woolley, notamment le site The Ur Online Project (www.ur-online.org). Soutenu par le British Museum et le Penn Museum, ce site renvoie par ailleurs vers de nombreuses sources fiables. Le lieutenant-colonel Bertram Keeling a subi la fin tragique que je lui prête mais pour des raisons différentes bien que très proches… La très originale Marie Bonaparte a eu une vie encore plus étonnante que celle résumée dans ce récit et son intérêt précurseur sur les questions de sexualité féminin aurait certainement pu aider Katharine Woolley si elles s'étaient croisées. Quant à Agatha Christie et Max Mallowan, on retrouve le récit de leurs expéditions archéologiques dans *La Romancière et l'archéologue,* un recueil de mémoires rédigé par Agatha en 1946 et publié aux Éditions Payot & Rivages en 2005. La reine du crime consacre aussi à cette période de nombreuses pages dans son autobiographie.

www.moissons-noires.com

Par ce logo, nous témoignons d'une volonté de réduire les impacts environnementaux liés aux activités de l'imprimerie. Nous choisissons un imprimeur impliqué dans la réduction des gaz à effet de serre.
Le choix de nos papiers assure que la production a été faite à partir d'un produit à base de bois et a suivi le cahier des charges d'une gestion durable des forêts européennes.

Achevé d'imprimer par CPI Firmin Didot (175645) en France en août 2023 pour le titre « Le mari parfait d'Agatha Christie ».

Acquisition : Laury-Anne Frut
Suivi éditorial : Céline Garcia
Conception graphique : Guillaume Bertineau
Mise en pages : Lisa Chalard
Correction : Marie-Madeleine Géri

Dépôt légal : 2e semestre 2023

éditions La Geste
11, rue Norman-Borlaug
79260 La Crèche
contact@marmaille-compagnie.com